到葉門釣鮭魚

Salmon Fishing in The Yemen

保羅・托迪◎著

鄭明萱◎譯

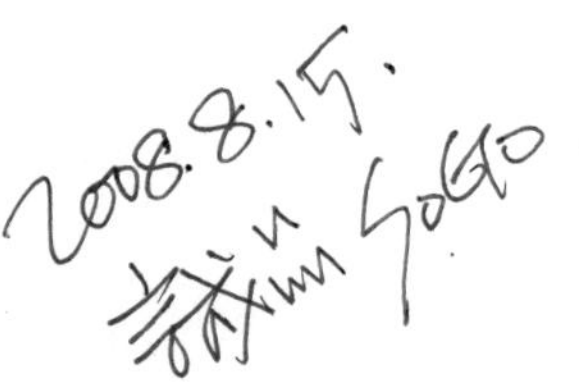

貓頭鷹出版

本書獻給我妻潘尼洛普，
她能在燦陽下、淺水中捕獲鮭魚；
也獻給與我同在泰恩河、泰河釣魚的友人；
還要獻給環境局各位男士女士，
沒有他們，我們河中可釣之魚將稀少甚多。

Fish! No war.

馮光遠（「給我報報」總編輯）

常說，英國人擅長很dry的幽默，其實這本書的書名就證明了這說法，前往中東半島最接近赤道、廣大土地被沙漠覆蓋的國家——葉門去釣鮭魚，夠dry的了。dry歸dry，小說的男主角，國立漁業中心的鍾斯博士還是達成了任務，他終究讓英國首相跟葉門大公在葉門山谷裡原本乾涸的河床上施展了漁竿拋線釣鮭魚的功夫。如果故事止於此，就是一個人定勝天、皆大歡喜的喜劇，所以當然不是，想征服自然的雄心，最後還是被自然所噬。

這是個異想天開的故事，到沙漠國家葉門去釣洄游型魚類，整個概念像是個愚行，可是隨著劇情的開展，我們看到，眞正的愚行其實來自政治。小說是虛構的，可故事裡政客各種荒謬的考量卻不必費心構想，現實世界裡，例子俯拾皆是。

像《到葉門釣鮭魚》這種幽默小說，最讓人擊節讚賞的是，所有的搞笑都正經八百煞有介事，都師出有名，也就是說，如果努力搜尋，都可以在世界的某個角落，找到眞人實事版來印證作者的天馬行空其實有所本，這才是這類小說最難處理的部分。

於是我們看到英國議會政治裡的唇槍舌戰，政客不僅鬥智，也鬥嘴，英國下議院冷嘲熱諷的極致應該就是如此。於是我們看到中東恐怖組織對親英大公的狙殺，竟然因爲文化差異而產生個出人意料之外的結果。然而，因文化差異而生的各種誤解，不原本就是這個世界紛亂的肇因之一。於是我們看到首相計較的，只是揭幕儀式上媒體一定要拍到他釣到鮭魚的照片，這樣子的剪綵政客我們何曾少見過。

作者保羅・托迪對政客的揶揄固然令人捧腹，但是小說中讓人咀嚼再三的卻是處處流露的人間之情。

鍾斯博士思考如何讓乾涸的河床成爲釣鮭勝地的同時，他跟女主角海麗葉之間惺惺相惜的感情，彷彿也讓他乾涸的感情生活注入活水；沙漠山區的烈日下，陌生女子慷慨將珍貴的水施捨給鍾斯和海麗葉，讓從文明世界來的兩人動容；甚至大公試圖將釣鮭這種沒有階級之分的活動引進沙漠，他不斷強調的，也不過就是「沒有信心，就沒有希望，也就沒有愛」這樣簡單的道理。

神蹟終究出現，雖然只有一天。在世局紛擾之時，總是有「 love, no war 」的呼籲，保羅・托迪捉狹地用「fish, no war 」取代，完成的，是一本既是狂想也是遠見的英式非常dry的幽默小說。

名家推薦

把鮭魚引進到乾旱地帶的葉門，然後人們可以到葉門釣鮭魚」是一個異想天開的主意。這部小說卻經由精彩的安排，不但帶我們「到葉門釣鮭魚」，還帶我們走上追尋生命意義之旅。

——知名作家陳雨航

像《到葉門釣鮭魚》這種幽默小說，最讓人擊節讚賞的是，所有的搞笑都正經八百煞有介事，都師出有名，也就是說，如果努力搜尋，都可以在世界的某個角落，找到眞人實事版來印證作者的天馬行空其實有所本，這才是這類小說最難處理的部分。

——「給我報報總編輯」馮光遠

精采的小說——在我們這個目標導向、操盤充斥的世界裡，發出一聲人性的呼喚。

——柑橘獎、曼布克獎入圍作者瑪琳娜・路維卡

國際書評

對迴游型鮭魚或葉門沒有特殊感想的人，或許會拿起本書自問：這樣一本書如何吸引我呢？其實讀者很快就會發現，壓根不需要任何專業知識就可以享受這本不同凡響、非比尋常的處女作！一場關於政治操弄、一個不可能的夢想，都在本書中表現得栩栩如生。全書關於角色之間的通訊方式，寫作技巧運用得非常成功，不論令人捧腹大笑或引人哀戚落淚，都非常具有說服力。任何能夠把這些素材變得如此有趣的，絕對是罕見的文壇奇才！

——前鋒報

一本溫馨感人的小書，將當前的小說創作趨勢發揮得淋漓盡致，化枯燥的命題爲發人深省的生命教訓。鍾斯，正如所有溫和平淡一如你我的好人，卻蘊含了深厚的能量……書中傳達的溫柔信念讓人心領神會；好讀又可喜的作品。

——周日時報

這是一部極有魅力的作品，作者技巧宛如高明的口技混聲合成，全書迴盪數十種聲音，餘音繞樑，令人動容。結局有末世預言的力道，完全出乎意料。這是新時代的道德寓言，重新教導我們「信念」的重要。觀念帶點老派的正直，卻挑釁你的思想。

——獨立報

一開始看似唐突，最終卻盈溢溫暖，帶著魔幻般的神奇與可愛的古怪妙趣，這是一本聰明的書，橫跨了休閒運動、政治操弄、科學實驗。作者使用語言的技巧非常高明，輕鬆又自然。對於葉門景觀的描繪精準得令人讚嘆，美麗得令人神往。結局設計得非常聰明，充滿戲劇張力。最終當然還是人物角色的性格描述實在動人，使得這本書讓人忍不住要一頁頁一直翻看下去。是本閃亮發光的動人小說。

——愛爾蘭審查者月刊

如果你懂一點釣魚就知道把鮭魚引進葉門這個中東最乾旱的國家是非常噴飯的。但你若完全不懂釣魚，可能就會迴避這本書；如果眞是如此，那你就虧大了！這本小說可以在彈指之間討好最挑剔的讀者。與一般文學作品相比，正如野生鮭和飼料鮭的差異。

——電訊報

這是一部成功的處女作，娛樂性十足。讀了令人驚喜不已，熱情推薦給你！

——電訊報周日版

這是一部奇妙、愉悅的作品，帶有許多童話的元素，結局卻令人瞠目結舌。從鮭魚產卵的科學到伊拉克戰爭，涵括諸多看似匪夷所思的元素，卻架構出一個可愛的夢計畫——縱使投入所有財富、熱情，甚至生命，縱使被視爲愚蠢、可笑，只要有信念，懷抱希望與愛，最渺茫的前瞻與最普通的凡人，也可以成就不可能的任務——即使只有短短一瞬間。

——蘇格蘭周日報

口拙謹愼的科學家、冷血能幹的老婆、雄心勃勃的美麗女顧問、熱愛釣鮭的富有沙漠大公、蓋達組織殺手、公關饑渴的英國首相、阿諛當飯吃的文宣頭子……還是很難描述這本原創性十足、妙趣橫生的幽默小說。本書不單呈現一個瘋狂的計畫，更是傳達人心深藏的渴望、陌生人之間可能的友誼，更重要的是，人心能夠綻放的能力。這眞是一本神奇、精彩的處女作。

——Psychologies三月號

本書雖然運用許多喜劇常見元素，可是政治操作的描述卻極具時代感。

——泰晤士報文學增刊

精彩的處女作，妙不可言，無法隨便放下。作者輕而易舉便掌握扣人心弦的曲折情節，帶領讀者走過故事河流，人物個性躍然紙上……旗開得勝的精彩之作。

——都柏林前鋒報晚刊

一般作者的處女作多在二十多歲甚至更早就推出，寫作班裡雖不乏六十出頭的學生探索著自我的創作力，眞正能進入文壇的實如鳳毛鱗爪。生於1964年的保羅・托迪能夠一鳴驚人，實在値得我們慶幸。這本處女作書名看似無奇，內容卻極富創意。是一部輕鬆的諷刺喜劇，但在表面的輕鬆幽默下，卻有一股深沈的暗流洶湧……推薦本書給任何想要尋找「感覺良好的喜劇」的讀者，它會帶給你意想不到的樂趣與省思。

——周日電訊

無趣的鍾斯博士陷入不實際的計畫，不實際的計畫卻激發他重新檢驗人生、因此抉擇了嶄新的生命道路。作者巧妙結合鍾斯的個人生命旅程與政治操弄。鮭魚計畫被政府綁架，首相需要在動盪不安的中東有個奇佳的拍照亮相機會……一本輕小說，卻完成了大目標！釣魚或許非你所愛，本書卻發揮了承諾與信仰的能量，成為一本難得的好書。

——新政治家月刊

這本古怪梯突的幽默道德小說提供了情境喜劇的橫生妙趣，包括絕對自我中心的政治人物如何展現兩面手法，還有釣魚之樂與技術的愛情頌歌。本書既有高妙喜趣，也吻合當前話題，既好笑又黑暗，份量十足。

——愛爾蘭時報

這是本極不尋常、迷人的小說，關於虛僞、官僚、夢想、矛盾與衝突，並證明不可能實爲可能、信念與愛能改變一切強橫的力量。

——愛爾蘭新聞

六十歲的托迪先生是工業界的老兵及專心的釣鮭老手，他將這兩方面的專才合而爲一，寫出這本妙不可言的精彩好書，寫盡了金錢的力量與信仰的奇蹟。他還與高采烈地狠狠嘲諷了國際政治的荒謬，也推薦了釣鮭之樂，並爲書中的中年男主角帶來驚奇的黃昏之戀。

——DURRANTS

極具創意的小說，揉合了反諷與溫柔的人性。理想主義者、象牙塔科學家、自私政客、烏龍官僚撞在一起，將會發生什麼事？令人驚豔的處女作。

——每日郵報

令人捧腹的黑色幽默小說，刻畫金錢的權力與信仰的奇蹟。

——Saga

妙趣橫生、雄心勃勃，充滿想像力，情節層次多卻井然有序，巧妙並極爲幽默尖酸地與眞實世界連結——當英國政府口口聲聲否認潛入伊朗時……妙不可言的首部作品。

——蘇格蘭人報

好看的故事，加上精彩的角色，還有令人放聲大笑的情節。

——婦女與家庭

讀者感想

很少能看到這麼好看、有趣的書。幽默、風趣、創意豐富，完全超越當前暢銷書的標準商業化公式。

——色吉歐・雷斯蒙

一時衝動買下此書，因爲書名很吸引人。結果內容非常精彩，集管理經、靈性學、生命追求於一身！精彩好書，令人愛不釋手。

——理察・林賽

任何人只要跟政府官僚打過交道，一定會大笑不止。

——吉伯托2

絕妙輕鬆的風趣作品，表面看來是在敘述一樁不可能的專案，其實是一位平凡如你我的薪水階級小人物的徹底改造。好書！構思巧妙。

——爾文・朗恩

好看好看，英式幽默作品，附帶也讓我對原本一無所知的葉門有了些許認識。

——阿堪

作者匯集了自己的人生經驗與熱情，透過藝術意識，產生了一本機智慧黠、輕鬆具創意、令人無法放手的作品。

——希玲

創意無限，妙趣橫生。我愛透了這本書的整個點子——尤其那些荒謬的假設。作者運用各種「工具」推動故事的發展，讀來眞是津津有味。無論是日記、信件、電郵，甚至國會議事質詢紀錄等，尤其是最後才能揭曉爲何會動用到這份紀錄！書中有好多精彩情節，尤其那名蓋達組織派來的殺手被蘇格蘭釣魚好手逮到的情景……全書充滿了娛樂性和知識性。

——賈姬．D

鮭魚一書構思不同凡響，發揮得更是精彩。本來擔心用報告形式寫就的小說可能支離破碎、做作、不自然，結果竟然出奇順暢，精彩萬分。主要角色讓我聯想葛林筆下的人物，一個好人，幼稚天眞、思想單純，一心一意爲他人執行理想，卻瓦解了自己的人生與事業……

——連淮博士

如果你想找一本輕快的好書，諷刺當前心心念念自己政治公關與選票的政客，那麼，這本書絕對是上上之選。一句話：妙不可言。

——約克8500

這是今年我所讀過最棒的書，非常迷人，即使我聽完廣播、已經知道結局，還是很快地衝去書店買回來。

——科樂斯

譯者序

鄭明萱

這是一本「不可能」的小說。

不可能一：六十歲作者的處女作。

不可能二：原著書名《在葉門養殖鮭魚》——這，是小說書名嗎？

不可能三：葉門？Google告訴我們，葉門這個國家，位於阿拉伯半島尖端，境內不是沙漠就是高山，沙漠很熱、高山很乾。

不可能四：鮭魚？Google告訴我們，大西洋鮭是迴游型冷水魚，太熱、太乾，都不行。

不可能五：小說主人翁不但要把大西洋的鮭魚，引進印度洋畔的沙漠國家葉門，還要教葉門那些穿著部落長袍的阿拉伯人釣鮭魚，而且是使用英國人一向最愛、美加也開始當紅的「飛蠅釣法」——沒錯，就是勞勃瑞福和布萊德彼特合演的《大河戀》中，那種不斷拋線前進的極酷釣法。

不可能六：整本小說的形式，是以一本國會調查報告的附件呈現，由當事人的書信、電郵、日記、偵訊記錄、國會發言組成。這……是小說嗎？

不可能七：這樣一個看似不可能又枯燥的素材情節，卻組成了一本非常好看又好笑的小說，揉合了中年的愛情、婚姻的危機、政治的荒謬、宗教的狂熱、現實與理想的衝突。而且令你相信：在葉門，的確可以養殖鮭魚！夢想，的確可以通過「信念」而完成！

在作者不動聲色的英式機趣筆下，鮭魚與葉門，構成了一齣瑰麗、迷人、諷刺、笑中帶淚的絕妙好戲。

所有的不可能，卻成了一個大大的可能。

不可能如何成爲可能？因爲有「信」、有「望」、有「夢想」。

因此，書中人決心把鮭魚送到葉門。因此，作者如洄游的鮭魚還鄉，重拾四十年前修習英國文學的筆。因此，我們有了這本廣受好評的得獎小說。因此，閱畢掩卷，你也會不禁沉思：自己是不是也有什麼不可能的夢想，也需要透過「信」去完成？成爲可能？

因爲譯這本書，邊譯邊笑的譯者，享受了一場美妙的閱讀，期待作者下一部作品，而且：

●很想去學飛蠅釣；

●很想去蘇格蘭釣鮭；
●很想去葉門旅行。

鄭明萱，政大新聞系畢，美國伊利諾大學廣告學碩士，北伊利諾大學電腦碩士。旅美二十多年，著有《多向文本》。原本公餘從事譯作，現則專業爲之。譯業以楊絳爲努力目標，活到老，譯到老。譯著多爲重量級經典作品，如《極端的年代》《盜匪》《錯誤的決策思考》《少年時》《認識媒體》《費城奇蹟》《從黎明到衰頹》等；其中以《從黎明到衰頹》奪得金鼎獎第一屆最佳翻譯人獎。

本調查報告全文摘錄自外交部事務委員會答覆下議院諸公質詢函暨將鮭魚引進葉門養殖（即『葉門鮭魚養殖專案』）之決策背景與後續相關事件調查等文件之紀錄。

目次

本調查報告各檔案大意摘要說明如下

1.

葉門鮭魚養殖專案緣起

受信地址：倫敦史密斯廣場

受信人：環境食品暨農務部附屬國立漁業卓越中心／鍾斯博士

發信地址：倫敦聖雅各街

發信人：費普土地代理顧問公司

日期：五月十五日

鍾斯博士鈞鑒：

承外交暨國協部中東北非司蘇利文先生轉介，在此代表本公司客戶特來請益。該客戶爲葉門顯要人士，資金雄厚，有意將鮭魚養殖及鮭釣活動引進葉門。此事深具挑戰自不待言，然有關方面已向本公司保證，貴單位擁有專門技術，必可勝任該類事務之研究與專案管理。此案若能成功，勢必爲參與本案之漁業科學人員獲致國際性聲譽與豐厚報酬。

相關細節於此暫不贅述。萬望能與您約期會面，商議本案啓動方式與所需資源，以便本公司回報客戶，獲取進一步指示。

特予強調，本案客戶視此事爲該國旗艦專案，明示此案絕無任何不合理之財務限制。我國外交暨國協部對此案同表支持，用以象徵英、葉兩國之合作關係。特此布

海麗葉・查伍德－陶伯特敬上

達，乞賜鈞覆

受信地址：倫敦聖雅各街
受信人：費普土地代理顧問公司／海麗葉・查伍德－陶伯特女士
發信地址：倫敦史密斯廣場
發信人：環境食品暨農務部附屬國立漁業卓越中心
查伍德
陶伯特女士芳鑒：

奉鍾斯博士囑，謹覆五月十五日來函於下：

遷移洄游型的鮭魚科，必須在氧氣充足的冷水環境中始能產卵。此外，鮭魚生命史的早期階段，也必須以大量原生於北歐河川的蟲蠅類維生，才能供幼魚生長存活。待幼鮭發育爲亞成鮭形體，便開始向下游出海，一路游向冰島、丹麥屬地法羅群島或格陵蘭外圍的攝食場。最適合鮭魚與其天然食物來源的海水溫度，則在攝氏五至十度之間。

我方結論爲：葉門一地的自然環境與地理位置均與北大西洋相去甚遠，有鑑於多項基本條件不合，貴客戶所提之專案構想恐滯礙難行。因此，歉難就此事提供進一步協助。耑此，順頌

時祺

莎莉．湯瑪斯（鍾斯博士助理）敬覆

國立漁業卓越中心主任辦公室

發文者：沙格登

受文者：鍾斯博士

主旨：貴普／鮭魚／葉門

日期：六月三日

鍾斯：

甫接獲伯克夏來電，此君是外交暨國協部次長的私人祕書。

外交部對此事的態度很明確，即我們對本案必須全力以赴，即使費普公司提出的構想有實質上的困難。身爲中心主任，我非常清楚這一點。然而，外交部認爲我們應該再好好研究，能否爲這個專案提供一些協助。

近來國漁中心的補助款屢遭刪減，有鑑於此，任何顯然能跟民間有力資金來源拉上關係的工作，我們都不應該貿然拒絕。

沙格登

備忘函

發文者：鍾斯博士

受文者：國漁中心主任

主旨：鮭魚／葉門

日期：六月三日

沙格登：

我完全了解你今天信中所提的重點。我已經全盤考量過這件事情，但還是看不出我們該如何幫費普和他們的客戶。坦白說，我認爲把鮭魚引進古代哈德拉毛王國所在地的窪地旱川，毫無前景可言，而且簡直可笑。

如果外交部需要進一步了解此事不宜進行的理由，我樂意提供相關的科學佐證。

鍾斯

國立漁業卓越中心主任辦公室

發文者：沙格登

受文者：鍾斯博士

主旨：鮭魚／葉門

日期：六月四日

鍾斯博士：

請視此函爲本人正式指示──鮭魚專案應立即進入下一階段。速與費普公司的海麗葉‧查伍德－陶伯特小姐會面聽取簡報，並於會後呈擬專案工作綱要與成本規畫。待本人批閱後即轉致外交部。

此項決策，本人悉負全責。

沙格登

寄件者：Fred.jones@ncfe.gov.uk
日期：六月四日
收件者：David.Sugden@ncfe.gov.uk
主旨：葉門鮭魚專案

沙格登：

我們可以談一下這件事嗎？部門會議後，我到你辦公室找你。

鍾斯

寄件者：Fred.jones@ncfe.gov.uk
日期：六月四日
收件者：Mary.jones@interfinance.org

主旨：工作

親愛的瑪麗：

沙格登眞是不講理，硬要把我的名字放進一件瘋狂到不行的案子！外交部不知道做的什麼春秋大夢，竟想把鮭魚引進葉門。一大堆公文、信件，已經飛來飛去好幾天了，都在談這件事。我先前大概是覺得這事太離譜，所以上次跟妳講到話時提都沒提。我剛剛跑到沙格登的辦公室跟他說：「喂，講講道理吧，這案子不但荒謬到了極點，根本不合科學，而且，要是我們讓自己和這件事沾上半點邊，漁業界的人再也不會拿正眼瞧我們了！」

沙格登臉上完全沒有表情，只說（口氣還不小）：「這件事是上面直接發落的，不是外交部哪個次長突發奇想；此事直達層峰。你已經接獲我的指示，請開始著手去辦吧。」

離開學校之後，還沒被人用這種口氣說過話。我想，該是認眞考慮遞出辭呈的時候了。

愛妳的阿斯

又：妳何時結束管理課程返家？

寄件者：Mary.jones@interfinance.org

日期：六月四日

收件者：Fred.jones@ncfe.gov.uk

主旨：請正視財務現實

阿斯：

我的年薪稅前七萬五千鎊，你四萬五千五百六十一鎊。我們兩個加起來，稅後收入每月七千三百三十三鎊，扣去房貸三千一百一十一鎊，外加房地產稅、伙食費、其他各項家用，又去掉一千兩百鎊。至於養車、度假，還有你老兄昂貴的釣魚嗜好，都還沒有算進去呢！

辭職？別癡人說夢了。

瑪麗

又：我星期四到家，但星期天又得出發到紐約開會，參加沙賓企業規範法案的研討會。

備忘函

發文者：外交部長主祕麥克法茲恩

受文者：外交部次長祕書伯克夏

主旨：鮭魚／葉門專案

伯克夏：

我們的老闆吩咐，這件案子得推一下。案主雖然不是我們英國公民，可是這個案子可以拿來當成英葉兩國合作的樣板，對英國涉入中東地區事務的形象，更是別具意義。

我想你應該悄悄在沙格登耳邊撂句話，若我沒記錯，此人是環食農務部裡搞漁業研究那些傢伙的執行長。你跟他說，這案子若能水到渠成，或許可以引起下年度元旦封爵薦選委員會的注意。同理，我自然也得點明，案子如果做不成，下次和財政部談新年度預算，國漁中心的補助款難免不保，很可能再度遭到刪減。這樣，也許就可以把該傳達的訊息表示清楚了。當然，我們已經知會過環食農務部的高層相關人士。

以上所言請勿列入紀錄。

明天一點俱樂部共進午餐？

麥克法茲恩上

備忘函

發文者：首相辦公室溝通技術總監

受文者：首席科學家群暨畜產食品水產科學組主任法格森博士

主旨：葉門鮭魚專案

法格森：

這一類創見正是首相會非常非常中意的玩意兒。我們需要你就可行性提供一些大概意見。我們不需要任何人表示事情絕對可行，只需指出「看不出有任何理由連試都不能去試」。

麥斯威爾

備忘函

發文者：首席科學家群暨畜產食品水產科學組主任法格森博士
受文者：首相辦公室溝通技術總監麥斯威爾
主旨：葉門鮭魚專案

麥斯威爾先生大鑒：

葉門西部山區每年夏季月平均降雨量約四百公釐，二千公尺以上高度區平均溫度在攝氏七度至二十七度之間。上述天候與英國夏季典型天氣幾無二致，因此我們的結論如下：一年中有個短暫時期，存在著未必不利於遷移洄游型鮭魚科的氣候條件，尤其在葉門西部各省。

因此我們推論：以人工方式施放，將鮭魚引進當地旱川系統，每年進行短時期的圈養，其他時間則放歸溫度較冷的鹹水環境。如此做法，不失爲模擬實驗的起點，可由具備相關專門知識的機構試行。本人相信國漁中心正是最適合的承辦單位。

希望以上簡短說明，能合乎您現階段所需。

法格森敬上

又及：我們見過嗎？

備忘函

發文者：首相辦公室溝通技術總監

受文者：首席科學家群暨畜產食品水產科學主任法格森博士

主旨：葉門鮭魚專案

法格森：

好極了。不，我們沒見過面，希望很快就有這個機會。

麥斯威爾

備忘函

發文者：麥斯威爾

受文者：首相

主旨：葉門鮭魚專案

首相：

這事您一定中意，可以一舉數得：

● 正面、具創新意義的環保訊息；

●與中東國家建立休閒活動方面（或文化方面？）的新交誼，而這個國家原本與我們的利益並不十分一致；

●西方的世俗科技，爲伊斯蘭國家帶來進步；

●躍登頭版的正面大新聞，可以擠掉從伊拉克、伊朗、沙烏地三地傳回來的那些欠缺建設性的消息。

這也是絕佳的照相機會：您站在阿拉伯半島某條河中，一手拿根釣竿，一手抓條鮭魚——多精彩的畫面啊！

麥斯威爾

備忘函

發文者：首相

受文者：麥斯威爾

主旨：葉門鮭魚專案

麥斯威爾：

我喜歡。照相的點子太棒了！

2.
鍾斯博士日記摘錄：結婚紀念日

六月七日

今天以前，我的日記多半只用來記載每天開了幾次會、哪天去看牙醫等等各項行程。可是過去幾個月裡，我開始覺得需要把自己一些來來去去的思緒寫下來，就是那種人近中年、不論在知性或感性上都愈發惶惑不安的感覺。而今天這個日子，是我們的結婚紀念日。瑪麗和我，結婚已超過二十個年頭了。所以我想以此爲起點，開始記錄我每天生活的模式，似乎也頗爲合適；或許可以幫自己找到某種新視角，讓我的心境能比此時此刻更能珍惜自己的生活。

我訂閱了《經濟學人》給瑪麗，慶祝結婚紀念日；我知道她喜歡這本雜誌，卻捨不得花錢自己買。她則替我的電動牙刷買了個替換刷頭，非常實用。我從來都不覺得結婚紀念日有什麼，年復一年，也都平靜無波地過來了。可是不知怎麼回事，今天晚上我卻覺得應該好好想想自己與瑪麗多年的婚姻關係。我們離開牛津後沒多久就結婚了，沒有太多的激情浪漫，但我認爲平和、穩定的關係正適合我們這種既理性又有事業心的人。

我們都信奉人本主義，也都是專業與科學人士。瑪麗從事的科學是國際金融體系之間現金與信用流動的內在風險分析。她發表過一些這類題目的專文——〈特別儲備金在減緩非儲備金通貨非常態流動中扮演的角色〉，引起相當大的回響，我也讀得津津有味，雖然不太了解其中某些演算法。瑪麗目前在銀行擔任的職務，已經從學術味較重的單位調到管理部門。她勝任愉快，待遇優渥且深受器重，未來極有可能高升。壞處只有一個，這些日子她必須經常出差，想來我們見面的時間似乎會越來越少。

我也做得不錯，那項「鹼溶劑對淡水蚌繁殖之影響」的研究，不但為淡水蚌交配引進突破性的新概念，也為我自己博得一些名氣，事業前途從此有了進展。我的薪資不如瑪麗，不過我的工作帶給我滿足，我也相信自己在同仁間評價甚高。

瑪麗和我決定不生小孩，因此相對來說，我們的日子不至於過得手忙腳亂。我也知道沒有子女的婚姻，有時會變成自私自利的藉口，所以我們兩個特別利用僅剩的空閒時間，為社區略盡棉薄之力。瑪麗在我們當地的移民中心教授經濟學理論，對象是車臣、庫德斯坦的移民，他們看來就會在我們的社區長期待下來了。我則偶爾在社區的人本主義協會演講。上星期才做了系列講座的第三場「為什麼神不可能存在？」我希望藉由這類演說，多少能激發聽眾去質疑老舊的迷信；遺憾的是，到了今天，還是有些學校擺脫不了這類殘存的宗教教導。

在這二十多年的婚姻裡，我還有什麼可以說的呢？呃，有了，我們兩個的身材都維持得很好。我一周跑步二到三次，而瑪麗只要一得空就做瑜伽。我們曾經吃全素，現在則會吃點魚和白肉；我有時也喝點小酒，但瑪麗幾乎滴酒不沾。我們都喜歡看書，只要是有益或資訊豐富的書都看；偶爾也去看看話劇或藝術展覽。

我還釣魚，這是一項完全不合時宜的老式休閒活動，瑪麗非常不以爲然。她說，魚會痛！身爲漁業科學家，我很清楚牠們不會痛。這可能是唯一一件我們兩個都同意可以讓彼此意見有點不同的事。

所以現在，又是一個結婚紀念日。今年和往年並無不同，與前年也大同小異。如果我偶爾起心動念，希望生活中能有點刺激、多點熱情，通常我都能夠把這種不當情緒歸咎於不當的飲食：換句話說，我這種A型血的人，應該切記不可吃太多肉類。可是偶爾，我還是會受不了誘惑吃點牛肉，所以也就難怪偶爾會冒出些不理性……怎麼說呢？我也不確定那是怎樣的一種感覺？或許，我覺得悶了、無聊了？可是，怎麼可能呢？

只需忽然跑出個像葉門鮭魚養殖計畫這種事情，就足以提醒自己：我是多麼厭惡非理性、不可預測、不可知的事情了。

六月八日

今天部門內部會議討論我那篇論文的最後定稿，題目是〈水質酸度增加對石蠶蛾幼蟲之影響〉。在場每個人都給予好評，沙格登博士更是讚不絕口。這是否表示，他在向我示好講和？他已經不再給我壓力，沒再拿鮭魚案那檔事逼我了。而我呢，當然也什麼都沒做，只是避著風頭，等整個問題自己消失。總之，中心主任這般公開稱讚石蠶蛾的研究成果，自然是對我的團隊表現甚感滿意。事實上，大衛甚至還說，一旦我這篇文章發表後，有關石蠶蛾的研究恐怕就登峰造極，再也沒有什麼值得研究的了。這可真是不得了的讚美。就是這種時候，讓我覺得金錢實在算不了什麼。瑪麗有時會抱怨，他們付給我的待遇不夠好；可是生命的意義遠超過區區薪水一事。我已經把人類對於某種褐色小蟲的認識往前更推展了一步，這事本身也許微不足道，但對河川環境的是否健全而言，卻是極重要的一項指標。

《鱒鮭雜誌》和《大西洋鮭魚》兩份刊物，都來要這項研究的新聞稿。

瑪麗現在人在紐約。上周五、周六兩天她都在家。冰箱現在空空如也。剛才我到街頭一家開到很晚的印度外賣小店買了幾樣吃的，此刻坐在這裡，邊寫日記，邊把塑膠叉上掉落的印度咖哩雞塊從大腿上抹掉。一面又想起忘了買咖啡，明天早上完全沒得喝了。

今天是專業上大有斬獲的一天，不過寫到最後也得自我反省一下。瞧我實在太自私了，一個勁地光說石蠶蛾的研究成果，我必須把我對瑪麗的欽佩也記下來！昨天的日記中我約略提過，她的工作性質雖然和我不同，可是也同樣在她任職的國際金融銀行表現得可圈可點，她可是公司重點栽培的對象呢。我是那種非常相信女人也可以很有表現的男人，而且樂見這種成就發生在自己妻子身上，更何況是在男性主導的金融界，眞是與有榮焉。說起來，石蠶雌蛾在她的社群裡面，豈不也同樣扮演著很重要的角色呢。

六月九日

今天早上的腸胃活動有點受到昨晚那頓外賣的影響，這倒也不意外。因爲很不舒服，所以沒有如常出去晨跑。咖啡罐裡空空如也，只剩下一品脫的長效牛奶，但也超過保存期限太久了。渾身不對勁地到了辦公室，好一陣子才能打起精神開始工作。

人的感受竟然可以一日數變，眞是詭異。過去兩天，我還一直在想著自己和瑪麗的日子過得有多麼平和、知性，而且單單做好一項科學研究就能帶給我莫大滿足。但是此時此刻，這一切卻忽然都變得毫無意義。

接下來，我必須記下自己專業生涯中最不愉快的一次經驗。早上十點，當莎莉走進我的辦公室，我正和雷伊坐在一起，想挑幾張最具視覺效果的照片來搭配石蠶蛾的專文。莎莉說，沙格登要立刻見我。我說等我和雷伊這裡的事一處理完就馬上過去。

莎莉怪怪地看了我一眼。我還記得她當時回應的每個字。她說：「鍾斯博士，主任說『現在』就要見你，意思就是『馬上』。」

我起身向雷伊表示抱歉，並說一會兒就回來。沿著走道往沙格登辦公室走去，心裡實在有點惱火。我們是共識管理型的部門，大家都是科學家，又不是經理人。階級對我們來說沒有太大意義，被當成「人」看待才是重點。整體而言，沙格登算是掌握了這個竅門，雖然他只是個事務型的公務員，倒也適應得相當不錯。他在我們這裡待得夠久了，應該曉得我不喜歡受人威嚇或施壓。

進了沙格登的辦公室，我勉強擠出微笑，盡量不讓聲音洩露出任何不快。我大概是這樣說的：「什麼事這麼急？」

我認爲有必要提醒沙格登：他是經理人，而我是科學家。這點很重要，因爲沒有科學家，就不需要經理人。

平常沙格登的辦公桌上看不到任何公文，只擺著電腦液晶螢幕和鍵盤，而此刻幾呎長的暗黑色金屬桌面卻出現了兩張紙。他拿起其中一張，在我面前揚著，不像平常會先請我坐下。我看不出來那是什麼玩意兒。然後他告訴我，那是我的P45。接著就將紙放回桌上，等我開口說話。一開始我沒聽懂他的話，緊接著心臟就開始砰砰亂跳。我回答，我不了解這是什麼意思。

沙格登看著我，臉上毫無笑意：「鍾斯，我知道你這人有幾分住在象牙塔裡的味道。可是就算是你，也一定曉得P45是什麼東西吧？你需要這張單子好拿去交給國稅局和社會安全保險局，我是說，萬一你遭到僱主——也就是我們——解聘的話。」

我呆呆地瞪著他。沙格登放下手上那張紙，又拿起另外一張，解釋說那是一封信，已經以我的名義起草好了，是寫給費普公司的。內容是要求近日會面，以討論葉門鮭魚養殖專案事宜。信裡的語氣既抱歉又討好，解釋說我因爲工作沉重，所以遲未回覆，並表達我希望共事的機會仍在。看完信，我發現自己渾身發抖，卻不太確定到底是出於氣憤還是恐懼。

沙格登把信收了回去，又拿起P45，把兩份文件並舉在我面前，以一種不帶任何情緒或意見的中立語氣對我說明：「鍾斯博士，你可以帶著你的P45離開辦公室，或者，你也可以把這封信拿去，派個信差送到費普公司那兒。坦白說，不管你採取哪項行動，我個人都無所謂。不過我相信有人告訴過費普公司，要談這件事，就只能找你，否則老實說我才不會容你有任何選擇餘地。」

我四下張望，想找把椅子坐下。看見左邊有一張，問他可否讓我先坐下。

沙格登看看錶，表示半小時內就得去見次長。他說：「等一下次長會要我報告這件專案的進展。我該怎麼跟他說才好呢？」

我嚥了好幾下口水，雙腿直發抖。我把椅子拉過來，坐下後說：「沙格登，這實在沒道理——」

他打斷我：「你打算帶著哪張紙離開這間辦公室？」

我說不出話來，這種納粹作風簡直把我嚇呆了。我指著那封寫給費普公司的信。

「那麼現在就把名字簽好。」

「我可以再看一下內容嗎？」我問。

「不行。」

有那麼片刻，我幾乎要失控發作。我想把信一揉，朝沙格登那張臉扔過去。可是我沒有那樣做，反而看見自己正伸手進外套拿鋼筆，然後把那張可恨的長方形紙拉到面前，簽下了名字。

沙格登立刻從我手上取走信，跟我說，他會自己叫信差送去。他又告訴我，他已經發了電子郵件，把我下個月行事曆上的所有約會都取消了。我只有一件首要且是唯一的任務待辦——如果我還想保住這份工作的話，那就是我必須去和海麗葉・查伍德－陶伯特見面，說服她，唯有我們國漁卓越中心這個單位，才有可能替她的鮭魚計畫提出可行方案。另外我還得說服她，我正是這項工作的不二人選。

我點點頭。沙格登站起身，看了我一會兒，欲言又止，也許想道個歉或解釋一下。然後卻只是看看腕錶說：「我可不能讓次長等我。」

我沒有多說什麼就離開了他的辦公室，希望還能保有幾分尊嚴。

此刻，我筆下寫著白天這場不快的經過，心想今晚如果瑪麗在家有多好。有時候，難免想跟自己的伴侶說些內心話。瑪麗不喜歡在電話上長談，她說電話只該用來傳達訊息。麻煩的是，她不常在家，沒法好好談談那些她認為我們不應該在電話上談的話題。可是，我眞的很爲她在事業上的發展感到驕傲。

我希望：當她聽我說，我是怎樣有尊嚴地堅強面對沙格登使出的霸道伎倆，她也會爲我感到驕傲。

六月十五日

我正在辦公室寫這篇日記。

瑪麗今晚就會到家，我發現這幾天自己好想她。整個家裡已經沒有半點吃的了，我千萬要記得，等會兒回家路上要去瑪莎百貨買些現成晚餐，也務必買條新睡褲才行，因爲在特易購買的那條，鬆緊帶已經不行了。我手上有份紀錄，專記各種用品平均多少時間會出毛病（平均損壞時間値），比方襪子的腳跟多久會磨出破洞、睡褲鬆緊帶多久會失去彈性等等。我恐怕已經在一些平均值中看見一種明顯的下降趨勢，某些產品幾乎是有計畫地限期報廢。希望瑪莎賣的產品能牢靠些。

今早又沒上大號，肯定是壓力使然。不過還是去跑了一圈，好燒掉一些在我裡面翻攪的怒氣。

早上接到一通電話。莎莉打內線進來，有位費普公司的什麼什麼海麗葉在線上，問我接是不接？有那麼片刻，英勇的反抗意識頓時湧現，我幾乎脫口而出：「不接！告訴她我在忙。」可是我沒那樣做，反而叫莎莉把電話接進來。然後，一個年輕女子的聲音傳了過來，帶著短促銳揚的上流社會腔，問我是不是鍾斯博士。

她非常客氣。很抱歉打擾我，知道這陣子我正在忙幾個大案子，並表示如果不是客戶催促，她不會在這個節骨眼上打擾。然後她問我，是否還記得先前的那封來信，有關把鮭魚引進葉門養殖的那個計畫？

我含糊應了一聲，從喉嚨最底部發出，因爲我沒把握可以控制住自己的情緒。她把這個回應當成表示記得，接著便問什麼時候可以碰個面。在那一瞬間，我幾乎想大叫：「永遠都別想！」但我竟然只是回應她，明天早上會去她位於聖雅各街的辦公室拜訪。

「請問那位客戶也會在場嗎？」我問。

「他人在葉門，可是他也急著想見你。等下次他再來這裡的時候……當然那是假定明天我們會面之後，您同意就這個計畫有更進一步的行動再說。」於是我們約定時間，明早在聖雅各街她的辦公室見面。

今日稍後

瑪麗剛進家門。她今天早上七點左右飛抵倫敦希斯洛機場，然後就直接去了辦公室，當然把自己累到不行。她看一眼我從瑪莎百貨買回來的義大利餐說：「阿斯，對不起，我一點胃口都沒有。」

她累成這樣，我當然不能在這個時候拿自己的問題煩她。不過她喝了杯葡萄酒後，精神恢復許多，還邊喝邊談了會兒美國政府對銀行業的管制，非常有意思。此刻她已經就寢，我馬上也要去睡了。

如果，我們也能談一下我在工作上的遭遇，那該有多好。可是，我絕不可以太自私。

六月十六日

今天在費普公司的會面，完全出乎我的預料。

對於這些傢伙我實在沒辦法不感到忿恨，沒事就弄出些可笑的念頭，然後跑來打亂我本來還算平靜的生活。我原本打算用一種直言但又不致無禮、不鼓勵也不完全推翻的態度來對付他們。即使現在，邊寫下早上這段經過，我還是邊覺得他們的構想蠢到不行；應該很快就會無疾而終。

早上走進費普公司，入目就是一間高雅的接待處，優雅的接待小姐坐鎮在主管級的大辦公桌後面。桌子對面，擺了兩張看起來相當舒適的皮沙發和一張玻璃茶几，茶几上放著《鄉居》和《田野》雜誌。我還來不及享用這些豪華設施中的任何一項，海麗葉．查伍德－陶伯特女士就出來見我了。

她首先謝謝我撥冗前來，態度優雅有禮，身材高䠷苗條。她的穿著，就像要去赴時尚餐廳的午宴，而不像要待在辦公室面對一整天的辛勞工作。瑪麗總是說女性上班族刻意打扮成那樣，其實是作賤自己。瑪麗自己崇奉實用耐穿的衣著，絕不刻意強調女性氣息。

我們走進查伍德－陶伯特女士下眺聖雅各街的辦公室。雙層的隔音玻璃窗，室內安靜明亮。她沒有走到自己的辦公桌，反而引我到一張桃花心木矮桌旁。兩張扶手椅對坐，桌上托盤內已擺好一把白瓷咖啡壺和兩只咖啡杯。我們分別落坐，她將托盤拉向自己，斟了兩杯咖啡。然後開口——我清楚記得她說的每個字：「我知道您心裡會怎麼想我們：完全是一群白癡。」

我完全沒料到會這樣。於是我開始叨絮起這計畫多麼匪夷所思，完全在我們國漁中心的主要業務之外，我自己又是如何擔心，怕我們大家可能會白費許多時間，結果卻一事無成。

她耐心聽我說完，然後說：「請直接叫我海麗葉，我這姓實在長到拗口。」

我臉上唰地一紅。難不成「查伍德－陶伯特」的唸法也屬於那種變調音，就像明明拼字是裘蒙得利，卻要唸成查姆利一樣，還有德路茲要發成戴爾茲——形、音之間毫無關係，又是英國佬發明的奇持發音把戲，好把大家給弄糊塗。

接著她便建議，也許應該先讓我了解一下整件事的來龍去脈，這樣或許會好一點兒？

我點點頭，我的確需要知道自己到底是在跟誰、跟什麼事情打交道。於是海麗葉（雖然我覺得我們沒熟到可以直呼名字，但寫起來快多了）開始解釋。我兩腿交疊，雙手放在膝上，仿效以前我大學導師一副準備海扁我的姿勢。每次我交出特別爛的功課，他就是這種要把它撕得粉碎的模樣。

海麗葉向我微微一笑並說道，想來我已經看出，費普只是一間土地測量與房地產顧問公司，沒有什麼漁業科學專家。

我告訴她我了解，謝謝她特別提醒。

她頷首示意，繼續解釋。多年來，他們辦公室的業務就是代表海外客戶（尤其是中東買主）在英國置產，包括農業或休閒漁獵的園林地產。費普公司很快就發現，這些客戶不但要他們代置產業，還要他們代管這些產業。

費普公司因此也介入了其他業務，開始在多種事務上提供專業服務，比方說代管地產、代雇莊園員工，一直到代辦農牧實務、租借漁獵休閒場地、申請鄉間大宅建造許可等等。

當然，海麗葉告訴我，這些客戶多數都很有錢，常常喜歡爲他們購置的產業進行雄心勃勃的大規模改造。然後她說：「我們就有這樣一位客戶，跟我們來往已經好幾年了，他的財富的確有部分來自石油。可是如果說他是那種所謂的典型阿拉伯石油大公，那就大錯特錯了。他是一位最不尋常，也最具有遠大夢想的人。」

海麗葉停下來爲我們添些咖啡。我發現自己很不情願地承認，就算這件專案本身再怎麼愚蠢，這女人可一點都不含糊。

她接著又說：「我不打算代替我的客戶說明他的動機。可是，如果您眞的決定幫我們，我想，您最好試著去了解他的動機，這一點非常重要。不過，這要等他自己親口向您說明。」她繼續表示：「我們非常尊敬他。他是個好業主，把他在我國購置的產業管理得有聲有色，也是每個人都想爲他效力的僱主。大家喜歡替他工作，不是因爲他富可敵國的財富，而是受他個人特質所吸引。他還是個英國迷，比起其他中東國家，這情況在葉門並不常見。他在葉門的地位非常崇高，外交部認爲，他可能成爲我們在葉門國會中的重要盟友。」

「哦。」我說。

「說眞的，鍾斯博士，」她不打算直呼我的名字，「我想您察覺到了，這整件事還有政治力介入，我知道政府內部有人給您施壓。相信我，這絕不是我們造成的；我眞的不希望如此。儘管這案子目前看起來好像根本不可能成事，但我們寧願您是出於自願才接手，否則千萬別答應。我們的客戶肯定也是抱持這種立場。」

「哦。」我又應了一聲，然後看她似乎講完了，就開口提醒她：「那個，妳剛才提到的，要把鮭魚引進葉門養殖。」

「還包括引進釣鮭活動。我相信那只是假蠅釣法，不包含一般的直竿式垂釣。」

「不包含直竿式垂釣。」我喃喃重複她的話。

「請問，您也釣鮭嗎，鍾斯博士？」海麗葉問。不知怎麼回事，我的臉又紅了，彷彿正要開口招認什麼見不得人的壞事。或許，眞是這樣吧。

「事實上，我對釣鮭的確相當熱中。妳也許覺得有點意外，但在我們研究漁業的人當中，這沒有那麼稀奇。當然，我釣到的鮭魚，幾乎都會再放回水裡。沒錯，我非常喜歡釣鮭。」

「您都在哪兒釣？」

「這裡或那裡，不一定，我喜歡嘗試不同的河流。英格蘭的瓦伊、伊登、泰恩幾條河都釣過，蘇格蘭則釣過泰河、迪河，還有幾條小河。不過最近沒有太多時間釣魚了。」

「這麼說來，如果您接下這個案子，我敢說，我們那位客戶一定會邀您去他在蘇格蘭的莊園釣魚。」她加上笑容，「而且說不定有一天，你們還會跑到葉門的阿連旱川去釣呢。」

我聽出這話的言下之意。

「這恐怕會有幾個問題。」我指出。這回輪到海麗葉雙腿交疊，這個動作不禁吸引了我的目光。只見她兩手擱在膝上，以一種批判的眼光瞧著我，就像我先前想對她擺出的姿態。

「那就讓我們先拿出幾個問題了解一下。」她建議。

「首先，是水。」我說，「鮭魚是魚，魚需要水。」海麗葉只是看著我不做聲，我只好繼續往下說，「更明確地說，這我也在信裡提過，需要氧氣充足的冷水，理想的水溫最好不超過攝氏十八度，最好的狀況則是有融雪或泉水流注的河川。雖然有些品種的鮭魚的確可以在湖裡生存，只要湖水夠深、夠冷。因此呢，最根本的問題就是水。」

海麗葉站起身，走到辦公桌取了份檔案回來，又再坐下。打開文件夾，她說：「水。葉門部分地區，到了夏天雨季，一個月的降雨量可以高達兩百五十公釐。這是季風帶來的雨水，就像阿曼南部的佐法爾部分地區。除了夏季暴雨氾濫帶來的地表水窪之外，也一直有地下水供應補充。以前大家總以爲葉門沒有太多地下水，可是自從他們開始探勘石油後，已經發現幾處極大的含水土層。所以，的確，水是個不得了的大問題，可是葉門那裡有水。到了夏天，冬季的乾河床都變成河川，也會出現水塘和湖泊。」

這倒是意想不到。

「另外還有水溫的問題。我想妳大概會告訴我，葉門其實並沒有那麼熱，但如果葉門的確很熱，氧氣就會從水中跑掉，魚就會死掉。」

海麗葉又低頭看她的檔案，回應道：「我們設想的地點是在山區。雨也是下在那裡，中部高地海拔超過三千公尺。在那個高度，氣溫應該可以勉強接受。即便是夏天，夜晚的氣溫也會掉到攝氏二十度以下。還有，只要水中氧氣充足，太平洋鮭向南可以游到加州，似乎也活得好好的。鍾斯博士，您是行家，我沒有班門弄斧的意思；

只是這事並不像你一開始想的那麼絕對。」

我停了半晌，然後說：「鮭魚的幼鮭必須吃某些特定種類的飛蟲維生，就算我們把英格蘭河裡的鮭魚引到葉門去，牠們也只吃同樣來自那些河裡來的食物。」

「也許，我們可以把那些蟲子跟鮭魚一道引進葉門？何況，葉門那裡也有很多飛蟲。如果嫌當地蟲子不夠好吃，說不定英國蟲也能調適好住了下來。」她把卷宗啪地一聲闔上，笑看著我。

「還有，」我越說越火，「幼鮭長成了亞成鮭，也就是降海鮭，就會一心想出海。牠們尋尋覓覓的那片特定海域，正巧在冰島南岸。至少，如果我們要引進的育種仔魚，是來自英格蘭或蘇格蘭河川的話。請問妳，妳認爲，這些母鮭種魚要怎麼從葉門游到冰島去？穿過蘇彝士運河？」

「這個嘛，」她思索著，「當然就要仰賴您來解決了。要是我的話，當然，我是完全外行啦，我只是想，我應該會沿著這個方向思考——可以在旱川下游建造幾座蓄鮭塘，把魚放進去；有必要的話，還可打進氧氣，再暫時把鮭魚圈養在這裡三、四年。我看過報導，加拿大有個地方，鮭魚就可以在湖裡待那麼久。」

「然後呢？」

「然後把牠們都捉起來，再重頭開始？」她站起身，看看錶：「鍾斯博士，已經占用您太多時間了。眞的很感謝您親自來聽我說了這麼多。我知道這一切實在離譜，可是千萬不要馬上就打回票。請您多花幾天想一想，我會再打電話給您，如果您不介意的話。務必記得，現階段您什麼都不必承諾，只要答應先做個可行性分析就行了，我們不會讓您拿自己的專業名聲冒險。另外我還要提醒您，如果您肯接下這個案子，我的客戶會視需要投入非常龐大的資金。」

就這樣，我又回到了接待區，和海麗葉握手道別，幾乎完全想不起來自己究竟是怎麼回到那裡的。只見她轉身走回辦公室，我忍不住直望著她離去的背影，她卻不曾回頭。

六月十七日

昨天晚上，我在本地的人本協會有場演講。我的論點是：如果我們相信有神，就等於直接製造了一個藉口，認爲人應該忍受不公不義、自然災害、人生的種種痛苦與失落。基督徒以及其他各種宗教論者，都主張苦難不是神製造出來的，神只是創造了世界，苦難卻在其中發生，藉由苦難讓我們重新發現我們與神的合一。我認爲這種看法根本就是顚倒邏輯。所有的災禍、損失、苦難，都只證明根本沒有神，因爲哪有一個無所不能的神祇，竟會造出一個這麼容易發生災難、意外的宇宙？我認爲之所以有宗教信仰，是用來安慰那些悲哀難過的百姓，免得他們發出其他眞正棘手的質疑。而這些質疑一旦予以回應，往往就會帶來成長與進步。

當晚來的人還不少，大約有七、八位吧。包括頭髮斑白的巴基斯坦老頭穆罕默德‧巴舍爾，他住在街道的另一頭，經常出席。我猜他想拯救我。不過他蠻了解我的，也喜歡我，雖然按照他的標準，我是個褻瀆神明的傢伙。

「鍾斯博士，」他問，「你釣魚，是吧？」

「是啊，」我答道，「只要有空。」

「那你必須釣上幾個小時才能逮到魚？」

「噢，我不知道，」我回答，不清楚他有何用意，「好幾百個小時吧，有時候。」

「那，你幹嘛還釣呢？這不是很浪費你的時間嗎？」

「因爲我希望，最後我一定會逮到一條。」我答道。

老傢伙大樂地嘖嘖咂嘴，右手撫弄鬍鬚：「因爲，你相信。希望，就是相信。你已經擁有信仰之始了。儘管所有的條件都不樂觀，你卻依然想要相信。等你眞的逮到了一條，你會是什麼感覺？一種極大的喜樂？」

「一種極大的喜樂，」我笑著回答他。偶爾我會讓他贏一兩次逗樂他，所以我就由他。我可以提出一千種邏輯和統計論點打敗他，不過我沒有這樣做，任由他說完他的想法。

「你瞧，鍾斯博士，因爲你相信，而這份相信最終會帶給你極大的喜樂。因爲你的堅持以及你的信心，爲你帶來了報償。再說，你得到的報償遠比逮到一條魚大上更多，而這魚你只要花點小錢，就可以在特易購買到。所以嘍，你啊，畢竟，和我們其他人沒什麼太大不同。」

六月十八日

晚飯後，瑪麗邊玩拼字遊戲，邊抬頭對我說：「我得去日內瓦分行出差兩個禮拜。」

這類出差一年大概都會有一次，所以也不算突如其來。我只是抬抬眉毛，表示有點失望，問她什麼時候動身。

「星期天。」

我提醒她，好幾個禮拜前就已經約好，周末和我老哥一起去大湖區健行賞鳥。

「我知道，」瑪麗說，「我深感抱歉。可是日內瓦辦公室有人生病請長假，他們要我去照應一下，我熟悉那裡的情況。不然你跟我一道去？我們可以到阿爾卑斯山愛維湖邊的山區健行？」可是她想了想又改變主意，說她周六可能也得上班，好早些進入狀況。「反正，」她又加上一句，「你手上也有那個什麼鮭魚怪專案，最好還是守在這裡，免得沙格登不高興。」

我口氣硬邦邦地告訴她，我還沒決定要不要接下那案子。

「你該接。」她說。

接下來整個晚上的氣氛變得有幾分僵冷；可是上床之後，我猜瑪麗一定因爲自己忽然爽約，有點罪疚心虛。結果，不用說啦，我那套在瑪莎百貨新買的睡衣褲，前半夜完全派不上用場！這可是我們兩個近來婚姻生活中少有的事件呢。

事畢，瑪麗說：「好啦，親愛的，這樣總可以讓你撐上好一陣子了吧。」說完翻過身去，似乎就打算睡了。突然之間，我覺得自己好像是條小狗，剛蒙恩賜獲得一片餅乾，可是睏意旋即席捲而來，我開始昏昏沉沉睡去。

朦朦朧朧之中，我陷入一個奇異的夢魘，我看見葉門高地燦爛的陽光，一片片水塘波光瀲灩。母鮭正在砂礫之間產卵，平均每磅產下八百顆卵，公鮭則在卵間射精。然後鮭卵受精了，孵化成一尾尾小仔鮭。牠們在清澈的水流裡四處鑽動，然後長成稚鮭，又再長成幼鮭。隨著成長的每個階段，身形變得愈大愈壯，最後長成亞成鮭，終於準備好要展開降海之旅了。如果我們從英格蘭某條河川中撈來魚苗，把牠們送往葉門的某個旱川，這些鮭魚長大後，也會在夏季傾落的大雨中游向大海嗎？鹹水傳來的氣味，會誘使牠們出航往印度洋游去嗎？即使此洋非彼洋？我想，很有可能。又倘若我們在下游堵住牠們，再用專門打造的魚槽運回北海，好讓牠們奔向位於冰島的攝食場，那麼接下來又會如何呢？牠們會在冰島越冬，然後掉頭游往那條英國的原生河川，還是去尋找牠們啓程的出發點印度洋呢？

我們可以在鮭魚身上打上無線電波標籤。想想看，如果能夠偵測到牠們是往非洲海岸而下，去搜尋當初來的那個新家，那會引起多大的騷動？

突然之間，我想要這個案子。這個想法實在新奇，說不定可以從中發掘出全新的科學。我們對物種遷移的知識，說不定會完全改觀。隨著時間過去，我們或許得以目睹新鮭種的演化誕生呢！這種新鮭不但可以在溫水中生存，或許還能學會就近在印度洋這一大碗豐富的營養湯中覓食呢。

然後只聽見瑪麗大聲問：「什麼？」

「什麼什麼？」

「你在說話，說夢話！什麼產卵之類的。你想的就是這些嗎？在我們做愛之後！想你那些該死的魚，想牠們的繁殖周期？」

她把她那邊的床頭燈扭開，隨即坐了起來。爲了某些原因，此刻她完全醒了，情緒很壞。我曾經留意過，罪疚、心虛，反而會讓人發動攻擊。也許就是這麼回事吧。不過我可不想起口角，不管是爲了鮭魚繁殖期還是任何事情。所以我用息事寧人的口吻示好：「親愛的，我還眞希望，我們自己也能做一點繁殖呢。」

「別開玩笑了，」她答道，「你我都知道，不等我一年賺個十萬英鎊以上，或者你的年收入超過七萬英鎊—不過看你現在和工作單位的關係，恐怕別想了—我們兩個的稅後收入加起來，根本無法負擔添個孩子的費用。何況，我可不想中斷我的事業前途，別說三個月，一個月都不行。懷孕會影響我的升遷機會，現在這個時候，我認爲我的機會比你大得多。你明明很清楚，這會兒幹嘛又提起來？」

然後她打了個呵欠。至少，顯然已經忘記一開始自己爲什麼醒了，整個人看起來有點茫然。

我說：「我知道，親愛的，妳說得對。把燈關了，讓我們都睡一下吧。」

可是我睡不著。我睜眼躺在那裡，想著我們的婚姻，想著我是不是對瑪麗不夠公平，還是她對我不公平？我問自己，如果當初有孩子，情況是否會不一樣？我的思緒，又飄到鮭魚在葉門高地產卵。於是便繞著這些念頭轉來轉去，一個追逐一個，猶如幼鮭在瀲灩波光的溪流中扭游不停。

我爬下床到隔壁房間。心想，也許寫寫日記可以幫助我入眠。

結果，不然。

3. 葉門引進鮭魚養殖一案之可行性研究報告

國立漁業卓越中心（國漁中心）鍾斯博士致費普公司提案書／六月二十六日

報告摘要

國漁中心應費普公司之請，就葉門旱川系統引進遷移洄游型鮭魚科一事提出評估。本案長程目標係爲該國發展優質漁釣旅遊商機。查阿拉伯半島沿岸的天然漁業資源豐富，波斯灣諸國一向在此進行撈捕，對漁業漁場的開發及利用已具充分認知，良好的漁業管理也日見進步。

然而時至今日，當地多數人口仍無法接受休閒娛樂型的釣魚活動。若能將鮭魚等遷移洄游型的魚類引進當地河川系統，就理論而言，上述狀況當可獲得改變。本提案謹以試辦方式，選擇在西葉門的阿連旱川引進鮭魚。長程目標則是在這條旱川開發人工管理的鮭業與漁釣，假以時日再漸次引入其他可資利用之天然或人工水道。

多方考量葉門環境，確非引進遷移洄游型魚類之理想場所。此類魚種的天然孵殖棲地，原位於溫帶氣候區北端，攝食場則在北大西洋。茲就其中所涉之數項大難題分述於下：

- 葉門當地水道會於極短時間內，從乾涸突然暴漲爲氾濫，此種狀況只出現於濕夏月份，並只發生在擁有季節雨型氣候的葉門部分地區。

●根據當地平均氣溫顯示，水溫可能比大西洋鮭種所能正常承受的水溫高出甚多。

●即使上游水道確可在濕季撒布魚苗，鮭魚的洄游遷移也將比正常的北大西洋之旅更具挑戰性，不僅洄游距離長達數千英里，還必須繞過好望角沿西非海岸北上，始能進入一般鮭魚出沒的水域。在此之前，大西洋鮭最南只到法、西兩國西岸的比斯開灣，而北太平洋鮭則游抵北加利福尼亞州。

●一旦雨季於九月結束，水道狀況將回復乾涸炎熱，任何仍棲止於此旱川系統的鮭魚勢難存活。

除此之外，尚有其他技術層面之議題有待解決，包括當地生態環境系統、旱川內缺乏無脊生物（雖然有數量頗豐的節肢動物，如蠍子）、細菌議題，以及情況不明的掠食問題等。我們推測鶚鷹、禿鷹及其他當地掠食性動物，很快就能學會捕食困在水深相對較淺的鮭群。

基於上述理由，我方以案頭研究爲基礎，參酌各種封閉型系統模式及現行目標，建議如下：

一、圈置自北海返鄉、擬進入老家母河之鮭魚，引入冷卻式運輸槽；槽內裝置取自北海之鹹水。利用冷凝壓縮與循環回收系統，將水氣蒸發之損失降至最低。此外，尚需找出如何控制槽內溫度與含氧量之方法。載鮭槽需以空運方式送抵葉門，於當地啓建貯鮭槽暨設置通向旱川之出口，並視需要進行開闔。

二、當淡水雨進入旱川河道系統，打開貯鮭槽出口，以便讓雨水流入槽內。鮭魚屬河海兩棲洄游類，可以適應鹹水與淡水兩種環境。據我方推測，鮭魚一嗅到淡水氣味，就會離開鹹水環境，向上游尋訪產卵場所。雖然鮭魚無法辨識異鄉水之「氣味」（關於鮭魚如何辨認當初孵化母河之河口，至今所知仍有限），但我方相信，牠們進入異鄉淡水的機率仍有一定程度的可能性。英格蘭、蘇格蘭境內河川，經常可發現入錯河口（非原生母河）的「外來鮭魚」即是例證。

三、逆水溯游的遷徙行爲，還需要某些水道工程，並視下列調查測量而定：

1. 水道坡度與天然障礙，不致阻礙鮭魚沿河床移動，且這段低障礙河床至少要長達十公尺，方能進行有意義的實驗。

2. 地下水的背景流量值，必須能在水道中達到最低程度的水位，以免鮭魚在兩次大雨氾濫之間的低水期擱淺受困。

四、據我方所知，阿連旱川區原有一組法拉吉地下水石渠，用以引水灌溉棗椰樹叢，經改建後或可充當上述用途。

五、鮭魚會尋找水中氧氣充足之淺水砂礫河床產卵。據我方了解，葉門有大量的砂礫碎石，尤其是阿連旱川。因此理論上，鮭魚有可能受到鼓勵在此產卵。當我們將夏秋之際溯游而上的鮭魚引入水道，若出現適合之棲地，牠們應會試圖在逆水之旅的末端產卵。這種假設指向令人興奮的可能性：亦即人工引入的鮭魚，有可能會在此自然產卵，或至少可採弱電擊昏方式取卵。該二方式皆可讓我方於阿連旱川河畔設置一處孵化場，在此孵化之下一代鮭魚存活機率將會大為提高。如此一來，就能建立眞正生活於阿連旱川之鮭魚群。至於其遷移本能後續將會如何發展，勢必要進一步探討。據我方推測，若能建造第二座裝滿鹹水之貯鮭槽，以海水味道騙誘向下游洄游之鮭魚群，就能將之圈置於鹹水環境中。

現階段我方不就本案所需成本進行核算，一切俟貴客戶評估以上構想之可行性後再議。然初步估計，除國漁中心之時間與專案管理費用外，本案所需成本約在五百萬英鎊之譜。營運部分之成本尚未列入。

我方靜待貴客戶進一步指示。

受信地址：倫敦史密斯廣場
受信人：環境食品暨農務部附屬國立漁業卓越中心／鍾斯博士
發信地址：倫敦聖雅各街
發信人：費普土地代理顧問公司
日期：七月六日

鍾斯博士鈞鑒：

承惠提專案建議書，已於六月二十九日收悉，無任銘感。本案客戶刻在英國，已得空親覽，亟望與博士當面進一步討論。簡報所展現之專業風範與建設性態度，已深獲客戶正面肯定。

隨信附上保密協定一紙，懇賜簽名爲憑，以便進一步透露我方客戶與專案之相關資料。一接獲簽本，我方旋將與您約定會面時間。不情之請，尚請見諒。耑此，

順頌

時安

海麗葉・查伍德－陶伯特

寄件者：Fred.jones@ncfe.gov.uk

日期：七月七日

收件者：Mary.jones@interfinance.org

主旨：葉門／鮭魚

我想妳會樂於知道我和沙格登握手言和了。我已遞交費普公司一份葉門鮭魚養殖案的可行性研究大綱，並收到一個非常溫暖（或可說熱情）的回應。結果今天，我在咖啡機旁碰到沙格登（是意外或巧合？我正按鈕要買杯卡布奇諾，他就忽然冒了出來，所以他也來了一杯，我們還聊了一會兒）。若我記得沒錯，他說：「你送交費普公司的那份評估報告，我們都覺得很精彩，充滿遠見與想像力，遲早會是個大出風頭的案子。」我喃喃應了兩句，妳也知道，我一向受不了別人奉承。然後我問他，可以簽那份保密協定嗎？簽好才能繼續往下進行。他說可以，還眞的拍了拍我的肩膀表示讚許。他這人不喜歡跟別人有肢體上的接觸，所以對他來說，這個舉動已經很露骨了。

認眞說起來，如果我一開始就聽命行事，那今天他只會把我所做的一切視爲理所當然，根本不當回事。可是就因爲我先鬧了點脾氣（爲了試試他本人對這案子有多支持），現在他就自以為打贏了一場勝仗，是個了不起的出色經理人。事實是，只要你懂得如何應付這些唯唯諾諾的公務員，包準就能把他們玩弄於股掌之間。

希望日內瓦一切都好，期盼妳早日返家。想妳。

阿斯

寄件者：Mary.jones@interfinance.org

日期：七月七日

收件者：Fred.jones@ncfe.gov.uk

主旨：乾洗衣物

阿斯：

幫我到高街那家乾洗店把我送洗的一大包衣服取回來，好嗎？我上機前沒時間去拿。或許你還可以找聯邦快遞或DHL幫我寄過來？我這裡替換的衣服有點不夠，他們又還找不到人來替代那位我在幫他代班的同事。

這裡一切都好，工作很辛苦，可是我想我的付出會受到感謝與看重。只是還不確定什麼時候可以回英國。

愛你的瑪麗

又：拜託今晚就把送洗衣物拿回來，最晚明早寄出。

再及：很高興聽到你和沙格登的問題解決了。

寄件者：David.Sugden@ncfe.gov.uk

日期：七月七日

收件者：Herbert.berkshire@fcome.gov.uk

主旨：葉門／鮭魚

我想您會樂於知道，我指派擔任這項專案的那位（先前還很勉強的）科學家，現在已經被我治得服服貼貼。我餵了點主意給他，告訴他怎麼去進行，現在他已經提出初步構想，還算差強人意，客戶那邊也接受了。我會保持聯絡，讓您知道事情的進展。如果您覺得有必要，可以把這封信往上呈送。

沙格登敬上

備忘函

發文者：麥斯威爾

受文者：首相

主旨：葉門／鮭魚

日期：七月八日

閣下：

我想最好讓您知道一下葉門專案的近況（您還記得吧，就是那個送鮭魚去沙漠的提案）。我們已經向前跨出了一步，隨時可以正式啓動。不過，我想我們先按兵不動，不要跟媒體公布。畢竟這是個非比尋常的大新聞，最好先看看是否眞能成功再說，在十拿九穩之前最好不要提早曝光。我們也知道多數公務員的口風都不緊，想來那些科學家也好不到哪裡去。我們一定要掌控好，消息必須是從我們的嘴裡、用我們的說法放出去，而且整個構想是誰（當然是您）提出來的，更要說得清、清、楚、楚。

一有任何消息，我會隨時向您報告。

麥斯威爾

又及：一直沒問過您，釣魚嗎？

4. 鍾斯博士日記摘錄：他與穆罕默德大公的會面經過

七月十二日

非常奇特的一天。

我已經安排好今天早上的第一件事，就是與海麗葉（查伍德-陶伯特）在聖雅各街費普公司會面。我得承認，我還滿期待能夠多了解這件案子及其幕後金主。甚至可以這麼說，我很期待再度與海麗葉見面，因爲到目前爲止，她表現出來的那種聰慧與專業、落落大方的舉止，確實令我印象深刻。她待人接物的技巧，跟沙格登截然不同，完全是另一種層次。沙格登現在成了我最好的朋友，上周五下班後，我們還一道去酒館喝了幾杯。

總之，我到了聖雅各街，在接待處報上名號。令人驚訝的是，海麗葉竟然手提公事包，從她的辦公室走了出來，臂上還挽了件雨衣。

「我們要上哪兒去嗎？」我問她。

她向我道聲早安，叫我一起下樓。這裡我一定要特別寫出來，她笑起來很迷人，沒表情時卻帶有幾分嚴峻。出門到了街上，已經有一輛黑頭車在等候；司機趕忙跳出來幫我們開門。落坐之後，海麗葉轉頭告訴我：「我們現在就去見客戶。」我問她可否先透露一點有關這位客戶的資料，她卻只是說：「我想，他的事最好還是由他自己來對你說，如果你不介意的話。」

車子靜靜開進皮克地里大街，然後右轉。海麗葉從公事包掏出幾份文件，戴上眼鏡，問我：「您不介意吧？我得看幾份文件，也是這位客戶託辦的其他業務。」

於是她就看了起來。同時車子則駛過渥克斯奧大橋。我有些訝異，我原本以爲我們前往的是貝爾格雷弗廣場或伊頓地一類的高級地區。白色的皮椅坐起來很舒服，聞起來有新車味，我往後躺，好好享受一下難得的奢侈。我自己沒有車子，倫敦市中心爲了緩解塞車情形，特別開徵塞車費；花那種錢未免太不划算。車子繼續開過倫敦南區。我開始納悶，我們到底要上哪兒去。大公應該不會住在中美移民聚居的布里克斯敦區吧？

我忍不住開口問：「對不起，海麗葉，還要多久才會到？」

她摘下眼鏡，從全神貫注的紙堆中抬起頭來，給了我一個笑容：「這還是您頭一回沒有連名帶姓叫我呢。」

我不知道該怎麼回答，只好含糊答道：「噢，眞的嗎？」

「沒錯，眞的。至於您的問題，沒有多久了，我們只開到比金山機場。」

「我們在比金山機場跟妳的客戶見面？」

「不，他的飛機在那裡等我們。」

「我們不會是要去葉門吧？」我驚覺道，「我沒帶護照，什麼都沒帶。」

「我們要去大公位於北蘇格蘭的莊園造訪，就在因凡內斯附近。他很喜歡您的計畫，想跟您當面談談。」

「他這麼說眞是太客氣了，眞不敢當。」

「他是很客氣，不過，您的計畫給了他希望，所以他才會喜歡。」接著她就閉口不說話了，再也不肯被拉進任何話題，直到我們抵達機場。

換做其他場合，光是搭乘私人噴射機這件事，都會讓我覺得非同小可；事實上，不論哪種飛機，我都不常搭乘。但這畢竟只是一趟飛行，眞正令人印象深刻的難忘經歷，是發生在我們抵達之後。

我們在因凡內斯降落，另一輛黑頭車已經等在航站外。這回是一輛路華休旅吉普車。我們上了高速公路A9，往南開了約二十分鐘，然後便往下開進一條狹窄的單行道，駛過一處攔畜柵欄。一面牌子上寫著：「托樂丘谷莊園，私人物業」。沿小路再往遠遠的坡地方向開去，下到一處滿是林木的谷地，跨過一條迷人的溪流，溪中處處可見令人嚮往的暗灘，裡面想必有魚。沿河又走了十分鐘，一座紅色花崗石的大宅邸終於進入眼簾，四面環繞著整齊蒼翠的草坪。宅邸前的兩側各矗立著一座塔樓，還有一道中央門廊，環柱繞著巨大的正門，階梯向下直鋪到碎石路面。

車子開到莊園前面停了下來，一名穿西裝打領帶的男子步下台階。一開始，我以爲他就是我們的那位客戶，但才出了車子就聽到他說：「歡迎再度光臨托樂丘谷，海麗葉小姐。」

海麗葉說：「你好嗎，毛克姆？」

毛克姆俯首爲禮，回應她的問候，又恭敬地朝我的方向低喃了聲歡迎，然後便請我們跟他進去。進了屋，迎面是一間正方形大廳，四壁嵌鑲深色木板。房間正中央擺著一張圖書室用的圓桌，桌上有盆玫瑰。牆面懸掛了幾幅雄鹿圖，畫面深邃幽暗；又有木匾嵌裱著巨大的鮭魚標本，令人望而生畏，上面還標明了重量及捕獲日期，雄踞於鹿畫之間的牆面。

「大公閣下正在祈禱，」毛克姆對我說，「大約需要一兩個小時。海麗葉小姐，請妳移步他的辦公室，他會在那兒見妳。」

「好好去玩吧，」海麗葉對我說，「待會兒見。」

「請隨我來，鍾斯博士，」毛克姆說，「讓我帶您上您的房間去。」

竟然還有專用的房間給我，我原以爲只是來開個會而已，然後就直奔機場回家呢。照我原先的想法，大概會和這位大公談個半小時，頂多一小時，當他了解我能說的全部事情後，就會請我離開；沒想到竟然會受到這等款待。毛克姆領我到二樓的一間臥室。房間極大卻相當舒適，一張四柱大床、一座梳妝台，還有一間大浴室。透過寬廣的上下拉窗，可以望見石南原野蜿蜒入山。床上擺著一件格子襯衫、一條卡其便褲、一雙厚襪，以及一件捕魚專用的防水青蛙裝。

接下來的事，更讓我既驚又喜。毛克姆說：「大公建議您不妨先去釣一兩個鐘頭的魚，然後再和他會面，先放鬆一下，這一路辛苦了。大公希望這些衣服還合用，我們只能大略推測您的尺寸。」他又指了指床邊的拉鈴，告訴我說，準備好了就可以拉鈴喚他，他會帶我去找釣魚嚮導柯林。

半小時後，就在柯林的陪伴下，我沿著來時的河岸走去。柯林是個矮個子，有一頭淺棕色的頭髮，方臉，沉默寡言。剛才介紹時，他繃著臉不快地看著我。而我呢，則穿著專爲我準備的名牌青蛙裝，看起來八成像個笨蛋。

「先生，您以前從來沒釣過魚吧？」他問。

「其實，我釣過。」我回答道。他的臉上倏忽閃現一絲光彩，但馬上又恢復原來的臭表情。

「來這裡看我們老爺的先生們，這輩子手上多半都沒握過半根釣魚竿子。」

我說我會盡力，於是我們前往河邊。柯林帶了一根十五呎長的釣竿，還有一個兜網。一路走著，他告訴我一些關於這條河和在這裡釣魚的一些事。河面約有三十碼寬，水量充沛。「昨晚下了場大雨，有些魚可能上來了。不過我懷疑今兒個，您能見著半條。」

終於來到一處陰潮的水灘，約有五十碼長，急流躍過碎石淺灘，白沫激湧。遠處河岸花楸、赤楊垂覆，可以看見幾團拋線纏掛在枝梢上，顯然是野心太過的釣客不小心勾斷了線。

「您就在這兒釣，不比其他任何角落差。」柯林建議。那神情，擺明了不信我有辦法見著半條魚，更別說釣到了。他把釣竿整好後遞給我。我試了幾下，好抓住感覺。竿子的平衡感極佳，又挺又有力。我照柯林的建議，往前涉入水中幾呎，開始把線放出去。

「放一點線，向前一步，然後再放點線，再向前一步。」柯林從岸上指導我。線放得差不多了，我試著拋出一個斯佩雙拋，只見釣線如絲般飛了出去，假蠅餌輕落水面，如薊草種子的冠毛般輕柔。

「我見過拋得比這更差的。」柯林評道，口氣比剛才友善些了。然後他便在河岸上坐了下來，從懷中取出菸斗，開始撥弄起來。我把他完全忘了，只管專心釣魚。再跨出一步，拋線，盯著蠅餌輕觸黝暗的水面，拉直線，再跨，再拋。流水、池灘，靜謐的美感讓我深深著迷，我謹慎地一步步往深裡釣去。一度看見對岸緩流中捲起一股漩渦，冒著泡沫，就在我的釣線前方。我猜，可能有條魚正在那裡游動。但是我不敢拉長拋勢，怕自己的線也纏到那些垂曳的枝條。又有一度，有道青褐色光飛掠而過，只聽柯林在上流幾碼處說：「魚狗。」

最後，終於抵達這一段水的盡頭，水流的速度太慢，不可能再往前釣，所以我又一路涉回岸邊。此時我幾乎已忘記身在何處，只全神專注自己在做的事，四周如此靜謐，我身心一片祥和，但聞水流的美妙樂音淙淙流過砂礫，繼續往下一個水灘奔去。然後乍見柯林出現在我的手肘邊。

「讓我把蠅餌換了，掛上個顏色多點的玩意兒，也許用個阿利式假蝦。那叢赤楊下有條魚。」

「好像被我嚇跑了。」我說。

我們走回岸上，柯林繫著新餌，我回頭向身後望去。通往正屋的道路就經過旁邊，再往外頭是一片沼地。我聽到一對蠣鷸尖銳的鳴叫聲，更遠處傳來的咕咯聲顯然是隻松雞。柯林把釣竿交給我，我再度踏進灘頭。一如剛才那樣，一步步往深水裡釣，就在我要走到先前看到有東西在動的地方，忽然頸後一陣刺癢，就是那種有人在身後盯著你看時會產生的感覺。我把線放出，轉頭望後，大約三十碼處，就在我的上方，有個小個子站在路上，白色頭套，白色袍子，就那樣站在路上，與四周景象完全不搭調，他的身後則是石南原野。只見他打直腰桿站著，一動也不動，緊盯著我瞧。

線上一個扯動，馬上把我的注意力帶回水中。一股漩渦，然後一陣水花，線便忽然像發瘋一般尖銳急速地飛旋出轉盤，魚咬了餌正在跑開。我的心碰碰亂跳，把竿頭拉高，開始和我的魚搏鬥起來。沒多久工夫，約十分鐘後，就把一條中型大小的銀色海鱒弄到水邊，柯林敏捷地把牠收進兜網。

「五磅重，」他說：「不壞。」似乎頗爲滿意。

「我們把牠放回去。」我說。柯林似乎有點不以爲然，但還是照我的話做了。然後我們便出發走回主屋。

當天稍後

一直到傍晚，我才和客戶見了面。回到屋裡，我被交還給毛克姆，原來他就是大管家。在我的想像，大管家總穿著黑長外套加條紋長褲，就像因演藝成就而受封的吉爾古德爵士在電視影集所扮演的模樣：不管走到哪兒，手上都托著一只銀托盤，上面擺著一杯雪利酒。然而，毛克姆卻只是穿著一套深色西裝和白襯衫，打一條深色領帶，看起來一臉嚴肅謹慎，悄無聲息地在屋內四處走動。他帶著我回房，我換回原來的衣服。然後毛克姆在圖書室為我上茶，配黃瓜片三明治（吐司麵包邊已都切除了），外加當天的報紙——從《泰晤士報》到《太陽報》，各種報紙應有盡有。

毛克姆三不五時會探進頭來，抱歉讓我久等。大公閣下還在講電話開會，這個會比原先估計久了些……大公閣下在祈禱了……大公閣下又在開會了，可是隨時就會抽身。最後我問：「我們什麼時候飛回倫敦？」

「報告先生：明天早上，用完早餐之後。」

「可是我什麼都沒帶，我不知道大公要我們在此過夜。」

「別擔心，先生，您會發現東西都在您房裡備妥了。」

毛克姆的呼叫器作響，他致歉走開。一會兒回來，說：「我已經冒昧為您放了洗澡水。如果您不介意，這會兒就請上樓梳洗換裝，七點鐘大公閣下會在圖書室等您喝一小杯。」我搖搖頭，簡直無法置信，又隨著毛克姆上了樓。他在前引路帶我回房，我現在已經開始會認路了。進房、洗澡，伸直腰躺在冒著蒸氣的浴缸中，水裡摻了某種東西，聞起來有松香氣味。我思忖著這一天的奇特經歷。

躺在浴缸裡，我注視著天花板，一股巨大的寧靜感悄悄籠罩。就像在度假，遠遠離開了辦公室，離開了家，還意外釣到一條魚。對我來說，這種驚喜可能要兩年才會碰到一回（瑪麗對這種度假方式沒興趣，認爲粗鄙又浪費錢，對不想釣魚的人來說更加覺得無聊，因此這純屬我自私自溺的作爲）。我踏出浴缸，用條白色的大毛巾拭乾身子，慢慢晃回臥室。雖然是盛夏，房間卻升起了爐火，桌燈也打開了。屋內溫暖，燈光柔和，讓我想賴在床上小寐個二十分鐘。可是轉念又想，萬一來不及起來晚餐可不妙。所以只坐下寫了幾行日記，記述今日行程，還有自己釣到的那條海鱒。

寫完日記，我檢查一下已經擺在床上的衣服。全套正式的晚餐裝束：襯衫、黑領帶、乾淨內衣、短襪，每一件都很合身，就像專門爲我量身訂做的。床邊的小地毯上，還有一雙不用繫帶的黑色皮鞋，擦得晶亮，當然也合腳得不得了，就像手套般貼合，這時的我已一點都不覺得驚訝了。出了房門，正走到樓梯口，就看見海麗葉從另一廂向我的方向走來。一身令人驚豔的黑色晚裝，腰間繫條金色腰帶。我必須說，看起來真是豔光四射。看見我，她微微一笑，說：「眞抱歉讓您久等。大公閣下有許多要務，不巧都必須在今天下午處理。」

我微微頷首，表示了解。我不再介意讓我等了一整天，反而感到好奇及期待，就彷彿有什麼重要祕密要揭曉一般。我現在已迫不及待地想和海麗葉的客戶見上一面。

我們一起下樓。海麗葉搽了香水，氣味淡雅，使我想起夏日晚間雨後花園的氣息。我發現自己一邊隨她身後走下樓梯，一邊聞嗅著這股清香。雖然瑪麗說昂貴的香水是另一種剝削女人的形式，而且根本無法取代肥皀、清水的洗滌功效……我們走進圖書室，一架爐火燒得正旺，爐前地毯中央站著一位小個子，正是下午站在路上的那個白袍人。此刻我注意到他的袍子和頭套都滾著金邊。他的臉色黝深，一對小而深陷的棕眼，鷹勾鼻下蓄著灰色鬍髭。整個人散發出一種凝肅的威嚴氣勢，站姿仍舊筆直，令人忘了他的身高。

「歡迎光臨舍下，鍾斯博士。」他開口致意，伸出手來。

我向前握住他的手，海麗葉同時說道：「請容我向您介紹穆罕默德・塞德・提哈馬大公閣下。」

我們握手爲禮，三個人全站著，相互打量。此時毛克姆走了進來，手上端著銀托盤，托盤上擺著一只圓玻璃杯及兩個細高腳杯，圓玻璃杯裡面是威士忌，細高腳杯裡面是香檳。穆罕默德大公取了威士忌，毛克姆問我要喝點別的，還是香檳就行？

「看到我竟然喝酒，」大公說，一口流利的英語，「你一定很訝異。在葉門家裡，我的確滴酒不沾，我在葉門的幾處府邸也沒有任何酒精飲料。可是當我發現威士忌被稱爲生命之水後，就覺得神一定會了解也能赦免我偶爾在蘇格蘭這裡喝上幾杯。」他的聲音低沉有磁性，偶爾會帶著阿拉伯語人有時會有的喉音。

他啜一口手上的威士忌，嘟著嘴唇做出一個「啊」的無聲口型，表示滿意。我也啜飲著我的香檳，冰涼的好滋味。

「你喝的是八五年的克魯格，」大公說，「我自己不喝，但朋友的盛情難卻，他們認爲這款酒很順喉。」他招手示意我們坐下，海麗葉與我共占一張大沙發，他則坐在我們對面。然後話題便轉向鮭魚案。雖然現在時間已晚，我卻依然清楚記得他說的每個字。他的人、他的話，我想，凡是和他見過面的人都不容易忘記。

「鍾斯博士，」大公說，「我非常感謝及至目前爲止你爲葉門鮭魚案所做的一切，我仔細看了你的提案，非常精彩。不過你一定覺得，我們的腦子有點不正常吧。」

我喃喃幾句，大致是「哪裡哪裡，一點也不」的意思，可是他揮揮手，不接受我的說法。

「你當然會這樣想。你是科學家，一位優秀的科學家，我早就耳聞了，你是國立漁業卓越中心的舵手。現在竟然冒出一些莫名其妙的阿拉伯人，說他們想要鮭魚！在葉門！在葉門釣鮭魚！當然你會認為我們不大正常。」

他又啜了一口威士忌，然後四下看了一眼。毛克姆不知從哪裡現身，拿來幾張小桌子讓我們放下酒杯。隨即又消失無蹤，退到房中哪個照不到光的角落。

「來到貴國多年，我觀察到一個很有趣的現象，」大公閣下說：「你不介意，我坦誠表達對你同胞的印象吧？」我點點頭，想來他原本就認定我不介意，因為他老兄停都沒停就繼續說下去：「這個國家裡面，勢利味仍舊很重。敝國雖然也有很多階級，但是沒有人質疑這些階級的存在。我是出身自賽義德這個顯貴階級的大公酋長，我的顧問、參謀是卡地斯法官階級，我府裡的工人是努卡階級，有些甚至是卡達姆的奴僕階級。可是人人各安其分，知道自己的位子，彼此之間說話不必顧忌忸怩，也不怕別人訕笑。英國則不然，大家似乎都不曉得自己屬於哪個階級，而且，不管你屬於哪個階級，往往又羞於承認，卻想裝得好像是來自另一個階級。你們賽義德階級的談吐用辭，故意模仿努卡斯階級的口吻，免得惹人注目，結果講起話來不似爵爺，反倒像個計程車司機，就只因爲怕別人對他們有惡感；反過來也是，一個屠戶（底層的扎砸）因爲賺了大錢，便學起賽義德階級的腔調。可是連他自己都不自在，戰戰兢兢，就怕自己發錯哪個音，戴錯哪條領帶。貴國啊，其實充斥著階級偏見。是不是這樣，海麗葉．查伍德-陶伯特？」

海麗葉笑了笑，不置可否地微微傾首，未發一語。

「可是長久下來，我也觀察到另一件事，」大公閣下又說了，「有這麼一夥人，因爲熱愛一項共同的興趣，所有階級都可拋在一邊。賽義德和努卡一起站在河岸上，自由自在地交談，毫無任何顧忌忸怩或自我意識。當然，我指的就是釣鮭迷，而且的確包括了形形色色的釣鮭迷。不論高低、窮富，都忘我地沉思於神所創造的這項神祕事物：鮭魚；忘我地思索著：爲什麼有時鮭魚會去咬那蠅餌，有時卻不會？」

他又啜了口威士忌，毛克姆忽然又出現在他手肘旁，手上捧著酒壺和壓桿式蘇打吸瓶。

「敝國同胞，自然也有他們的缺點。」大公閣下繼續表示，「我們是個缺乏耐性的民族，有時還很暴力，一言不合，可能就拿起槍來用子彈解決。雖然就許多方面而言，我們都是一個古老又組織井然的社會，我們卻始終以部族爲優先，國家次之，我們的身分首先是部族的成員，其次才是國家的成員。畢竟我自己的家族與部族已經在哈瑞茲山區定居千年以上了，可是我們的國家卻只成立了區區幾十年。我的國家當前仍充滿了分裂不合，事實上在不久之前，根本還分屬兩個國家，而更久之前，則是由撒巴、納季蘭、蓋太班、哈德拉毛等多個王國分治。至於貴國呢，我注意到雖然也不乏暴力與攻擊現象，比方說你們那些足球暴民，但卻有另一批人深具耐心與容忍美德。我是指所有的釣魚迷，尤其是釣鮭迷。」

穆罕默德大公的聲音輕緩平和，卻擁有一股天生的力量，令人不得不專注、恭敬傾聽他說出的每個字。我默不作聲，不敢也不想打斷他的思路。

「因此我有了個想法，如果能在葉門打造出一條鮭魚河，從各方面而言，無論對我的國家、我的國人，都會是極好的福祐。如果眞能實現，必是神的奇蹟顯現。我知道，一定是的。我的錢，你的科學，鍾斯博士，缺一不可，只要缺少一樣就無法達成如此成就。正如摩西在曠野發現水泉，只要上天的旨意如此，我們就能使鮭魚游在阿連旱川的河水中。只要上天的旨意如此，夏天的雨水就會落滿旱川，我們就能從地下水層打出水來，鮭魚就將溯河而上。然後，我的國人，賽義德、努卡、扎砸，不論達官貴人還是販夫走卒都將肩並肩站在河岸，一起釣著鮭魚。他們的性子也將改變，將感受到這條銀色魚兒的迷人魅力，感受到你我都深切了解的那種無以抗拒的愛意，愛鮭魚，也愛牠泅游其中的河流。從此以後，如果話題再轉到這一族說了什麼、那一族做了什麼，或應該如何對付以色列人、對付美國人……聲音開始高亢，火氣開始大起來時，就會有人發話：『來來來，大家都起來，讓我們釣魚去！』」

然後他把最後一口威士忌一飲而盡，問道：「毛克姆，晚餐準備好了嗎？」

我覺得倦意湧上來，晚上其他細節也無法記得清楚了，但他這番話卻記得一清二楚。我知道，他的確是（如他自己所言）有點瘋狂，但卻是一種溫和甚至高貴的瘋狂，一種令人無法抗拒的瘋狂。晚餐桌上到底吃了喝了什麼，我記不清了，只記得每道餐點都非常美味。我想，主菜好像是羊肉吧。大公用餐時沒再飲酒，只喝水，吃得很少，話也講得不多，頂多開個頭，然後就鼓勵海麗葉和我再說點什麼。

飯後，我們在圖書室用小杯子啜飲著小豆蔻咖啡，他倒是又提起了一件事：「如果這案子能成功，那會是上天恩賜，應該要感謝神。如果失敗了，那麼你，鍾斯博士，大可昭告天下，當初是一個可憐、愚蠢又糊塗的妄想者堅持要你嘗試這項不可能的任務。但不論結果如何，有些好東西必定會在過程中顯現出來，這是無庸置疑的。

某些以前不了解的事情，會因此透徹了解；而你，也會因此獲得恰如其分的讚賞。至於其他一切，都會被遺忘。就算失敗了，錯也在我，因爲那表示我的心不夠純正，我的眼光不夠清明，我的力量不夠巨大。然而，只要神的旨意如此，凡事都可達成。」

他放下咖啡杯，對我們微笑，準備道晚安。不知怎麼回事，我突然開口：「不會有任何不好的事情發生，閣下，即使案子失敗也不會。」

「我這個鮭魚夢已經和許多學者、教長談過。我告訴他們，我眞的非常相信，這個奇妙的生物會使我們更接近神—透過牠生命的奧祕，透過牠爲尋溯故鄉溪流一路游過大海的漫長旅程，這個尋鄉溯源之旅，不正如同我們迎向神而去的旅程嗎？他們也告訴我，穆斯林也可以像猶太人、基督徒一樣釣魚，這不會觸怒神。可是護教聖戰士一派卻不這樣認爲，他們會說我把基督教十字軍國家的作風，帶進伊斯蘭的地面。如果事情不成，他們最多只會嘲笑我。但如果他們認爲有可能成功，就一定會想法子殺了我。」

夜深了，房間厚重的窗帷已經拉上，可是仍可聽到夜梟在林間尖啼。我就要上床了，不過擱筆之前，一定要寫下這句話：我覺得平靜而祥和。

七月十九日

今天早上沙格登把我叫進他的辦公室，揮手示意我坐下。只見他滿臉發光：「你似乎發揮了魅力，把你那位阿拉伯朋友迷住了。」

「我猜，你的意思是指穆罕默德大公？」

他點點頭，把桌上一疊厚厚的文件推向我：「早上剛到，大公的法務顧問送來的，我猜他們的顧問費一定不低。」他伸出食指彈了彈那疊文件：「五百萬鎊大洋，就在裡面。」

原來大公的法律事務顧問送來一份草擬合約，替葉門專案擬出法律與商務架構。

「全都齊了，」沙格登說，「我們自家的法務部門正在過目，可是我們想要的東西已經全部在內，一樣不缺。如果任務失敗，無過失條款；發生任何狀況，照樣付款。外帶銀行保證、現金不斷進帳的付款里程表。簡直是，」他眼珠子一轉，望向天花板，「天上掉下來的禮物。要是我不能從中挪用一些、支應其他資金短缺的案子，那我就遜了。」

我回道，我希望我們不會假造名目去拿穆罕默德大公的錢。

這話聽起來顯然太過古板，因為沙格登對著我兩手一揮，說：「別這麼婆婆媽媽，鍾斯。你知道我的意思。我是說國漁中心每個部門都可以找些理由，記些時數到這個專案帳上。反正他老兄一定會拿到他的沙漠鮭河，或者弄不到，都有可能。但不管結果如何，五百萬鎊我們都會到手。好，我們來談一下細節。我會親自帶這個專案，並負責和其他單位聯絡……」

「你的意思是和外交部聯絡？」

沙格登誇張地用食指點點自己的鼻翼。「首相辦公室也牽扯進來了，溝技監麥斯威爾隨時都要知道這個案子的進度。你千萬要忘記我說過這話。事實上，我必須要求你守口如瓶，這一切都不能洩露隻字片語。大公，還有外交部，每個人都很謹慎，等事情眞有幾分眉目後才會放消息出去。所以，記住了，閉緊你的嘴巴。」他哈哈大笑，表示這是玩笑話。「好啦，剛才說到哪兒了？噢對了，你呢，就負責執行，我的意思是，負責帶研究團隊和專案管理。至於你自己，則歸我管，隨時都要向我報告。」

他把電腦螢幕轉過來，讓我可以看見上面的內容，然後就帶著我走了一遍他的專案計畫表。眞是個大官僚！他可眞會算計，所有工作都歸我，功勞則歸他（過失除外，如果眞有過失需要歸咎的話）。他眞是一點概念都沒有，根本不知道這整件事會有多困難，必須做上多少科學研究，建立生態系統模式、進行環境衝擊評估、測擬葉門水道氧溶度、擷取細菌樣本……想到所有這一切的複雜程度，我覺得自己的腦袋都要爆開了。這個白癡，卻光坐在這裡談什麼「專案里程款」、「交付項目」、「資源分配」等等。

七月二十三日

下午瑪麗從日內瓦回來了。現在正在另一間房間睡覺。她才到家兩小時，我們卻已經吵了一架。

首先，我試著想告訴她關於穆罕默德大公其人，還有他那奇妙的主意：鮭魚在葉門旱川溯溪上游。她一聽就不以爲然地說：「那老小子一定瘋了。你確定要讓自己跟這種神經病扯在一起？」

「可是，妳先前不是叫我去嗎？」

「我只是說，別一時嘔氣就隨便把工作扔了。我可沒叫你把自己的名字攪到這種事情上，一聽就像是事業自殺。不過呢，你自己的事，你應該最清楚。」

「但願如此。」我硬邦邦回答。

一陣沉默後，她開口道歉，說她已經累了一整天了。

累了一整天，這是瑪麗慣常使用的說法。好像只有她卡在公司待到很晚似的，就只有她必須開那些乏味冗長的會議，無聊到令人幾乎要用手指在桌上打鼓、在議程表上滿紙亂畫。我們都會累，然而，在我的身體裡面卻有一股興奮的泡泡正在沸騰，泡泡中還嵌著一個個畫面：大公身穿白袍，用那安詳的聲音談著發亮的鮭河遠景，還有蘇格蘭高地莊園的那條黝深河水，以及水中出沒的海鱒。我想跟她談談那架載我們飛抵莊園的私人噴射客機，談談那個一絲不苟的嚴肅管家毛克姆，還有香檳酒中的泡沫。在這幅畫面之中，透過望遠鏡的另一頭看過去，則是一身晚禮服、美麗動人的海麗葉，她微微側首，身子向前，專注傾聽正在說話的大公。我想和瑪麗分享這一切，我想把我對科學的這份興奮感和想法跟她分享，這個想法就是以穆罕默德大公提供的資金，做不同凡響、前所未有的事情；完全改變遊戲規則。

可是她壓根兒沒興趣；於是腦海中的泡泡畫面黯淡下來、消失了，深埋在我的內心深處。這是第一次，我沒把重要事情跟她分享。她就是不想知道。

她心裡另外有事，後來在晚餐桌上，我才發現到這一點。

「他們要把我借調到日內瓦。」她說。說的時候眼睛不看我，只專心用叉子去捲盤子裡的義大利麵。

「借調？」我問，放下手中的叉子。

「借調，嗯，就是重新安置。」

「爲什麼？」

「因爲那個生病請長假的職員，不會回來上班了。」

「爲什麼不回來？」

「他死了。」

我想了想，這事似乎已成定局。所以我改問：「要去多久？」

「不知道，至少六個月吧。」

「噢，那當然不可能。」我說，可是馬上就後悔，希望自己沒這麼說。

「爲什麼不可能？」瑪麗平靜地反問，眼睛平視著我，身子也坐直了。

「噢，我的意思是，妳怎麼可能會去呢？我們在這裡還有日子要過。我的工作在這裡，我們的家在這裡。」

瑪麗不答腔，又吃了幾口麵。最後終於說：「可是我等於已經答應他們了。」

嗯，當然嘍，此話一出，我就老實不客氣說出心裡的想法，然後瑪麗也不遑多讓。所以此刻她睡在另一個房間，我則坐在這裡寫日記。再過一分鐘，我就要放下筆，自己一個去睡在我們的雙人床上，睜著眼，磨著牙，度過漫漫長夜。

5. 鍾斯博士日記摘錄：婚姻問題可能混淆了他的判斷力

七月二十八日

今天，就和過去幾天一樣，時間大多花在和費普公司開會，不是我去海麗葉的辦公室，就是她來國漁中心。事情太多了，有成本要估算、有專案計畫表要擬定、有設備供應商要找齊。一開始，我們都是在史密斯廣場開會，可是沙格登那老小子總有辦法忽然在我辦公室出現，想看看我們正在做什麼。應付他往往花掉太多時間，尤其是他又老喜歡指點我們該怎麼做，可是十之八九，這些事我們都早已辦好了。

他還會拿一種特別的神情看著海麗葉，這也令我非常不快。今天傍晚海麗葉回去她的辦公室後，他就對我說：「聰慧的姑娘，那位，你不覺得嗎？」

「嗯，是很能幹。」

「我猜，她的本業是土地丈量吧。想來她一定覺得，這一切有點超出她的能力？」不知道爲什麼，這話令我很反感。或許是因爲他的語氣，而不是他使用的字眼。

「我覺得她調適得很不錯，腦筋很有條理。」

「也很迷人。」他又表示。

我沒答腔，他搓了一會兒手，眼光盯著走道上的美耐地板。剛才和海麗葉在會議室開完會，我正走回辦公室，就在走道上被他攔個正著。接著，他又問我海麗葉是否已婚。這個問題我正好知道答案，便告訴沙格登她訂婚了。他沒再說話，回他的辦公室去了。

我知道海麗葉已經訂婚是因爲今天她請我出去吃午飯。一整個上午我們都在看試算表，兩個人都需要停下來休息一會兒，所以她一提議去吃午飯（這一餐我通常都簡單打發了事），我立刻就同意了。

我們在附近找了一家中東館子，實在是挺恰當的選擇。我點了盤沙拉，又叫了水。海麗葉也點沙拉，加上一杯白酒。酒送到後，她舉杯敬我，說：「敬——專案。」我舉起我的水杯，可是她不讓我用礦泉水替代了事，所以又點了杯酒，雖然我告訴她，白天我從來不喝酒。然後我們雙雙舉杯，兩人異口同聲而嚴肅地說：「敬——專案。」

我們一面啜飲著手上的酒，一面視線相遇，我把眼光移了開來，不知何故竟然有些不好意思。海麗葉倒是神色自若，放下杯子後，她問我結婚了沒。我回答結了，她又問：「那令夫人從事哪行？」

「瑪麗？她在一家國際銀行的財務部門任職。」

「跟我一樣是職業婦女。」海麗葉說，臉上露出微笑。

可是瑪麗和海麗葉不同，瑪麗永遠不會在午餐點酒來喝，更別說勸我也來一杯了。

「酒這東西，最好放在它該放的地方，」瑪麗總是這樣說，「對我來說，平常上班的日子，酒就應該放在酒瓶裡面，沒有其他第二個地方了。」瑪麗的衣著也和海麗葉不同，或者坦白說，聞起來也和海麗葉不同。瑪麗從不甩什麼漂亮時髦的女性裝扮，也不信香水。在家時，她會套件寬鬆的褐色麻料工作裝，去辦公室則是一身灰色套裝。她聞起來很乾淨，或者應該說，散發出一股消毒肥皂的氣味。她總是俐落而整潔……我驚慌沮喪地發現，自己竟然拿兩個女人做比較，而瑪麗竟是占下風的那個。穿一襲及膝的優雅連身裙裝有什麼不對，爲什麼非要穿一套活像爲中國共產黨小黨員設計的制服？聞起來微似蜜桃成熟的香氣有何不可，爲什麼非要叫人聯想起工業用殺菌藥水？

我們談了一會兒瑪麗，以及她沒完沒了的出差。

沙拉來了，我集中精神，用叉子窮追了一會兒盤中的一粒橄欖。然後我決定，應該換由我來繼續用餐時的交談，於是我問海麗葉是否已婚。

「還沒有，不過婚期訂在明年春天。」

「噢，妳剛訂婚？」

「還沒有登報聲明，不過一等馬修回來就會馬上刊登。」

「他人在哪裡？」

海麗葉放下刀叉，低頭看了一會，才平靜地說：「伊拉克。」

「做什麼？」我問，注視著她。她那微笑、從容的表情不見了，緊抿著嘴唇，臉色轉爲蒼白。我忽然明白她快哭了。慌亂下，我想說個笑話轉換氣氛：「對了，或許我們可以找個合約，把鮭魚引進幼發拉底河去，那樣妳就可以上那兒跟他會合了。」

不管這笑話好不好笑，畢竟發揮了作用。海麗葉似乎嚇了一跳，接著就笑了。我想，她原本以爲我不是個會開玩笑的人吧；事實上也沒錯。我們又談了一會馬修，和他在海外的歷險。

「他沒想到會被派到伊拉克去，」海麗葉說，「我們正要去法國度假，打算在我一頭栽進鮭魚案之前在那裡玩一星期。但他突然接到一通電話，緊接著就從法蘭克福機場打電話給我，告訴我事情原委，說他已經上路了。」我們靜靜坐了一會，她又開口。「最糟糕的是通信問題，不是幾個禮拜之後才姍姍來遲，就是完全沒有消息。好不容易收到信了，卻被檢查塗抹得一塌糊塗，根本看不懂馬修想要說什麼。」

說完這個，她似乎不打算再講下去了。真的很奇怪。不過幾分鐘之前，海麗葉和我，就某種意義而言，還只是陌生人。過去這一兩個星期，我和她相處了許多時間，可是都屬於公事公辦的性質。我佩服她的能力，但對她的私人狀況卻一無概念，要不是她忽然提議一起出來吃午餐，恐怕我永遠不會問她半句她的私事。

我看看錶，發現已經快兩點了。付了帳，我們匆匆又趕回鮭魚案去。

八月二十二日

我現在時時刻刻都在工作，從早上七點一直忙到晚上七、八點，每天都累到沒力氣寫日記。不過，今天我想提筆寫點東西，畢竟，我現在參與的是一件意義重大的工作。距上次寫日記已快一個月，葉門鮭魚專案終於有些進展了。我們是來真的，真的是在花大錢，可不是幾千幾百塊，也不是幾萬塊；我們花費之鉅之速，甚至必須聘請一家會計師事務所專門負責管理帳目。他們設立了財務管控機制，幫我們準備預算報告書送交大公過目，可是我敢說他從來不看。我飛到芬蘭待了兩天，和當地一些水產設備專門製造商會晤，討論阿連早川貯鮭槽的設計。我飛到德國，和一家專門製造運魚槽的公司討論，應該如何設計、建造可以將第一批鮭魚載到葉門的運魚槽。瑪麗飛去紐約，又飛回日內瓦，去開她那些名字完全教人聽不懂的風險管理研討會。海麗葉飛到托樂丘谷去見大公，然後又和他一起飛往葉門，商量一些我不知道的事情。每個人都在飛，飛來飛去到處飛。每個人，只除了沙格登。

他呢，我想，開始有點吃味了，因爲案子蓬勃成長，觸角向四方蔓延，伸入國漁中心每個角落。好幾組人忙著建立各種數學模式，顯示高溫下的水中含氧量變化；其他組則在調查葉門當地細菌可能會對鮭魚造成的微生物級衝擊；還有一組人成立委員會負責撰寫評估報告〈遠見二〇二〇：大西洋鮭有可能移殖進駐南印度洋嗎？〉這個構想是也許有一天，我那些在阿連旱川裡的鮭魚，會一路奔游入海，然後往南游過赤道，直抵南極洋邊緣，經過凱爾蓋朗群島，在極地冰蓋邊緣攝食那裡數量龐大的燐蝦。

我猜，就是這篇論文讓沙格登再也忍不住了。今天他氣沖沖衝進我的辦公室，說要跟我說句話。我正和海麗葉在電話上，只好告訴她待會再打回去，然後掛上話筒。

他拉了把椅子過來坐下。看得出他一肚子火，卻極力掩飾不想顯露出來，只聽他開口道：「我想這個鮭魚案子，完全失控了。」

我問他哪裡失控了。

「每個人都在亂花錢，簡直花錢如流水。單單這個月，你就已經出國三次。」

「又不是花我們自己的錢，當然啦，」我說，「所有帳單，還有未來的預估費用，大公都會看到，每筆開銷也都有負責報帳的會計師仔細檢查，沒聽說他有什麼不滿啊。更何況，如果不和設備供應商當面講清楚，我怎麼可能憑空發明任何科技，把鮭魚大老遠送到沙漠去？這些設備又不能看《鱒鮭雜誌》的分類廣告去購買，你是知道的。」

能用這種口氣和沙格登講話，我心裡自是有幾分痛快。我很清楚，他拿這些事一點辦法也沒有。大公力挺的人是我，在他心中，我們的單位只是附帶的。海麗葉已經不止一次指明這一點，沙格登也心知肚明。所以有關花費的事，顯然他感到多說無益，只好話鋒一轉，開始抱怨起委員會來，寫什麼大西洋鮭到印度洋的遠見專文。

「萬一整個事情出了大差錯，但媒體卻知道了，要怎麼辦？」沙格登憂心道。

「萬一什麼事情出了大差錯？」

「這個大西洋鮭眞跑到葉門旱川去產卵，然後還遷游到南極洋邊緣的事啊。大西洋的鮭魚，竟能老遠游到好望角南邊去，這種說法，簡直太不像話了。萬一媒體弄到消息，我們整個中心的信譽將毀於一旦。」

我看看他。就是同樣的這個傢伙，也就在幾個星期前才告訴我，要是我不替這個鮭魚案想幾個點子，他就會炒我的魷魚。

幸好這時電話鈴聲救了我，不用去搭理他的廢話。拿起聽筒，正想告訴總機暫時不要接進來，那頭卻傳來一個自信、矯情的聲音：「我是麥斯威爾，首相辦公室溝通技術總監。請問是鍾斯博士嗎？」

我道了聲好，用手蓋住話筒，向沙格登做出無聲的口型：「麥斯威爾」。他坐直身子，伸手要拿電話。

麥斯威爾說：「我猜沙格登跟你在一起？」然後便要我打開話機的擴音器。

我按了擴音鍵，把話筒放回機座。麥斯威爾的話聲從擴音器流瀉了出來——油光水滑的聲音，同時卻又嚴峻剛硬：「嗨，鍾斯，嗨，沙格登。你們都聽得到我嗎？」我們表示聽得很清楚。

「兩位，再過幾分鐘，我就得去參加首相的早餐會報。可否先給我點關於專案的消息？事情進行得如何了？」

沙格登說：「一切都照進度進行，麥斯威爾先生。」

「最好能再多點細節。」

「那我讓鍾斯跟您報告一下。有關實際運作的枝枝節節，他比我清楚。」

「我要的就是枝枝節節。」麥斯威爾輕快地表示。於是我給了他一個扼要報告。

「嗯，有料，鍾斯。等下我們談完了，你可以把這些都寫成一封電子郵件寄給我嗎？手上有筆嗎？我的信箱地址是……」

我寫了下來，然後麥斯威爾又說：「首相對這件案子很感興趣，他要看到它成功。一等你們整件事情有更進一步的發展，我自己會介入得更深些。沙格登，現階段我要你每月給我一次簡報，就從今天算起一個月後開始，但如果中間有任何重大發展，也可以提前。跟我祕書聯絡，訂好日期和時間。還有，我要你們中心每個人都跟媒體保持距離。葉門鮭魚案的任何消息，隻字片語都不得洩露，除非我的辦公室先批准了。知道嗎？」

結束與麥斯威爾的通話，沙格登的情緒也變好了。每個月能到首相官邸所在的唐寧街十號做簡報！這等好事竟會降臨到他身上，簡直是他從來也不敢夢想的。

他喜不自勝地離開我的辦公室。

當天晚上

今晚瑪麗比我先到家。我在另一間臥房寫日記。一開始她態度很甜蜜。我到家時，廚房裡傳出陣陣菜香。只要她願意，瑪麗可以是個不錯的廚子，不過這種時候不多。只見她繫著圍裙，正在拌一碗醬。我親吻她，問她煮些什麼。她告訴我晚餐是義大利麵佐干貝，冰箱裡還有一瓶白酒。

這還眞是破天荒第一遭，瑪麗從來不會在平常日子喝酒，連周末都很少碰。

「我先去換衣服，」我說，「妳今天一定很早就到家？」

「嗯，我明早要出發去日內瓦，所以我想，動身之前，我們兩個應該好好坐下來吃一頓像樣的晚餐。」

原來如此。等我換好衣服下樓來，晚餐已經準備好，廚房桌上還有兩杯白酒冒著薄薄水氣。

「眞的很不錯，」我嘗了口麵，的確美味。瑪麗搖搖頭，說了句什麼好久沒煮了、缺乏練習，有些生疏了的話。

我啜了口酒後，問她：「妳還是沒能知道，到底得要在日內瓦待多久嗎？」

「嗯，我正要跟你說這件事，」她答道，放下手上的叉子。「我不是跟你說過，我是暫時代班，可是那人先是生病然後就死了？所以他們要我在那裡至少待上一年，不只是暫時而已。他們對我的表現印象非常好。」

我說，爲何那麼大的一間銀行，就只能找她借調去那裡，我實在難以接受。瑪麗皺眉，說：「爲什麼不是我呢？我很優秀，機會又難得，何況這是職位升遷，雖然薪水沒差多少。」

於是全套攻防戰再度上演，瑪麗實在可以擔任拿破崙麾下的大將！對她來說，攻擊不但是最好的防禦，也是唯一的防禦。我們又開始爭執。雖然我比較喜歡平心靜氣地討論事情，可是這下我也光火了。我記得自己當時告訴她，幾乎是用吼地說：她完全沒考慮過我的感受，連五分鐘都沒有。她則回我說，瞧瞧我是多麼自私，多麼不重視她的事業，多麼無法和我談任何事情，因爲我的腦子永遠只想著一件事，就是我那些該死、混蛋的鮭魚。

「我已經告訴過你不下十幾次，如果他們願意把我正式派到日內瓦去，下一步就幾乎鐵定是倫敦的高階職務了。我告訴過你十幾次了。」她重複地說。

「是啊，至少十幾次了。」這話顯然不說也罷，可是我就是控制不住自己。

「噢，那可眞對不起，想來我一再煩你了。好吧，還有一個消息要告訴你，放心，我不會一再重複，因爲我人都不在這裡了又怎麼重複。我明天就要去日內瓦，這一待至少要六個月才能有假。我周末也不能回家，因爲他們銀行周六早上也上班。如果你想來看我，我的地址，還有其他一些留給你的條子，都在書房我的書桌上。」

說到這裡，她眞的發火了。她說我不關心她，說我只顧埋在自己的工作、事業裡。連我們相聚的最後一晚，我的態度還這麼譏諷、這麼自以爲是。她一把推開盤子，然後跑上樓，碰一聲甩上臥室的門。

今晚我實在沒有勇氣進房去，明早她走前，我再想辦法逮住機會跟她說話吧。

八月二十三日

今早我做了最後的努力。昨晚激烈的吵嘴，把我整個人都震垮了。這種情緒交鋒讓我身心俱疲，一整夜都像生病了。不過我還是凌晨五點就爬起來，穿著睡衣褲下樓，發現瑪麗的箱子已經擺在玄關。她人則坐在廚房桌前喝茶。

她用一種不很友善的神情看著我，問我這麼早起來幹什麼。

「當然是，起來和妳道聲再見啊，」我說，「親愛的，不要帶著怒氣分別。我會想妳的。」

「哼，你昨天晚上對我那麼不客氣之前，就該先想到這個。」

前門鈴聲響起，她的計程車到了。

瑪麗站起身，總算肯讓我輕而又輕地在她臉頰上啄了一個吻，然後一會兒工夫，她的人、箱、車就通通都不見了。會不見多久呢，我完全不知道。一年?或永遠?

6. 馬修上尉與海麗葉・查伍德－陶伯特女士之通信

在法蘭克福寫就付郵

五月十日

親愛的海麗葉：

我不知道怎麼跟妳說這件事。我試著打過妳的手機，也留了話，可是等妳聽到留言，我應該已經出了國門，電話或電子郵件都無法聯絡了。

我接到副官來電，只給我五分鐘收拾行李就立刻去機場報到。我們搭民航機飛到法蘭克福，我現在就是在法蘭克福出境大廳一間小咖啡攤上寫這封信。再過幾分鐘，就要轉機飛往南伊拉克的巴斯拉。

沒錯，恐怕我去的地方就是伊拉克，這表示我們一起休假一星期的計畫泡湯了。親愛的，想來妳讀到這裡心情一定很惡劣，我也是。不過我已經決定了，既然點到我，就去應個卯，前後大約十二周左右。一等我回來，我馬上遞出辭呈，離開軍隊。我對升遷沒有太大的企圖心——我才懶得去那個勞什子幹部學院呢。我之所以從軍全是因爲我老爸要我去，反正我永遠上不了大學。那時我只想玩他個幾年。沒錯，的確玩得很樂，他們也把我照顧得非常周到。所以他們若拍拍我的肩膀，把我送到某個不怎麼好玩的地方去，我想我也不好意思反對吧。

可是現在我遇到妳，陸戰隊這種生活方式就不再適合我了。就像妳說的，要是能定下來，再度歸屬某個地方，而不是一直從這裡遷到那裡，會有多好。

好好的假卻給毀了，我上頭所說的這個打算，也只能算是個微不足道的小安慰吧。我眞的好希望妳能體諒。不要擔心伊拉克，這只是例行的人員調動。我本來不在名單上，可是有個傢伙出了點小意外，才把我拉出來頂替。我們不會出任何危險的任務。這些年來，那地方已經平靜多了。主要是爲了公關宣傳，其他沒別的。我還眞想目睹一些行動呢，不然待在那裡恐怕會非常無聊，尤其是一年當中這個時候，熱到你根本不能到戶外去。

總之，我會一直想妳。等我一回來，我們就去玩。我保證。

得空就立刻寫信給我，寫到巴斯拉市巴斯拉宮英國軍用郵局轉，應該很快就會到我手上。要是一時沒我的消息，也別掛心。如果我在巴斯拉基地，應該馬上就能收到妳的來信，但如果被派下鄉，可能就要耽擱一陣子才能見到信。

總之，完全不要擔心我。我不會有事。

愛妳的馬修

伊拉克巴斯拉市
巴斯拉宮英國軍用郵局轉馬修上尉
五月十二日
親愛的馬修：

你可以想像我一聽到你的留言心裡有什麼反應。一氣之下，我跑到桌前抽出文件夾，把從旅館到租車的所有單據全撕了。然後就哭了起來。

換句話說，我表現得很差勁，跟你可能預期的反應一樣差。但我想你也會同意，我的確有理由這樣做。我原先是這麼期待這次能一起去法國度假。現在我心情平復了，卻又開始擔心你，成天都在想像你可能會碰上什麼可怕的事情。不過我知道，這又是我自己在發傻，再加上過度活躍的想像力作祟。可是你呢，我認為根本沒有任何想像力，也從來不擔心任何事情。至少，你一向都是這麼跟我說的。當然啦，你跟那些朋友在一起，一定會很好，而且這些經驗你以前又全都有過。

總之我現在算是接受現實了，只是想告訴你，我每分鐘都在想你，睡著了也夢見你。這樣你應該很滿意吧，你還能比這要求得更多嗎？

你也不用因為每次一調走，女朋友就又哭又怨而申請離開陸戰隊。如果你自己真想離開，那當然很好。可是千萬別爲我做出任何犧牲，不然以後你一悶了，就會怪到我頭上來，結果不用五分鐘我們就得鬧離婚。我不想跟你離婚，我只想跟你結婚。還有，你離開部隊後又要做哪行呢？等你回來我們再好好談談。到時再說，現在什麼都別做。

數不盡的愛

海麗葉

伊拉克巴斯拉市

巴斯拉宮英國軍用郵局轉馬修上尉

五月十五日

親愛的馬修：

眞希望可以知道你在哪裡，又到底在做什麼。那我就可以少擔一點心了。我希望，不管你在哪裡，你都不會太難捱，也不會有危險。我上網去查過你們的小組，結果當然找不到。

眞的好奇怪，不是嗎？我們竟然在寫「信」給彼此。可是他們又不讓我寫電子郵件給你，也不能和你通電話，所以只剩下寫信一途了。記得當年在學校，我會寫信給我母親，但是此後除了一些感謝函，還有一兩封寫給你的信，就再也沒寫過任何信了。即使那時候寫信回家，多半也是叫我媽寄錢。現在，你到底在伊拉克做什麼，我半點概念都沒有，感謝老天，這方面的話題我們其實也沒法子交談。所以我想，現在只好讓你悶個夠，談談我這邊好了。

我們那位客戶，葉門來的一位大公（我不可以跟任何人提起他的名字，但我一定會告訴你的，不過對你來說，也沒有任何意義），他帶著一個最最不尋常的構想來找我們。他要我們去找英國最優秀的漁業科學家，把鮭魚引進葉門去。他在因凡內斯附近有處產業，是我們幾年前幫他購下的，莊上有一條幾哩長的河流，六七月間顯然是垂釣的好去處。你對那方面應該很熟悉。大公開始學釣魚，釣得非常好，很喜歡上那兒去釣，再喜歡不過了。只要可能，有時候他也會到別的河川試試手氣。簡直可以說，他釣得有些入魔，比打獵還迷。我看過他釣，看起來的確知道自己在做什麼。

他是個令人印象深刻的人，個子雖小，卻腰桿筆直，談吐間帶有一種令人無法小覷的威力。我並不是說自己有點迷他，他顯然也不迷我——我這種瘦高的歐洲女人，不是他喜歡的那型。何況他已婚，婚姻幸福美滿，目前最疼的是四號老婆。

我不知道我們該如何處理他的這項要求。他現在整天心心念念的就是釣魚，尤其是葉門鮭魚計畫。這種發神經的念頭，八成辦不成，拿他的錢去做這種瘋癲事，似乎很不對。但這可是一大筆錢耶，單單是我們的專案管理費用就很可觀了。

總之，親愛的，我只是想寫信讓你知道，我想你，思念你。

愛你不能再多

海麗葉

倫敦斯卡茲代爾路五號

五月十五日

親愛的海麗葉：

眞高興接到妳的信。但我這封信恐怕要八百年後才會到妳的手上。可是沒辦法，我們現在所在，離任何地方都有████哩的距離根據安保規章第七章第八十三款，所有可能透露小組所在地點、任務及軍力的文字都必須自信件中刪除（英國軍用郵局巴斯拉安保辦公室）。即使在有蔭的地方，氣溫也至少有████度同上，英國軍用郵局巴斯拉安保辦公室。他們不准我告訴妳，我們在做什麼，可是總之不太有趣，而且情況也████████████。伊拉克人不是極爲友善，就是非常非常要命地████████████。所以每一封家鄉來信都很珍貴，可以讓人暫時逃避幾分鐘，忘卻這裡的一切。請繼續寫來。妳的每一封信，對我都像是一杯清涼沁骨的甘泉。

我得停筆了，反正巴斯拉的████檢查官可能會刪掉一大半。這位先生或女士，如前所示，根據第七章第八十三款，我們必須依軍方規定刪除私人信件內所有可能影響該小組安危或有違英國部隊利益之文字（英國軍用郵局巴斯拉安保辦公室）。

愛妳一大堆XXXXX

馬修

伊拉克巴斯拉市

六月十日

巴斯拉宮英國軍用郵局轉馬修上尉

親愛的馬修：

你的信走了好幾個星期才到我手上，而且巴斯拉檢查辦公室裡有個恐怖的傢伙，把你寫的內容塗掉了一大半，還在上面到處亂寫。想想看竟然有人在看我們兩個寫的每句話，眞是恐怖。否則還有好多好多事情想告訴你，可是現在不想寫也不能寫了，因爲一點隱私都沒有。

報上又都是伊拉克的新聞。好不容易平靜了幾年，現在情況好像又轉壞了：小孩子被槍打死，很多人被汽車炸彈炸死、被直升機發出的子彈射死。一想到你就在這可怕的槍林彈雨之中，我就渾身發抖。爲什麼早不打晚不打，就在你剛到那裡，這一切又重新開始呢？

我想你大概永遠都不會跟我說實情，就算你回來之後，也不會告訴我那邊到底是怎麼回事。我簡直等不及你回來了。

幾天前我們辦公室裡開了個會，決定接下大公的鮭魚專案。大家都在說一些這類的話，例如「我們不能告訴客戶該做什麼或不該做什麼，這不是我們的份內事，我們該做的就是幫他去做他想要做的事。」眞相是，我們八百年沒接過眞正的大案子了。

業務已經清淡了好一陣子。所以我被指派寫信給某位人士，根據我們在環境食品暨農務部消息人士的說法，這人是頂尖的漁業科學家。可這傢伙神氣得很，甚至懶得親自回信——只派他的祕書回了封簡短的信，舉出十個精彩理由，解釋爲什麼整個構想根本就是浪費時間。我當然不吃這套，立刻搖電話給我在外交部的一位老朋友，告訴他怎麼回事。我說：「想想看，這麼多中東來的壞消息，難得有件事可能會變成好消息，不是很棒嗎？我們難道不該鼓勵我們客戶花這筆錢？就算聽起來再怎麼瘋癲？難道這不是個好新聞，英國能夠和葉門攜手合作？」我覺得自己蠻機伶的，竟然會找到這個切入點，你說是不是？就因爲你剛被派到那兒去，我才福至心靈有了這個靈感。

總之這麼一說，似乎也提醒了我那位老朋友。他說：「妳知道嗎，海麗葉（是啦是啦，我承認——他是我的前任男友，不過是很久很久以前的事了哦），我想妳可能眞說中了一個要點。讓我先找人談談。」接下來我就只知道，唐寧街首相辦公室有人要我多提供一些關於大公構想的細節。然後第二天早上，就有個叫做沙格登的傢伙，卑躬屈膝地打電話給我，說他是什麼鍾斯博士——就是先前我去信的那位科學家——的「直屬上司」。他說鍾斯博士現在「回心轉意」，肯談這個案子了。然後終於，今天早上，鍾斯博士本人親自來了。如果說，有任何人如喪家犬般垂頭喪氣地走進我的辦公室，那個人就是鍾斯博士。

他的長相，正如我跟他通過電話後所想像的樣子。個頭不很高，和我差不多，大約五呎十吋左右。髮色棕黃、方臉、蒼白，是那種宅男型的臉龐，看起來恐怕也很少說笑話。而且一副要讓我不好過的態度。不過，我可是事先做過功課的，於是想法子露了一手，讓他看清楚我對自己所談的事情並非毫無概念。一陣子後，他才變得可以講點道理了。一開始，我就能看見他心裡的那個科學家的獨白：「這件事根本辦不到。」等到後來聽我說完，卻可以看出他在想：「就理論來說，有沒有任何方法可以辦到？」所以，至少他還算誠實，願意承認自己先前也許想錯了。其實他也不是那麼自大。看起來，還眞有些像是妻管嚴的那款男人呢。

我希望我們結婚後，你永遠不會有那種妻管嚴的模樣。我會努力不要管太多的。

愛你多又多

海麗葉

倫敦斯卡茲代爾路五號

六月十五日

親愛的海麗葉：

我們正沿街開下去，忽然槍指錯方向。焦躁地等了幾分鐘後，直升機到了，一座非常美麗的古老清眞寺，有著藍色的磚瓦碎片，因爲美方一名眼鏡蛇的駕駛誤判。除了沒有發生什麼令人興奮的事情之外，主要也因爲天氣太熱，蒼蠅太多，害我們都無精打采。昨天我們開到一處村落，靠近看到街上有個小男孩。遜尼派叛軍先前曾來過這裡失去了他的母親，站在街道中央尖叫。星期天的報紙終於來了，至少晚了四個星期，可是我們還來不及把自己清理乾淨去看報，新的命令又下來了。我本來還認爲，我們不至於那麼接近。但是命令就是命令，我想我們是非去不可了。我甚至沒時間趕回基地拿換洗衣物。如果能有件乾淨襯衫就好了。

想妳念妳不停，愛妳愛妳

馬修

伊拉克巴斯拉市

巴斯拉宮英國軍用郵局轉馬修上尉

六月二十二日

親愛的馬修：

你上封信我幾乎無法看懂。檢查官又用他的大筆發動攻擊，幾乎把整封信的內容都塗了。可是沒關係，你繼續寫。至少可以讓我知道你沒事，還在想著我。有時候我替你擔憂得心痛。報上有那麼多可怕的新聞，要是遇到有朋友或親人在你那裡（我以爲你在的那裡），還會聽到比報上更可怕的消息。

我還是繼續說我的鮭魚故事好了。我們那位鍾斯博士眞是出乎我的意料，表現不俗，他爲葉門鮭魚案寫了份精彩到不行的評估報告。內容太技術性，所以我就不在這裡多說，何況我若眞的一一寫出那些細節，恐怕會把你給煩死。反正，他認爲就理論而言，也許可以做出點什麼來。我把報告交給客戶，大公樂極了。立刻親自打電話給我，這可是從來沒有過的事：「帶鍾斯博士去我蘇格蘭莊園。如果他令我滿意，他要多少資金去辦成這件事我都照付。他頭腦很好，可是我還是得見見他本人，看他誠不誠實，看他有沒有信念去做這件事。」

所以我又打給鍾斯博士，客戶也派車送我們到南倫敦一處小機場，他的私家飛機都停在那兒。我們一起飛到因凡內斯。鍾斯博士被這場面嚇到了，話說得很少。只是不安地四下打量機艙，好像還不大相信發生了什麼事。這位客戶的私人噴射機，我先前已搭過了兩次，所以當然可以擺出無所謂、只是例行公事的樣子。

我們大約在午餐時間抵達托樂丘谷，之後我就忙著跟管理人員坐下討論，處理有關莊產的各種瑣碎問題。大公也跟我們談了幾分鐘，交代一些事情，然後又消失不見了。再回來時，他對我說：「我已經把妳那位鍾斯博士送去跟柯林一起釣魚，我在路那頭觀察了他好一會兒。他是個釣魚專家，不只是科學家。我對妳挑中的人選很滿意，海麗葉·查伍德-陶伯特。」他每次這樣連名帶姓地喚我，我都弄不清楚他的語氣中是否帶有反諷意味，或者只是因爲他覺得——這才是合乎禮節的稱呼。

我答道，這應該是運氣好吧。「這不是運氣，海麗葉·查伍德-陶伯特。這是神的旨意，是上天把這個人放到我的路途上，人對，時間也對，如果這的確是阿拉的旨意。待會兒用晚餐時我會跟他談，不過我需要知道的都已經知道了。」

晚餐時，他的確和鍾斯博士談了話。整個談話內容非常簡單，但不知爲什麼卻非常感人。我想我這位客戶，可能不只瘋狂，那是一種帶有迷人魅力的瘋狂，幾乎還有著神性意味的瘋狂。他相信鮭魚以及鮭魚那漫長的歸鄉之旅，穿越了無數大海、返回原生的溪流，就某種奇異的意義而言，正象徵他自己的追尋之旅，尋求能更接近他的神。你知道，若換成幾百年前，這位大公很可能被尊爲聖人，如果伊斯蘭教裡也有聖人的話？

鍾斯博士今晚直接叫我海麗葉了。他從來不正視我的眼睛。我想他有點迷我吧，可是又已經有老婆了，所以他自覺有點罪惡感。別擔心，親愛的。我心裡，就只有你一個。

愛你

海麗葉

國防部眷屬支援中心來函（無日期也無署名）

敬啓者：

巴斯拉宮英國軍用郵局安保室已將台端致馬修上尉信函副本轉致本辦公室。

馬修上尉目前所在位置，因作業行動所致，無法保證郵務能順利投遞。職是之故，日後致該員郵件不再予以遞送。在接獲進一步通知之前，該員所屬小組亦無任何郵務設施可資使用。

請記下信末本中心電話號碼。眷屬支援中心提供諮商服務，幫您調適因與密友／親人／配偶失聯所造成的創傷打擊。

0800 400 1200

本諮商服務係由國防部免費提供，但電話計費每分鐘需自付十四便士。此致

海麗葉・查伍德-陶伯特女士

國防部

7.

媒體的評論與反應

《葉門觀察報》八月十四日報導

西部高地鮭魚專案

穆罕默德・塞德・提哈馬大公立意將釣鮭活動引入哈瑞茲的阿連旱川。此舉震驚阿拉伯世界，葉門百姓想來也會提出許多質疑。本報認爲應該靜觀其變，俟科學實據結果再下定論。

鮭魚計畫目前已成爲眾人晚餐桌上、茶菸館內的熱烈話題。把鮭魚引進沙漠國家，許多人認爲既不切實際也不符經濟利益。但是另外也有人指出，本計畫既有英國某位頂尖漁業科學家的支持，未來透過釣鮭執照的販售，對我國旅遊業之發展確能有所助益。

農業暨衛生部拒絕就此事做出任何評論，但據本報了解，我國水利法第四十二條並未明文禁止在葉門開發鮭魚場。這表示穆罕默德大公不必徵得政府部門批准，即可進行這項計畫。

《國際先鋒論壇報》八月十六日報導

葉門大公計畫為旱川建立新生態系統

【葉門共和國首都沙那報導】葉門政治圈內一位重要人物穆罕默德・塞德・提哈馬大公，於上周日促請葉門總統薩利赫出面，支持一項革命性的生態計畫專案。英國政府中人也已對此案表達支持之意。葉門與西方各國的關係有時不甚友好，大公本人卻一向以其親西方的觀點著稱。

穆罕默德大公計畫投下數百萬英鎊，透過英國政府，將蘇格蘭野生鮭魚引進葉門西部一處旱川。依此看來，英國有意移轉該國在中東的政治場地，顯然與美國政策截然不同，後者正在沙烏地阿拉伯與伊拉克兩地升高軍事行動。雖然英國官員否認與穆罕默德大公有任何正式關係，不過英國政府所屬的國立漁業卓越中心，卻在這項具有高度環境挑戰的專案中扮演主導角色。英方目前的政策，似乎是想在此區改採文化與休閒運動形象，究其目的，或許是爲緩和最近在南伊拉克的軍事行動所產生的衝擊。

本案資金將由穆罕默德大公全額埋單。英國政府官員今天刻意與本案保持距離，聲稱本案全係由民間發動。然而諸如此類的大型專案，既有全世界最負盛名的漁業科學家參與，若無首相傑伊．文特辦公室的首肯，不可能貿然進行。

某些觀察家推論，穆罕默德大公的老家鄉親未必一致歡迎這項計畫。該省所在，正是幾間激進的瓦哈比教派訓練所的大本營。而且據本報了解，某些瓦哈比教長認爲，釣鮭一事不合教規。何況水資源在葉門異常稀有，因此引水入旱川以供鮭魚溯游，在如此一個有水無水經常攸關生死的國家，必難普受歡迎。

《泰晤士報》八月十七日報導

英國漁業科學家激烈爭議葉門鮭魚計畫

一間政府機構國立漁業卓越中心有踰權行事之舉，昨日在國會引發嚴重關切。該機構成立於十年前，執掌任務爲支援環境保護局監督改善英格蘭、威爾斯兩地水道的體質健康。現在卻有傳聞國漁中心不務本業，反將百分之九十的資源挪移到一項將大西洋鮭引進葉門的專案計畫。

環境食品暨農務部則證實，本案資金悉由私人來源提供，不會造成英國納稅人負擔。但仍有人質疑在全球暖化的衝擊影響之下，加以農工業污染造成的威脅，英格蘭、威爾斯的水道正面臨諸多環境與其他方面的挑戰，此時此刻，卻如此挪用政府重要部門的人力不知是否允當。英國皇家鳥類保護學會的發言人也表示，如果葉門鮭魚案迳予進行，該會將尋求同時也將鸕鷀輸往葉門，以確保任何擁有鮭魚的河流之內，也都設有自然制衡機制的存在。

摘錄自八月十八日《鱒鮭雜誌》評論

本刊承認，過去曾一再大力讚揚國立漁業卓越中心，因爲良好的科學與常識，該機構在釣魚界早已享有盛譽。

假蠅釣在美國已成很「酷」的一種活動，甚至在我們英國，大家也脫下我們原本的上蠟防水夾克，改穿由Orvis、Snowbee等名牌以及其他許多廠家製造的最新科技釣魚裝束。以往釣魚被視爲最乏味的休閒運動，現在這類主題的電影卻紛紛開拍。釣魚風氣，更因一九九二年電影「大河戀」而益加穩固，介紹釣魚的相關電視節目如「熱愛釣魚」、「釣魚去」也吸引了黃金時段的觀眾，更在衛星頻道上不斷重播。

所以一反以往，釣魚成了時尚，魅力無遠弗屆，跨越國界，真正成了世界性的活動。可是即使有此心理準備，我們恐怕也想不到：竟然連葉門共和國境內的哈瑞茲山區，不久後也會變成下一個新的釣魚運動場，吸引具有國際意識的玩家前往尋求最新流行的釣鮭樂子。

此事孰令致之？原來是一名顯赫富有的葉門人士，與國立漁業卓越中心攜手合作推動。我們萬萬沒想到，這樣的一個機構竟然會涉入此類的冒險。但是錢會說話，而阿連旱川那位穆罕默德大君投下的幾百萬鎊，此時就正在大聲嚷嚷，聲音大到可以攫住國漁中心的注意，甚至（據謠傳）也攫住了唐寧街十號溝通技術總監的注意。

本刊從檔案中找來一則荒謬性質類似的政府舊案，但可笑程度卻完全不及本案。值此英格蘭、威爾斯兩地河川體質健康如此脆弱，鮭魚、海鱒（遑論棕鱒）俱受氣候變遷威脅之際，我們最優秀的一票漁業科學家卻把時間精力投入一項愚蠢的計畫之中。試問，這對我們英國的釣魚人士，可有什麼好處。

摘錄自八月二十三日《太陽報》

及「胸」防水褲

風華絕代的海麗葉．查伍德-陶伯特，這位夢幻般的金髮女郎，是一手主導葉門引進鮭魚計畫的重要人物，今天本報記者打電話給她，她卻拒絕回答。我們打去專門仲介豪宅的西區房地產公司費普公司，想請她對這個怪念頭（讓我們都上沙漠釣鮭去！）發表一下意見。她不願透露這事要如何辦到，也拒談任何有關她那位葉門老闆穆罕默德大公的事情。所以我們只好問她，可否請她輕解羅衫，只穿上及「胸」防水褲，爲我們攝影師擺個姿勢。現在，我們還在等候她的回覆！

《鱒鮭雜誌》讀者投書

編輯先生大鑒：

針對貴刊最近那篇將鮭魚引進葉門旱川一事的文章，本人有話要說。

雖然本人對將釣魚活動引進該地區深表喝采，但也想請問爲什麼非得是鮭魚不可呢？釣淡水魚也行吧？容我冒昧進言，如果把鯪魚、鱸魚引進葉門河川，難道不會比較實際嗎？葉門一般老百姓也更釣得起。還有，也可以考慮靜水垂釣啊，比方在葉門蓄水庫釣彩虹鱒，這對一般釣者來說，應該是更容易辦到也更經濟的休閒活動。我的看法是，在未經任何評議諮商就逕行決定將鮭魚引進葉門旱川，這種決策模式正是今天仍盛行在我國釣魚圈的典型菁英心態，現在看來，葉門顯然也是如此。

不願具名的讀者敬上

《每日電訊報》讀者投書

編輯先生大鑒：

我知道最近大家正在爲鮭魚引進葉門這件事吵得不可開交。我曾在一九五〇年代駐守過葉門亞丁，有機會看過當地漁民從鯷魚到鯊魚什麼都抓。我依然清楚記得，葉門漁民穩穩地站在他們漁船的船首，出海捕捉各式各樣的魚類。我知道葉門人是天生的捕魚人，所以只要給他們機會，我肯定他們也可以成為優秀的釣客。

我要為這項計畫的想像力鼓掌叫好。

（退休少校）杰克・夏屋敬上

《泰晤士報》讀者投書

編輯先生大鑒：

葉門共和國對漁場管理擁有豐富的專門知識與經驗。負責主管漁業事務的政府部門為敝國的漁產部，相關法律架構則是敝國的水事法第四十二條（一九九一年）。

葉門漁業不比任何國家遜色，每年遠洋與非遠洋的各類漁獲量高達十二・六萬噸，包括以手工或工業方式捕獲在內。我們的年消費漁量為平均每人七・六公斤。

貴國報紙近日報導，某位特定人士正準備在葉門水道設立小型的鮭釣業。對此芻議，目前我國相關政府機關一無所悉，因為我們可以確定的是，這類建議將符合葉門在漁業與漁場管理上優秀的傳統技巧與知識經驗。

水事法第四十二條並未提及鮭魚養殖場的管理，故此，未來若有需要自將修正擴充，以涵蓋設立此型漁場的可能。我們謹在此結語：此一專案如若屬實，將符合敝國利益，也將會是英葉兩國合作的象徵。

葉門共和國漁產部哈珊・瑪杭德副長助理於亞丁市

8. 蓋達組織電郵截獲紀錄

（巴基斯坦聯合軍情局提供）

寄件者：塔利克．安沃
日期：八月二十日
收件者：駐葉門蓋達成員
卷夾：致葉門地區函

我從沼澤之外向身處進步、文明國度的你們問安。我們在此地有很多問題，來自於我們塔利班的弟兄，不總是依據倫敦的伊斯蘭教派領袖阿布．阿卜杜拉及伊斯蘭全體國度的願望，以最佳的方式行事。我們也有許多敵人從各方面逼迫我們，除了異教基督教十字軍各國的特別部隊，甚至連我們在巴基斯坦的弟兄也已經忘記眞信，用槍砲與鞭子擊打我們的人民。

我們也聽聞穆罕默德．塞德．提哈馬大公正與英國異教十字軍的首相勾搭同謀，花費數以百萬計的金錢，進行可笑又危險的計謀。竟想把鮭魚帶進葉門去，還要去說服在葉門的弟兄們以釣魚爲樂，而非用魚來餵飽家人。更有甚者，既然全葉門人人都必須一周六天從清晨工作到薄暮，才能養家活口，把麵包放進自己與子女的口中，那麼這位大公顯然是指望大家在安息日釣魚嘍？這更是《古蘭經》明文禁止的。

這個專案是邪惡的，因爲在本質上完全不符合我們伊斯蘭的教義，也因爲它有意轉移目標，好讓人忽略那些異教十字軍部隊正在對伊拉克、伊朗、阿富汗、巴勒斯坦等穆斯林國度進行的更大惡行。所以此事務必遏止。

阿布・阿卜杜拉懇籲你們展開對付穆罕默德大公的行動。你們務必派遣一位在倫敦芬奇利區的弟兄。這位弟兄必須以最緊急的行動，執行抵制大公的作業，消滅他，阻止鮭魚來到葉門。我們已經在那個例行戶頭匯入美金二七八〇五元，作爲此項行動的資金。我們祈求神引領你獲得今生與來世的美善。

塔利克・安沃

願平安以及神的憐憫與祝福歸於你

寄件者：以撒德
日期：八月二十日
收件者：塔利克・安沃
卷夾：葉門地區來函

仁慈的塔利克弟兄：

我們在芬奇利區的人一個都不剩了——不是遭到英國警方逮捕，就是被驅逐出境。因此，除非大公本人回到他的宅邸或家鄉，否則就必須派人到蘇格蘭找他。

我們認爲這個計畫不會受到支持，畢竟穆罕默德大公一向以謹遵神的意旨而廣爲人知，深獲領區子民的愛戴，所以應該很難找到願意殺他的人，當然更不可能以你所提到的打賞方式來達成任務。

以撒德

願平安歸於你

寄件者：塔利克・安沃
日期：八月二十日
收件者：以撒德
卷夾：致葉門地區函

以撒德弟兄：

阿卜杜拉聽不進去你對穆罕默德大公的想法。你忘了我們阿卜杜拉弟兄本人也有家人在葉門，他對於誰是否恪行神的眞道一清二楚。他認爲除去大公勢在必行，而且要馬上進行。

執行計畫預算：機票一千美元（單程）、租車五百美元、餐費二十五美元、僞裝衣物二百美元。酬金三萬美元全數付與行動者家人，以防他本人遭到安全人員逮捕或喪命。我們會提供一支乾淨的手機，也會提供相關證件。全部預算爲三一七二五美元，較原先預算增加許多，不會再加了。

所需行動款項將存入芬奇利區郵局「哈參．雅希．阿布杜拉」名下的戶頭。他們只監看銀行系統，不會查郵局。一完成行動，酬金立付。

請來信確認。阿布．阿卜杜拉要知道你的答覆。

塔利克．安沃

以神之名

寄信人：以撒德
日期：八月二十一日
收信人：塔利克・安沃
卷夾：葉門地區來函

安沃弟兄：

願平安歸於你。

我們已在哈德拉毛省找到一位弟兄，他會說點英語，他的三十頭山羊剛因口蹄疫全部死光了。現在他沒飯吃、沒錢，也沒山羊了。他願意去辦這件事。請將款子送達，然後我們就會展開行動。

以神之名

以撒德

9. 首相辦公室溝通技術總監麥斯威爾先生約談紀錄

偵訊人員（以下稱「偵」）：請你說說將首相扯進葉門鮭魚專案的初始理由。

麥斯威爾（以下稱「麥」）：你知道我是誰嗎？

偵：你是麥斯威爾先生，請說說你當初將首相扯進葉門鮭魚專案的初始理由，請記住，全力配合調查偵訊對你自己最有利。

麥：好吧，我了解。我當然會配合，爲什麼不呢？把整件事情的來龍去脈弄清楚，對大家都有好處。我正在寫一本書說這事呢，至少我本來正在寫，直到你們跑來個人把我的稿子拿走。

偵：我們認爲你的寫作內容可能會有洩密之虞，因此必須經過這次偵查審核後，才能決定是否將原稿交還給你。

麥：我深深地、深深地因爲這次事件受到傷害，精神的創傷。這句話請放到正式紀錄上，**精神創傷**。

證人此時精神崩潰，淚流滿面，需施打輕微鎮定劑安撫。次日重新約談，並盡可能逐字記述於下。有關該行動的保安細節，公開紀錄中均予以刪除。

麥：我的全名是彼德．麥斯威爾，我是——我本來是——首相辦公室的溝通技術總監。我擔任該職務已有兩年了，我是首相的老朋友，但那不是我獲得那個位子的原因；我得到那個職位，是因為——暫且也不用假謙虛了——我絕對是他們所能找到最擅長這類事情的不二人選。我其實可以做到內閣閣員的，我的意思是，如果我當選國會議員的話。可是第一線政治那種自我標榜的行徑，非我所愛，我只想從邊線為本黨服務，在影子裡做事。

這就是我做事的地方，在影子裡不露面地辦事情，功勞都讓給別人。我的座右銘是：本身不要成為故事，卻要塑造故事。

傑伊（首相大人文特閣下）是上天賜給本黨的禮物，他是我國自邱吉爾以來最好的首相，是打從格拉史東起，不，是打從皮特以來最好的首相。他把這個國家從二軍拉出來，放回大聯盟，起碼就國際事務而言。放到第一級，放進冠軍聯盟。他完全掌握住了下議院，管它是快球、慢球、高球、低球——傑伊都能把他的棒子對準，把它們打出地面。每一擊都正中紅心。

偵：你似乎在引述你書裡的第一章，麻煩你針對剛才提的問題回答：你是如何又是何時決定，向首相建議他應該涉入這個葉門鮭魚養殖計畫？

麥：請讓我用自己的方式回答，感激不盡，我就快講到那裡了。你知道的，每個人偶爾都會表現反常、運氣不佳或手氣不順，不管你多行，而那正是我派上用場的時候，也正是我的工作。如果是壞消息，我就讓它以最好的角度呈現。如果消息糟糕透頂，我就想法子弄出不同的故事。多數媒體的注意力，大概都只有二十分鐘，一旦有新消息、新角度，就會誘使他們扔下你要他們扔下的骨頭，跑去看你端給他們的新骨頭。這些不要放進紀錄裡。

偵：你在此所說的每句話，恐怕都得收錄。麻煩你，接下來我們一定要開始切入那個問題了。一開始，你怎麼會扯入葉門鮭魚這個案子？

麥：那天，就是你有時候會碰到的那種所謂的壞消息日，葉門那檔子事第一次出現就碰到那種日子。我記不得那天的壞消息到底是什麼了，我想大概是有人拿倒了地圖，結果誤炸了伊朗的某家醫院，而不是伊拉克沙漠裡的好戰份子訓練營。從新聞角度來看，這可不是什麼好事，所以我就做了我通常會做的事。我有一小群經常通伊媚兒的朋友，頭腦清楚的朋友，就在外交部上班或是其他一兩個部會。我照慣例發了個「誰有什麼好消息可以提供給我嗎？」的伊媚兒。

但是通常我收到的材料都得經過非常費力的加工後，才有可能轉化成可用的東西。你知道就好比我們在南巴斯拉新建了一座污水處理廠，有個將軍站在一道水溝旁邊的那個畫面；還有英國文化協會派了隊英國傳統鄉村舞者，去伊拉克遜尼派三角區巡迴表演等等。這類新聞在記者會上實在很難推銷，最近我那些報界朋友都喜歡說點風涼話。但鮭魚這故事本身就有賣點，伯克夏從外交部打電話來，問我：「你覺得釣鮭魚這點子如何，在葉門釣鮭魚？」

「你再說一遍？」我問道。我記得當時自己一面伸手去拿學生用地圖——在講究道德外交政策的今天，這本地圖總是離我辦公桌不遠。我們在這麼多地方都要講道德，弄得我開始希望當年在校不該放棄了地理。我翻開地圖，不偏不倚就正好翻到中東那頁。果然，是有個葉門在那兒，沒錯，幾乎全是棕黃兩色。「原來是沙漠，」我說：「你不可能在那兒找到太多鮭魚的。」

對於釣鮭這事，我可說毫無概念。我喜歡板球、射鏢、足球、拉丁騷莎舞、健身等玩意。釣鮭，不是那些頭戴格子呢帽、足蹬橡膠靴的老頭兒，在蘇格蘭雨裡頭幹的事兒嗎？

「這正是故事的賣點。」伯克夏說，然後他開始跟我介紹葉門來的這位穆罕默德大公。伯克夏說，大公一向親英，在蘇格蘭有處產業，在葉門則有其權力根基，包括石油收入。在這類情況下，錢往往是主要驅動力。如果任何專案裡面有一大缸銀子，保證在你還沒開始之前就可說已經打通關節了。伯克夏告訴我大公很迷釣魚，尤其是釣鮭。此外，他還有個奇怪理論，認爲釣魚這活動對人有好處，可以安定心神，他要他的葉門同胞也享受到這個好處。他還眞信這個呢，伯克夏說。我得說，這些在我耳中聽來全是胡扯，可是誰在乎呢，這可以做成一則好故事、好新聞。他想在英國漁業科學家身上花一堆錢，弄個專案，好把蘇格蘭鮭魚苗撒到葉門水道裡去。活鮭魚哩，沒錯。他相信如果錢花得夠多，就可以創造出適合的環境條件，就可以在葉門雨季時逮到鮭魚。

伯克夏說，大公有決心也有錢，可以使事情成眞。大公要花錢推動開發專案，由環境食品暨農務部一個叫做國立漁業卓越中心的機構來進行。我都不知道那個機構還在呢；我還以爲，我們已經把該單位的所有預算補助重新分配給另一個紓困計畫，爲貧困的都市少數族裔蓋游泳池。我記得當時心裡還想著，這件事得去查查。我的看法是，魚又不會投票。這麼簡單的道理，到底大家什麼時候才會了解呢？

「伯克夏，這事做不成的。失敗兩個大字就寫在上面。」

「先好好想想。」伯克夏說。他開始——列舉他的論點，我彷彿可以看見他把左手指頭攤開，然後用右手食指一個個去扳彎；開會時，他就老愛擺出這副學校老師最討厭的德性。「第一點：有關那個地區的新聞，現在是一個比一個糟，讓政府很不好看。這是個機會，可以讓照片登上頭版，雖然標題還是有『中東』兩個字，畫面裡卻不會有屍體。

第二點：在那幾起牽涉到葉門團體的恐怖事件之後，直到最近我們好容易才修復了和他們的外交關係，現在正好是個建設性的契機，可以重新開啓與葉門對話的機會，一種非政治性的對話。我們可以秀出，鮭魚在沙漠國家泅水的畫面。這事能不能成，並不重要；重要的是，說不定可以弄得好像成了的樣子，就算只有五分鐘也好。我們可以放幾條魚到溪裡去，照幾張相，然後就由牠去。」

「說得好，伯克夏。」我說。

「第三點：葉門總統與此事無關，他的政府也不在其中；這完全是民間私人發動的計畫。你的辦公室和大老闆可介入也可不介入，隨你的意思；外交部則不必介入。你辦公室到底要不要支持，等你仔細看過，看事情如何發展、是否有利再做決定。不過如果可以讓大家看見：首相是在促成某種屬於科學的、運動的或文化之類的事，就像這事兒，應該會很不錯；而且這裡頭還有個精彩的故事可以利用：西方的思想和科學，可以改變艱苦的沙漠環境及當地人民的生活。我想，你應該把這事傳達給大老闆。」

我越想越喜歡這個點子。各方面來看都是贏家，皆大歡喜。「伯克夏，多謝你的建議，我喜歡。我會聽你的建議跟老闆提提看。」唉，要是我當初一聽他說出「釣鮭」二字，就立刻掛了他的電話有多好。

偵：所以當初你對鮭魚案有興趣，完全是因為政治考量？

麥：嘿，我幹的就是政治。我拿錢，可不是為了考量魚的事情；他們付我薪水，就是叫我想主意讓老闆看來好看。總之，事情就是這麼開始的。我寫了封信給首相，首相也立刻心領神會。一個問題都沒多問，就只說：「趕緊去辦，麥斯威爾。做得好。」或類似的話，然後我就開始進行了。後來媒體先爆了點消息出來，我們的確有點措手不及。我是說，《葉門觀察報》登了些消息。我事先怎麼會想到這種事呢？然後《國際先鋒論壇報》跟著風聲也報了起來，然後又上了英國的大報，接著是八卦報紙。所以我們得趕快見縫插針，掌控事件的發展，好確定故事是照我們的方式來走。你也看到早餐電視上的訪談了吧，是不是？我累了，今天不想再回答任何問題了。

偵：爲了錄音存證，我現在宣布關掉錄音帶。

10. 英國廣播公司一號頻道【政治性談話節目】文特首相受訪節目內容謄本

馬爾（畫面中，面對鏡頭）：今天我們將要探討一個新鮮話題：釣鮭。更確切地說，我們要訪問文特首相，討論有關葉門釣鮭一事。這個禮拜稍早之前，我在唐寧街十號曾與首相談到這件事。

攝影棚轉到唐寧街十號。鏡頭內可見首相與主持人馬爾都坐在扶手椅中，隔著桌子對坐，桌上擺著一盆玫瑰花。

馬爾：首相，在葉門釣鮭魚，您不覺得光是這個念頭就已經夠瘋狂了嗎？

文特：你知道的，馬爾，人有時候就是會突然有個想法，也許根本行不通，卻眞的非常有膽識。我想，這件事就是如此，我的老朋友穆罕默德提出的這個提議，眞的是極富夢想的遠見。

馬爾：很多人或許因爲對這件事不甚了解，他們會說這完全是幻覺而不是遠見。

文特（轉身面對鏡頭）：沒錯，馬爾，也許對有些人來說，這事聽起來有些荒唐，可是不要害怕跳脫框架來思考。我所領導的政府，向來都不迴避具有挑戰性的新構想，你是知道的。馬爾，要是當初第一艘由木頭改成鋼鐵製造的船艦問世之際，你就是記者的話……

馬爾（面對鏡頭）：有時候我的確覺得，自己幹這一行眞的已經太久了，首相。

文特：哈哈，馬爾。不過我想你懂我的意思。我的意思是，當初有人說：「我下艘船要用鐵來打造，不再使用木頭了。」聽起來八成也有些瘋狂。當初有人說：「我要把這條電纜鋪越大西洋，用來傳送電話訊息。」恐怕聽起來也有些瘋狂。大家會笑他們，馬爾。可是今天我們的世界之所以變得比前更好，就是因爲當初有人多了那麼一點具膽識的遠見。

馬爾：是的，首相，很有趣的說法，可是那些都屬於偉大的發明，改變了數百萬人的生活。但是在沙漠裡釣鮭魚，聽起來卻比較像是一宗屬於少數人的休閒活動。這不是等於沒有任何特別的好理由，卻要花上一大筆錢嗎？爲什麼政府要支持這樣一個明擺著就是很古怪的專案呢？

文特：馬爾，我覺得這不是你該問的問題。

馬爾：（聽不見他說什麼）

文特：我想，你應該問的是我們可以做些什麼，改善那些困居在中東的人民生活……

馬爾（插話）：好吧，或許如此。可是那不是我剛才提出的問題。我的問題是……

文特（插話）：還有，你知道的，馬爾，我們能坐在這裡談著如何去改變一個中東國家，改變它人民的生活，讓他們變得更好，而不是談把我們英國的部隊送出去，把我們的直升機、戰鬥機派到那裡去，不是有點特別也很難得嗎？沒錯，我們過去就是那樣做，因爲他們——他們中間有些人——要求我們那樣做，所以我們不得不做。可是現在不同了。這一回，我們要把魚派出去。

馬爾：所以，把鮭魚出口到葉門去，現在是官方正式的政策了？

文特：噢不不，馬爾。我做的或說的每件事，未必都是正式的官方政策。你們這些媒體傢伙，老是認爲我握著大大小小的所有權力，可是現實並非如此。政府的正式國策，歸根究柢是屬於國會的職權。不不，我現在只是和你分享我個人的看法：我個人認爲葉門鮭魚案是個相當特殊的案子，我覺得它配得某種同情及鼓勵，那和政府的正式支持完全是兩碼子事，馬爾。

馬爾：那麼爲何您個人會支持這個案子呢，首相？其他還有這麼多政治上及人道上的危機都需要您關注，這種時候，在葉門釣鮭魚到底有何特殊之處吸引您呢？

文特：馬爾，你說得沒錯，有待處理的問題是有一長串。關於你提到的這類國際議題，我相信我們比歷屆政府都更盡心盡力。然而，葉門釣鮭案到底有何特殊之處？這案子不正是另一種不同的進步方式嗎？比起干涉的形式，它不是溫和得多也良善得多嗎？況且，說起來……不是也更具有轉型的力量嗎？沙漠之水？一個極其有力的符號……

馬爾：（聽不見）

文特：……象徵一種不同的進步？葉門的部落人站在旱川旁，手拿釣竿，靜候黃昏汐起。這種情境，難道我們心中不想見到？而寧願見到一輛坦克出現在伊拉克法魯賈的某處交叉路口上？想想看，旱川邊上的燻鮭魚廠。引進一種具有溫和、容忍美德的活動；將我們與我們的阿拉伯兄弟，以一種新而深刻的方式連結在一起，一種有別於劍拔弩張的新做法。這所有一切，都將在英國科學家的協助之下完成。還要提到一點：在養殖漁業的科學領域上，我們領先全世界，這也要多虧政府的政策。如果我們真能把鮭魚引進葉門，想想看還有哪些地方我們也可以如法炮製呢？蘇丹？巴勒斯坦？誰又知道這會打開何等的出口新機呢？這不光指科學家，包括我們世界一流的漁具、釣漁服、鮭蠅製造業者都能受惠。

所以你瞧，馬爾，也許就像你所說的，這事有點瘋狂。可是或許，就只是或許而已，真能成事也不一定呢。

馬爾（轉向鏡頭，首相在鏡頭外）：謝謝您，首相。

11. 麥斯威爾先生後續約談紀錄

偵：那次電視上的訪談，是否意味著政府正式支持鮭魚專案？

麥：老天，怎麼可能。老闆機伶得很，不可能被咬住。不不，他只是想為那個案子營造出贊同的氣氛，也讓人產生一種印象，表示他個人很喜歡那個點子。效果非常好，一場小而精彩的演出。當天就上了晚間新聞，而且接連好幾天，都以不同形式保持頭條地位。

那次訪問的其他部分，我記不太得了。但我還能記得這一點，因為其中很多內容，壓根兒就是我前一晚坐在唐寧街十號的樓下廚房裡寫的，我邊寫還邊跟老闆一起喝了一瓶澳洲夏多內白酒。我還記得接下來幾個禮拜，我們收到好多來信，所有釣竿廠商、防水膠靴廠商都寫信給我們。我們收到的免費樣品之多，大概足以裝備半個內閣。事實上，我想我們也的確這樣做了。

老闆利用那次訪談，扭轉了整個輿論；故事以我們想要的方式發展了。我們在《每日電報》和《泰晤士報》上都得到不錯的評論，甚至在《衛報》上還有一篇帶點高姿態但並非全然負面的社論。突然之間，有關中東那些屍體的報導，都搬到第四、第五頁去了。頭版全都是魚，甚至連評論版和專刊也都在做釣魚題目，說釣魚是多棒的一種休閒活動、釣客又是多棒的老傢伙等等。他們甚至還訪問了大公在蘇格蘭那個管釣魚的傢伙柯林。我自己也和他講過一回話，這待會兒再細講。我見著那傢伙的時候，他說的話我一個字都聽不懂，我猜新聞界那些人也搞不懂吧，根本就是編造了個訪問內容。

重要的是，突然之間，連老闆也開始相信關於他自己的這些消息了。他開始相信，這全是出於他自己的構想，一開始就是他的主意，就像報上報導得那樣。我猜想，他甚至有那麼一半相信——雖然他從未真正大聲說出口——是他自己某次在唐寧街十號的雞尾酒會上，走到穆罕默德大公面前問他：「嘿，穆罕默德，你有沒有想過釣鮭這件事？在葉門釣鮭？」像這類事情已經發生過好幾次，明明是我替老闆安排的精彩表演，他卻全接收了去，變成是他自己的主意、他本人的構想。我是不介意啦，反正這就是遊戲規則。安排好故事，然後便退到陰影裡去。

我可以再來一杯茶嗎？好渴。那種餅乾還可以再來一些嗎？

約談暫時中斷。證人在用了奶油軟酪後變得有些情緒化，開始前言不搭後語；中斷了四個小時後才又繼續。

麥：最高層決定，我應該和這個案子保持密切聯繫，確定事情有進展，並弄清楚有誰在其中，有何意圖。然後隨時在適當時機把故事拉回頭條，讓首相有照相登報的機會，再看看接下來又可以把事情帶往哪裡去。

有好一陣子沒有任何動靜。我要國漁中心的頭子給我個簡報，那個叫沙格登的傢伙。他來了，給我一小時的投影報告，我那天忙得很，他卻淨談什麼時程表、里程點、交付文件之類的，看來他對實際狀況根本毫無概念。後來我就不再找他，直接跟那個眞正做事的人聯絡，那人叫鍾斯。

偵：那是你第一次和鍾斯博士接觸嗎？

麥：那是我們頭一回碰面。我必須說，第一次見面，場面不怎麼熱絡，他似乎是那種不大能開玩笑的人，但鍾斯博士比他老闆有概念多了。一開始，他給我的印象是學究味重了點，所以他剛來唐寧街見我的時候，我還給他吃了點苦頭，讓他搞清楚是誰在當家做主。可是談了一會後，我就明白他其實沒有外表看來那麼糟糕，壞就壞在他的舉止，而其中可能還混雜著一絲因爲置身在我的辦公室——英國的權力核心——而產生的焦慮感。他其實相當聰明，我想也蠻誠實的，帶點天眞的那種誠實。當然政治上他完全是張白紙，一樣地天眞。

他把及至目前爲止，國漁中心已經執行的專案工作大致說明一番，多半還只在概念階段。接下來，他正要開始談什麼溶氧高低、水分層化，我打斷他：「博士，這事到底做不做得成？未來世世代代的葉門人，夏天雨季時眞的可以在旱川捉到鮭魚嗎？」

他眨了眨眼睛，驚訝地看著我，然後說：「我認爲不可能，不可能。」

我問他，如果他是這種意見，那我們幹嘛做這些。

他停了半晌，想了一下，然後說——就我能記得的是這樣：「麥斯威爾先生，過去這幾個禮拜，我也常問自己這個問題。我不確知答案，但是不管怎樣，我想答案都不止一個。」

「那就試著說幾個來聽聽，」我建議，把椅背放低，腳蹺到辦公桌上。

鍾斯博士告訴我，首先，雖然這個案子可能不會成功，卻也不致全然失敗。我們可能會完成某些結果，比方在旱川水量充沛時，眞的可以讓鮭魚逆流而上游一小段路。這事本身就很不尋常，足以抵過目前我們所投入的所有努力——當然，那是說，如果我們不必用經濟觀點來爲我們的行事辯護的話。事實上，我們也不必如此；穆罕默德大公從不吝惜提供資金，每次只要提出經費要求或每有超支，他從來是二話不說，再開一張支票。事實上，專案開支現在早已遠遠超出當初的估算了。

其次，不論結果如何，科學知識的疆界都會因此擴展。許多在計畫開始之前原本不解的事情，將會獲得了解。不僅是有關魚的知識，也包括物種適應新環境的認識。就這層意義而言，我們其實已經開始有所斬獲了。

還有，鍾斯博士說，穆罕默德大公身上擁有某種高瞻遠矚的氣質。對他來說，這件事不僅是漁事；或許就某種層次而言，這根本就與漁事無涉，卻完全立基於一種信念。

「你這話我就聽不懂了，博士。」我跟他說。

「我的意思是，」鍾斯博士說，一面把眼鏡摘下，用條乾淨的白手帕擦拭。「大公只是想要藉此展現：事情能改變，沒有絕對的不可能。在他心裡，這只是一種方式，用以證明只要神願意，神可以令任何事情發生。葉門鮭魚案如果成功，大公會把它呈現成一個神蹟。」

「那如果不成呢？」

「那就顯示出人類的薄弱，並表示大公是個可憐的罪人，不配他的神。這話他已經告訴我很多次了。」

然後一陣靜默。我才不管這宗教的玩意，可是老闆也許會喜歡，所以我草草地記了幾句，待會兒可以和他談談。寫著寫著，四周一片安靜，我幾乎忘了鍾斯博士的存在。

然後他忽然開口問我，嚇了我一跳：「你見過穆罕默德大公本人嗎，麥斯威爾先生？」

我搖搖頭：「沒見過，博士，沒見過。可是我在想，現在也許該見個面了。你可以敲個時間，讓我們去一趟蘇格蘭他那個地方嗎，越快越好？」

「我也許可以安排一下，」鍾斯博士說，「他今晚剛好回英國，明早我試著跟他談談，再通知你。」

「你待會兒出去的時候，跟我祕書說說，看看我哪天有空。」

鍾斯博士站起來，溫和地說：「麥斯威爾先生，大公並不是英國公民。他是個很簡單的人，他不是要見你，就是不見你。如果他要見你，就會派他的飛機來接，然後你若上了飛機，他就會見你；你若沒上機，他就再也不會搭理這事了。」

他轉身離去，我對著他離去的背影說：「多謝你的意見，博士。」可是他就這樣走開，沒再多說一句話。

偵：你再次見到鍾斯博士是什麼時候？

麥：我會講到的。我剛好又記起了另一件事，就在鍾斯博士離開我辦公室之後發生的。

我到現在還是不敢相信，事情竟是這樣開始的。我眞不該讓自己捲入這檔子事。鍾斯一開始談什麼大公啦、信仰啦，還有那一切有的沒的，我就應該結束談話，把檔案關了，告訴老闆別再理會這件事。畢竟說起來，當時這事算得上什麼？不就只是個小故事，可以哄媒體高興，有個不同的照片上報機會而已？我怪我自己，從頭到尾怪自己。我該守著我們核心的行事議程規畫，不該分心。在葉門釣鮭魚？那能解決醫院長龍、火車誤點或是公路堵塞嗎？有多少葉門人會在本黨的主要選區登記投票？這些，才是我應該問自己的問題，如果我眞的恪守職責的話。

可是我沒有。我坐在那裡，咬著筆頭，做起白日夢來。我思索著那位安靜的鍾斯博士的話：「或許某種層次而言，根本就與漁事無涉，卻完全立基於一種信念？」他這話是什麼意思？信念到底又是什麼意思？我對我的黨、我的老闆有信念。釣鮭又和這些扯得上什麼關係？一派廢話。信仰、信念，是英國國教坎特伯里大主教和他那些越來越少的信眾的事情；是教宗的事，是基督教科學派的事；是那些困在上世紀、在上世紀之前又許多世紀的人的事。不屬於現代世界，而我們活在一個俗世的年代，我自己正住在這個俗世世界的中心。我們把我們的信仰、信念都放在事實、數字、統計數據及目標上面。我們付出的努力，就是去呈現這些事實及這些統計數據；我們的目的，則是贏得選票。而我，正是捍衛我們純正目標的守護者。我們是現代民主政治的理性經理人，做出最妥當的決策，以守護並提升我們忙碌公民的生活，他們因爲太忙，忙得沒時間爲自己釐清這些頭緒。

我記得自己當時想：這又是一篇好講稿。我把原子筆從嘴裡拿出來，開始構思，想著待會兒要記下某些要點，好跟老闆走一遍。然後，就在我思索的當兒，我看見一個幻象。

偵：你想把夢也記下來，放進你的證詞中嗎？

麥：我是在試著告訴你，當時發生的事情，我自己也還在試著了解它代表的意義。

我坐在辦公桌前，忽然看到了一個幻象，清楚得就彷彿在電視新聞看到畫面一樣。我看見老闆和我，站在一條寬而淺的河邊，河中有許多閃閃發光的清澈激流，蜿蜒繞過堆堆石礫或滾越大圓石塊。沿著河邊，幾叢綠色的椰樹搖曳生姿。河再過去，則是粗獷美麗到令人嘆爲觀止的群山，陡峭拔起，衝入天際，而天色是如此深邃的藍，簡直無法形容到底是什麼顏色。老闆和我只穿著便衫，袖子捲起，我感到熱氣好像一把乾火，直撲我的臉和手臂。我們四周全是穿著白袍或彩袍的男子，又高又瘦，綁著鮮亮的頭巾，深色鬍鬚的臉龐正對著河指指點點。夢中，我聽見老闆說：「不久旱川的水就會漲起，鮭魚就會溯泳而上。」

12. 國漁中心沙格登主任與環保局漁業主管普萊斯－威廉斯的電子郵件通信內容

寄件者：David.Sugden@ncfe.gov.uk

日期：九月一日

收件者：Tom.Price-Williams@environment-agency.gov.uk

主旨：葉門鮭魚

普萊斯：

你知道葉門鮭魚案已經獲得外交部及唐寧街十號的半官方支持，你或許也知悉，我有位同僚已遵照我的一些指導，把專案大綱規畫出來了。現在他請我跟環保局研究一下，爲此專案取得鮭魚的最好方法。

現階段，請先視此信爲我們紀錄外的非正式徵詢。我們打算請貴局提供一萬尾大西洋活鮭，預計於下年度運往葉門（確定時間待定）。

當然，如何才是達成這項要求的最好方法，悉由貴局決定，可是本人認爲—若你不介意來自一位老友的建議——你或許可以考慮從英格蘭、威爾斯幾條主要河川中，依事先同意的比例數額，分別網出正在溯流而上的鮭魚，然後將牠們運到我們將專爲此目的設立的一處集合中心，那裡會準備特別設計的貯魚槽。

如此一來，任何一處河川提供的數額，都不致占去總漁獲的太大比例。我肯定多數釣魚界人士也會很高興，能爲這等創新、突破的專案有所貢獻。

當然我也會聯絡蘇格蘭環境保護局、蘇格蘭河川各單位組織，以及英格蘭、蘇格蘭邊界河特威德河委員會，相詢類似請求。也許有必要開個會，以決定每條河川應取鮭魚的比例。

沙格登謹上

祝

好

寄件者：Tom.Price-Williams@environment-agency.gov.uk

日期：九月一日

收件者：David.Sugden@ncfe.gov.uk

主旨：葉門鮭魚

沙格登：

我無法想像，還會有比你信中所言更難接受的請求了。你難道沒想到，要是你眞的正式找我，提出你建議的這項要求，那會在英、威兩地的釣魚界及漁場業主之中，激起多大的抗議聲浪嗎？更別提我自己的同事了。想當年希律王有意殺掉巴勒斯坦每戶人家的頭胎小孩，此舉跟國漁中心的主張比起來，恐怕都算是「客氣了」。你根本搞不清楚，這些釣魚社和釣客對那些在他們河裡溯游而上的鮭魚有多深的感情（更別提我在漁業界的同事）；我常常覺得，他們對這些魚的感情比對自己的孩子還要強烈。

要是你這項建議公諸於眾，我這條老命就不配活了。拿我自己來說，想從英格蘭河川撈出本土鮭魚送到什麼中東沙漠，想都別想。你不妨回想一下，當初你們這個機構（還有我這個部會）成立的宗旨何在？我們是爲了保護環境，爲了保全我們的漁獲量，可不是爲了把牠們送出國。除非背後有國會立案同意，否則我眞的無法想像，到底是誰或何種職位，竟然會接受這種請求（如果眞有此種請求），我們大家恐怕也會掛冠求去。

你到底怎麼了，竟會讓自己去蹚這個渾水？

普萊斯

寄件者：David.Sugden@ncfe.gov.uk

日期：九月二日

收件者：Tom.Price-Williams@environment-agency.gov.uk

主旨：葉門鮭魚

普萊斯：

我眞的很失望你這樣回覆我上封信，我覺得你未免有失輕率，甚至不理性吧——請恕我如此直言。或許，你現在已經把這事看得比較明白，也看出它的重要性了。一萬尾鮭魚，其實並不是什麼大犧牲，除了響應首相支持的正當議題外，還可以爲國際關係提供這麼大的好處。而且少掉的這些鮭魚，輕易就能從你任何一間孵卵所補足。

我再重複一次，好確定你懂我的意思：這案子有首相的支持。

沙格登

寄件者：Tom.Price-Williams@environment-agency.gov.uk

日期：九月二日

收件者：David.Sugden@ncfe.gov.uk

主旨：（沒有主旨）

沙格登：

那首相最好也派幾支軍隊來，如果他執意要奪走我們的鮭魚。總之，想都別想，**除非我死**。

普萊斯

13. 鍾斯博士日記摘錄：重返托樂丘谷

九月三日

今早再度造訪托樂丘谷，正在下雨。抵達時天空灰濛幽閉，霧氣瀰漫，細雨不斷拍打在窗上。天色好陰暗，室內整天都亮著燈，甚至午間也是。我心情依然惡劣，因爲瑪麗上瑞士去了；我覺得心口有一種荒涼感，這是以前從來沒有過的，我想起了那首老歌「我的心頭在下雨」，我今天就是這種感覺，心頭下著雨。

應麥斯威爾先生所請，幾天以前安排好由我陪他到托樂丘谷會見穆罕默德大公。我們飛到因凡內斯，同樣有車來接我們去托樂丘谷會見大公；當然，大公人還沒到。如果不是因爲葉門首都沙那有事耽誤，就是沒能趕上利雅德的轉機，或有其他原因。我們只好四處閒站等大公到來，我則呆望窗外很長一段時間。外面，在柔細的綠色草坪上，在低空不停撒下的毛毛細雨閃爍中，站著一打左右的葉門部落人，身穿飄然流動的白袍，頭戴鮮綠巾帽。每個人手上都有一根十五呎長的釣鮭竿，只見他們正接受那位釣魚嚮導柯林的指導，學習拋線技巧。看起來，他們好像正在學斯佩雙拋。每當老長的魚線從各個方向纏到他們的大腿、手臂或脖子上，就傳來一陣大笑；有個傢伙似乎有立即被勒死的危險。柯林看著他們，臉上的表情就像天氣般從陰霾轉向雷霆。

隔著玻璃，我可以看見他的嘴巴開開闔闔忙著吩咐指導，但聽不見他在說什麼。其中有個葉門人必定是在替他翻譯，我暗忖這個工作肯定不簡單，「把假蠅釣拉過水面」的阿拉伯話要怎麼說呢？

「那些白癡在做什麼？」麥斯威爾一臉不高興地問，他顯然很不習慣等人。

「柯林在教他們拋線。」我說。麥斯威爾不敢置信地搖搖頭，轉身走向房間另一頭的大圓桌，開始翻看桌上《鄉村雜誌》裡的廣告。

「你覺得大公可能在哪兒？」麥斯威爾問道，一手把雜誌推開，「我們到底還要等多久？」

「他應該馬上就會到，」我說，「現在可能已經降落在因凡內斯了。」

「他難道不知道我是誰嗎？」麥斯威爾問我，「你難道沒跟他說清楚——」突然一陣袍裾飄動的聲音輕輕傳來。

「兩位。麥斯威爾先生，抱歉讓你久等了。歡迎光臨舍下。」

大公站在房間門口。我向他介紹麥斯威爾，雖然大公顯然很清楚他是誰。然後我便站到一旁，聽他們講話，心情卻是疏離而悲傷。

我的心頭在下雨。老掉牙的歌詞在我腦中盤旋、揮之不去，就是不肯讓我靜一靜。我感到心裡空空蕩蕩，自從瑪麗去日內瓦後就一直如此。我應該努力想著葉門鮭魚案的問題，如此巨大又複雜的種種問題，應該占據我的分分秒秒，占去我每一分精力及所有的卡路里，我卻一直想著瑪麗。

瑪麗去了瑞士，我的生活出現了空洞。

我一直以爲自己是個理智、穩定的人。每年打工作考績，我們都得對同事寫下評語。我知道同事每每寫到我，第一個字眼必定是「穩定」，然後就是「理性」；有時候評語還包括「投入」。這些字眼，如實地刻畫出鍾斯博士，那個以前的我。

我仍記得第一次見到瑪麗的情形。自她離家後，這個景象就經常在我腦海浮現。當時接近一九七〇年代末期，我們同時在牛津就學。我們是在第一學期的牛津大學基督學會某次晚間聚會上遇到的，那次是紅酒加小點心的聚會，很適合我們這些覺得沒空浪費時間每晚參加派對的人偶爾進行一點社交活動。

我記得第一眼看見瑪麗，她正站在門邊，手裡端著一杯白酒，用一種打量的眼光環視室內。她看起來——可是我不記得她那時看起來是什麼模樣了，應該是五官線條銳利、身材苗條、表情專注熱切吧，我想應該沒錯，就和她現在差不多。這些年來她沒變多少，不論外表或其他方面。

她看見我緊握著一杯蘇打水，便露出笑容，問：「不放心喝酒？」

「我今天晚上還有篇論文要趕完。」我回答。她讚許地看著我。

「你念什麼？」她問。

「海洋生物學，專攻漁業科學。妳呢？」

「我是經濟學者。」她說。她不是說「我主修經濟」或「有一天，我要成爲經濟學者」在她心裡，已經認定自己是她想要成爲的那種人了。我印象很深刻。

「這是妳的第一學期？」我問。

「嗯。」

「還喜歡嗎？」

瑪麗啜了口手上的酒，眼光越過杯緣望著我。我還記得那個表情，平視、挑戰意味。

她回答：「我不覺得喜歡與否有什麼意義，要是你問我還應付得來嗎？我會回答，就一個月只有四十鎊的日子來說，並不好過，但並非過不下去。我的看法是，如果我連這麼一小筆預算都管不好，那我還眞不該讀經濟呢。畢竟，所謂經濟，始於家計。那你呢？你讀得還高興嗎？我對動物學可說一竅不通，我猜想一定是門很有意義、很有用處也很有價值的學問。你知道，我們院裡幾乎每兩個女生就有一個是讀英國文學或歷史的。眞不知道那能幹嘛？」

於是我們離開了會場，一起去吃了頓簡單的晚餐，在某處非常經濟的地方。瑪麗談她想要做的金本位制論文，我則——恐怕是長篇大論地——談著有一天，英格蘭那些受到工業污染的大河川有可能回復乾淨，洄游的鮭魚也會重返。

夏季班結束之前，我們已經固定一起出去了，所以學期末時，瑪麗建議我帶她參加期末舞會，也就不怎麼太意外。瑪麗甚至一反平日的節儉作風，特地花錢治裝，爲舞會買了件新禮服（雖然是二手貨），還做了頭髮。可是這些，正如瑪麗人生中的每一件事，其實都是計畫裡的一部分。

我們和一夥朋友同去，一起吃晚餐、跳舞，整晚幾乎都待在學院中庭搭起的舞棚內。那晚唱片一再重複放著10cc合唱團的「我沒在戀愛」。

到了清晨某個時刻，我突然發現瑪麗和我單獨坐在一桌，離其他同來的友人都有些距離。瑪麗看著我，用一種比平常更專注熱切的神情。我們兩人都喝了不少酒，比平常習慣的多很多，而且也都沒有這麼晚睡過。我感到有些輕飄飄地發熱，就是那種在這類情境之下，會忽然襲上你心頭的奇異感覺；一種不眞實感，混合了凡事都有可能的那種感覺，雖然有時候會有始料未及的後果。瑪麗伸手越過桌面，握住我的手，她不是第一次這麼做，我們甚至還親吻過一兩次，可是總括來說，她並不贊同不必要的情感表述。

「阿斯，」她說，「我們處得不錯，對吧？」

不知何故，這說法讓我嚥了一下口水，我記得我的喉嚨開始發乾：「是，是啊，相當不錯，我想。」我說。

「我們有這麼多相似之處，我們都相信應該努力工作，也都相信理性的力量，而且我們都各以自己的方式有所成就。你學術些，我比較有俗世企圖心。我想上倫敦好好發展，你想成爲專業科學家。我們兩人追求的許多人生事物都相同。我們在一起可以成爲一個很棒的團隊，你覺得是不是？」

我開始看出這話可能在朝哪個方向發展了，先前那種不眞實的感受也變得更爲強烈，我開口回應，同時心裡也在想著：我是在夢裡。

「是，我想是的，瑪麗。」

她捏捏我的手。

「我可以想像得出，自己和你共度人生。」

我不知道該如何回應，但她替我說了：「如果你向我求婚……」

DJ又在放「我沒在戀愛」了，我心想這幾個字是什麼意思。事實的眞相是，那時的我對愛情根本毫無概念，一如我對死亡的恐懼或太空旅行般無知。那是我從未遭遇過的事，或者就算遇上了，也搞不清楚它的眞面目。這表示，我沒在戀愛嗎？或者表示，我是在戀愛，卻不自知？我記得當時感覺好像站在峭壁邊緣，搖搖欲墜。

我知道自己必須開口說些話，然後我感到瑪麗的腳壓在我的腳上，暗示著其他可能，所以我說：「瑪麗，妳願意嫁給我嗎？」

她揮開雙臂抱住我：「我願意，這眞是個好主意！」

坐在附近桌子的幾位朋友，忽然爆起一陣歡呼，他們不是猜到了，就是事先已經得到暗示，知道可能會發生什麼事。

當然，我們對婚事的安排也同樣理性而務實。我們同意現在還不能結婚，必須等我們都畢了業，都找到工作，而且兩份薪水合起來必須超過一年四千鎊之後才能結婚。瑪麗估算（結果也證明估算得很準確），這樣才夠支付倫敦郊外一戶小公寓的房租，再加上一年出去度假一次等等。早在微軟推出試算軟體之前，瑪麗的腦子裡就已經有個直覺軟體，讓她可以用數字來看這個世界。她是我的守護人，我的嚮導。

畢業後一年多一點點，我們在她學院的小禮拜堂舉行了婚禮。

我們的婚姻多年來都很穩固，至少表面如此。我們沒有小孩，因爲瑪麗覺得——我也從來沒有不同意——我們需要先把精力和時間放在事業上，然後只有在這些都達到某種動能之後，再去投資子女。可是時間向前推動，我們還是沒有一兒半女。

瑪麗在銀行一路爬升順利；對她來說，一般職場會阻礙女性升遷的所謂「玻璃天花板」從不存在。我也以漁業科學家建立名聲，雖然隨著年月過去，我的收入能力遠遠落在瑪麗之後。但我知道她尊敬我的廉正品德，以及我日增的科學家聲譽。

但是一如寧謐冬日傍晚的天光緩緩暗去，有些東西，漸漸地，也從我們的關係中褪去了。我這樣說或許有些自私，因爲我開始尋找的東西，例如熱情、浪漫，或許從來就不存在。我幾乎很確定，步入四十歲之後，我就有一種生命正從身邊溜走的感受。我很少親身經驗熱情或浪漫，我對它們的認識，多半從書上或電視而來。我想，如果我們的婚姻中有任何令人不滿意的成分，應該也只是因爲我自己婚姻的觀感改變了，現實世界並沒有眞的發生什麼。也或許我從孩童長成男人的時間太快了，前一分鐘，我還在學校的科學實驗室裡解剖青蛙，下一分鐘我就已經在替國立漁業卓越中心做事、數著河床上淡水蚌的數目了。我想，兩者之間，有些事物就這樣從我身邊走過。青春期嗎，或許？某種不成熟、愚昧但卻充滿感性的事物，就像我喜愛的那些歌，模糊憶起，彷彿在遙遠的收音機上播放，卻因爲太過遙遠而分辨不出歌詞。我有疑惑、有渴望，卻不知道原因，也不知道爲了什麼。

每次我試著分析我們的生活，要和瑪麗討論，她總是說：「親愛的，你正成爲石蠶蛾幼蟲的世界權威，別讓任何事情分心。當然，你的待遇和我比起來的確不夠好，可是能在任何一行出類拔萃，本身就是無價的成就。」

我不知道我們是在什麼時候開始漸行漸遠。

就在我告訴瑪麗這個專案的那一刻——我的意思是，探究在葉門引進鮭魚漁場的可能性——忽然有某些東西改變了。若說我們婚姻中有所謂的關鍵時刻，那麼就是這一刻。就某種意味而言，這還眞是諷刺。人生中第一次，我在從事一件可能會讓自己名揚國際的事情，而且肯定也會讓我收入大增。單靠講演收入，就可以過上好幾年都不愁，即使案子只成功一半。

瑪麗不喜歡這事。我不知道到底是哪部分她不喜歡，是不喜歡我可能變得比她有名，還是不樂見我的收入可能會比她高。聽起來，我好像把她說成是個小心眼的女人了。我想她眞正的想法是，我會把自己弄成個頭號大傻瓜，讓自己成爲笑柄，名字永遠和一樁被科學界鄙夷爲詐騙、亂搞的專案連在一起，永遠被標上失敗者的記號：抵抗不住無上限預算的誘惑，偏離了美德的正道，連帶地也害她的人事紀錄多了個黑色污點，比方說：「瑪麗本人是相當穩健可靠的員工，只可惜她老公竟是個愛出風頭的科學騙子，這可能會讓外界對銀行雇主有負面的評價。或許這一回升遷，我們還是先跳過她吧。」

沒錯，這就是爲什麼我非得寫寫瑪麗不可。他們逼我去爲大公工作，同時也把我遠遠地逼出了我的婚姻。她看到日內瓦有個機會，便以她一向的冷酷犀利立刻出手掌握。或許，她一直就有這個計畫，只是她現在決定時機已到，應該採取一些行動了。

至於我呢，我可以高高興興接受，或勉強嚥下忍受，可是我卻寫成好像自己根本不愛她似的。我一定愛過她，因爲她走了，我感到如此空虛。

我們的婚姻並未結束，只是變成了伊媚兒婚姻，我們固定通信。她也沒提出離婚，或建議把公寓賣了之類的事。就只是她在瑞士那裡，我在倫敦這裡，我們也沒有任何計畫要在最近見面。我一面寫出這些，一面感到自己的生活毫無意義。而如果現在沒有任何意義，那麼或許過去四十多年的日子也都只是浪費時間。寫著這篇日記，我覺得自己也活像一本日記，被人扔在雨地裡，雨水模糊了密密麻麻的字跡，幾千個白日黑夜的紀錄全部消失，只留下一整頁濕淋淋的空白。

14. 鍾斯博士約談紀錄：他與麥斯威爾先生、穆罕默德大公會晤經過

偵：描述一下麥斯威爾與穆罕默德大公那次的正式面談。

鍾斯博士（以下稱「鍾」）：那其實算不上正式面談，我們現在這樣的談話才是我認定的面談，問題沒完沒了地。你們問這麼多到底有什麼用呢？

偵：當然，我們很希望以友善、合作的方式來進行這些約談，鍾斯博士。可是你知道，我們也可以採取很不一樣的方式來進行。

鍾：算了，我可沒說我不要合作，但請讓我用自己的方式來描述整個經過。那麼久的事了，你也知道，我不可能記得每個小細節。

偵：你大可以採用你想要的方式，任何方式，但是請不要漏掉任何細節。

鍾：我盡力就是了。就我能記得的，大公到了之後，就和麥斯威爾進行私下談話，並沒有邀我在場。我猜大概是聊些政治方面的事吧，我畢竟只是個普通的漁業科學家。他們丟下我大約一兩個小時。我記得的就是我上樓回房寫日記，那些你也已經不請自拿地看過了。我忘了寫了些什麼，但我記得自己心情糟透了。那天的天氣很陰霾，我的心情也很沮喪。我太太並沒有真的離棄我，可是感覺起來卻沒有兩樣。

甚至就連海麗葉，也不夠重要到被請去參加那天的談話，雖然她那天也在。麥斯威爾和我到達托樂丘谷之前，她人就已經在那裡了。

偵：海麗葉？你是指查伍德-陶伯特小姐嗎？

鍾：當然。後來我們被叫進大公辦公室，要我就葉門專案進度給大公一個正式報告。但我眞的不大想談。因爲幾天前，從我老闆沙格登那裡看到一些電子郵件，顯示專案遇上了關鍵大阻礙。沙格登本來說，他會負責安排專案的供應方面，也就是負責提供大西洋活鮭的來源。想當然耳，就跟平常一樣，他根本沒半點概念，不知道自己在說什麼。他完全不知道該上哪兒去找鮭魚。

偵：所以你進了大公的辦公室？這次會面還有誰在場？

鍾：嗯，我們進了大公的辦公室，圍著一張桃花心木長桌坐下。這桌子其實更像餐桌，不像擺在辦公桌裡的會議桌。整個房間裡面，唯一有辦公模樣的東西是角落的一張大書桌，上面擺著一具電漿螢幕。管家毛克姆用瓷杯爲大家上茶，他退下後，大公便以手示意要我開始講話。我盡己所能讓他了解最新狀況。麥斯威爾告訴我們，他只是在這裡扮演「觀察者」的角色，他顯然也已經告訴過大公，首相對此案表示支持且熱情期待，可是他又爲海麗葉和我重複了一次，大公也喃喃道了幾句感謝的話。然後麥斯威爾便把身子向後一坐，在我報告之際露出一副無聊不耐的表情。

「運鮭槽已經設計並測試完成，我們是請芬蘭一家專做環境工程的公司赫斯欽南來進行可行性研究與測試。大致而言，我們對成本的預估相當放心，也相信鮭魚可以禁得起這趟旅程的震動或噪音，因爲槽體的設計與機體完全隔絕。」

我把單子上的事項又勾去了一項，並環顧大家是否有任何疑問。除了大公外，房中只有海麗葉和麥斯威爾，毛克姆已經走開了。大家都沒說話。

「我們也分析了阿連旱川及含土水層的水質樣本。當然，我還是得帶一些人親自到現場實地了解環境，以及我們將面臨的挑戰。不過，初步樣本顯示，除了高熱和溶氧不足之外，並沒有其他任何因素可能會對鮭魚造成威脅。」

麥斯威爾掏出黑莓機，開始瀏覽他的電子郵件。

「貯鮭槽設計正在進行第五度修改，大公，很抱歉我們原始的成本估算現在看來稍微樂觀了一些；這個階段的預算可能會超支百分之二十。工程由英國老牌公司阿若普負責。

「大體而言，我們的構想是連接旱川建造一系列用來盛接雨水的水泥池，另外也從含土水層打水進去來維持水位。還要再罩上鋁紗遮棚，讓部分陽光透射進來，同時也可反射大部分熱氣。如此一來，就能將水溫保持在能控制的範圍之內。此外，沿著池壁還會設置熱交換器來排除多餘的熱度。我們必須提供鮭魚一個舒適的環境，同時又要能確保在牠們終於進入旱川之際，內外溫差不致太過；兩項目標偏一不可。我們還要在池壁四周安置打泡器，好使水中有足夠的溶氧供魚兒存活。有趣的是，美商亞普氣體和英國氧氣兩家公司都用低於成本的價格競標這項造氧設備，因爲他們都想藉此造勢宣傳。我們需要取得開發許可才能裝設這些池槽，我想也需要做環境衝擊評估。」

大公輕輕做了個手勢，表示環保評估一事既可笑又沒有意義。然後就到了整個專案最令我擔心的部分，那是眞正的大障礙。我們無法取得任何鮭魚。我想我先前已經告訴過你們，沙格登拍胸脯保證，認爲自己一定可以就專案這部分交差，結果卻拍錯了地方。

偵：我們已經看過相關的電子郵件往來。

鍾：那你們就一定知道，沙格登在短時間之內，幾乎把本來可以幫得上忙的人全都惹毛了。我們和環境局、蘇格蘭環保局都談過，就是沒法在英格蘭、威爾斯、蘇格蘭任何地方，找到任何一條河願意讓我們取走任何一條鮭魚。沙格登把事情完全搞砸之後，又派我到處去開會，想要……想要再把事情喬好，我記得其中一次是見環境局的那位普萊斯-威廉斯。他一聽我提出取鮭的建議，立刻臉色發白。

「把鮭魚從牠們的河裡拿出來，再把牠們送到沙烏地阿拉伯去？」羅普爾問。「你完全不了解釣魚界，他們寧可把自己的孩子賣去當奴隸。」

「是葉門，事實上是到葉門。」我告訴他。

「他們會拚死反對，」他說，「他們最在乎的就是這些魚，比什麼都在乎。如果我們真敢嘗試，我想連游擊戰都可能出現。」

我把這一切說給大公聽。麥斯威爾也從他的黑莓機上抬起頭來，大公蹙著眉。海麗葉早已知道這事，在飛機上我就跟她講了。還有更多壞消息。就算環境局或蘇格蘭環境局同意，讓我們從一些魚量比較豐富的河中取走幼鮭，還有一個根本障礙。

如此取來的幼鮭都沒出過海。如果把牠們養成了亞成鮭，天性本能會催促牠們朝鹹水游去。所有鮭魚都要在鹹水也就是海水中待上兩三個冬天，然後才會回到牠們出生的河流去產卵。所以我們可能會花上好幾百萬把幼魚養大，再把牠們送到葉門去，結果卻發現一把魚施放進旱川裡頭，牠們卻不往上游，反而有可能轉頭朝印度洋游去，並且從此消失不見。整個專案就都毀了。

我說：「所以接下來，我們和幾處環境局談過，是否可能把原先在泰恩河或蘇格蘭特威德河、斯貝河等地長大，現已成熟並回歸出生河流、預備產卵的鮭魚設陷圍起來。他們當下就堅決拒絕，連考慮都不肯。首先，圈捕成鮭再出口中東一事，就違反了他們必須保護本國漁業的職責。除非國會提出法案修改這些單位的法定職權，他們才能做這種事。更何況，正如普萊斯-威廉斯告訴我的，恐怕還會惹得民眾起事呢。」

「不能那樣做，」麥斯威爾說，他現在終於聽懂我們的討論了，一聽到「國會提出法案」就令他整個身子坐得老直，耳朵像兔子一樣抽動，「這不能當作選項。」

「當然不能，」我同意，「而且無論如何，這些單位根本也不會提出修改法令的申請。另一個問題是，如果他們真的付諸行動，釣魚界也會公開宣戰。這個國家沒有一個釣客會允許這種事情發生，在他們自己有機會釣到任何一條洄游的鮭魚之前，任何一條魚都不能從河裡取走，然後還被運到葉門去。這事根本不可能發生。」

「此外，」麥斯威爾說，「就政府而言，這整件事的重點就是取得中東的善意回應。這一點我必須坦白表示，穆罕默德大公。這事只能在不引發我們自己本國更大惡評的情況下進行，不能造成選民的反感。所以現在的底線就是，我們必須另尋解決之道，否則整個案子就必須作罷。」

四周一片沉寂。海麗葉看著桌前的文件，一句話也沒說。麥斯威爾從這張臉看到那張臉，彷彿要看誰敢挑戰他的說法。

「麥斯威爾先生，」大公口氣平靜溫和，「這個專案當然會繼續下去，也當然會成功。我對鍾斯博士有極大的信心，如果他帶了問題到我這來，我知道他同時一定也已經找到解決辦法了。是不是，鍾斯博士？」

「噢，是的，」我說，「我是有個解決辦法，可是不確定您會不會中意。」

偵：什麼辦法？

鍾：我等一下就會講到。開完會，我們都上樓去洗澡、更衣，然後下來用晚餐。

偵：麥斯威爾在晚餐上又說了些什麼，你還記得嗎？

鍾：那天晚上大家都沒怎麼說話，那是個正式、安靜的晚餐。毛克姆服侍我們用餐，輕手輕腳地在我們椅後走動。我記得食物就和上回造訪托樂丘谷時一般美味，最美味的菜色配上最好的美酒。可是對我來說，那天就算盤子裡裝的是灰燼、杯子裡是醋，也沒什麼不同。我只是把食物在盤中推來推去，淺啜杯中的酒卻嘗不到任何味道。甚至連麥斯威爾也沒有太多話可說；他試了一兩次，想把大公拉進對英國友誼有何感想的話題，卻始終沒有成功，最後也只好住嘴了。

我看見海麗葉瞥了我一兩眼，了解到自己的表情一定洩漏了低落的心情。我一向不善於遮掩情緒。好一陣子半點聲響也沒有，只有刀叉嗆噹的觸碰聲。大公從不介意是否有人交談，他不覺得有必要用談話的方式來招待娛樂客人，或受人招待。我們英國人需要的那種社交談話，就好像我們需要空氣來呼吸，對他而言完全陌生。不是有事情需要討論，就是沒事情要談。有事說就說，沒事就閉嘴。麥斯威爾卻無法忍受。我可以看出他喜歡成爲眾人目光的焦點，於是他又試了一兩次，想要打開話題，這一回主要是針對海麗葉而發，卻也不了了之。

最後他終於說：「大公，您知道，首相也是個熱愛釣魚的人。我是說，要是他能找到任何空閒時間，他也必定會熱愛釣魚。」

大公微笑，說道：「可惜他沒有時間。這麼喜愛一件事，卻從來沒做過，一定很難受。」

「噢，這個嘛，首相很忙，我敢說您一定了解。可是萬一您眞能把鮭魚案做成了，他會很樂意有機會親眼看它運作。」

「貴首相閣下若能光臨，無任歡迎，要是他眞能找到空閒時間來的話。」大公說。

「我眞正的意思是，」麥斯威爾說，「快靠近正式揭幕的時間，您那兒若能來封正式邀請函，十號那邊會很樂意接受。」

「誰是這個什麼十號？」大公問，假裝困惑不解的樣子。

「我的意思是，首相辦公室會很樂意。」

「那當然，不論那個時間或任何時間，都竭誠歡迎首相大駕光臨。他只需要說一句，我們就會在寒舍接待他，他也可以加入我們，一起享受他對釣魚的熱愛，他忙碌的行程能容許他待多久就待多久。您呢，也絕對歡迎，麥斯威爾先生，您也熱愛釣魚嗎？」

「我不知道怎麼釣，」麥斯威爾先生回答，「從沒時間嘗試，不過我還是會很樂意前去。那麼，我現在可以當作我們已經有了您的邀請去參加葉門鮭魚專案的揭幕典禮了嗎，姑且不論確切的日期？」

「當然，當然，」大公說，「我們會深感榮幸。」

「還有，大公閣下，」麥斯威爾說，「當然我不知道首相可以待多久，我們必須和您一起決定日期，才能知道首相能待多久。但我假定，如果我把他目前的行程空檔告訴您，我們可以根據那些日期來排定揭幕時間嗎？」

「鍾斯博士和海麗葉·查伍德-陶伯特女士統籌負責這個案子，麥斯威爾先生，所以相關日期與安排，你一定得和他們兩個商量。」

麥斯威爾看看我，說：「那你要隨時讓我知道進展，博士。」這句話是命令，不是問句。然後他又轉向大公：「還有最後一件事，大公。首相認爲如果他可以在你旁邊一起照張相，手上拿根釣竿，對專案而言會是個很好的主意。或許趁他人在那裡，我們可以安排讓他釣到條鮭魚或什麼的。我們想像的情況大致是這樣的：如果他可以飛到沙那，再搭直升機飛到現場，或許花上二十分鐘會見專案團隊，拍幾張握手相片，也許還頒個獎，然後再花個二十分鐘和你們一夥人——我是說您，大公，還有我們今天先前在草地上看到的那幾位人士——大家都拿著釣魚竿，拍幾張團體照。假如各位全都穿上整身的部落服飾，配上匕首短劍等玩意兒，那就更精彩了。或許首相也可以很快地換上這一類服飾，您知道，就好像他是位榮譽部落人……」

我都替麥斯威爾感到臉紅了，可是大公只是微笑點頭：「在此同時，首相會專誠挪出二十分鐘的時間，和我一起捉條鮭魚嗎？」

「我們必須弄出個時間表來，可是，沒錯，我們得有張首相捕到條鮭魚的好照片，或許是有始以來阿拉伯半島釣到的第一條鮭魚呢；那會替專案帶來極大的宣傳效果。當然，我們會讓您在所有行銷文宣使用這些照片。」

「有時候，可能需要再長一點的時間，才能釣到一條魚。」大公說，「就算在托樂丘谷這兒，雖然有許多鮭魚，可能都還要花上好幾個小時甚至幾天工夫才能釣到一條。」

「這我就留給博士處理了，」麥斯威爾說，「他是鮭魚專家嘛。我說博士啊，首相將會十分期待自己能夠釣到魚。我不管你用什麼方法，你要確定這事一定會發生。」

我只是瞪著他，在我開口叫麥斯威爾滾蛋之前，大公先開口了：「我肯定鍾斯博士一定會找出法子，讓你的首相大人開心。如你所言，他既然熱愛釣魚，那麼不管發生什麼他一定都會很開心；而且我也會非常高興能在阿連旱川歡迎他，請他做我們的客人，一起在我們的新河上釣魚。或許鍾斯博士可以替他找到條魚，只要神的旨意如此，就一定能成。」

「好極了，」麥斯威爾說，「我們認爲這個案子眞是絕佳的點子，大公，非常富有想像力、非常創新，首相也非常樂見你運用英國的工程師與科學家來完成你的目標。我們很願意成爲其中一員，好讓葉門的國民能夠了解我們英國是個周到貼心的好盟邦，熱愛民主又熱愛釣魚，隨時樂意分享我們的科技，幫助嚮往釣魚之樂的葉門釣客實現他們的夢想。」

他環顧桌子四周，彷彿剛發表了篇演講，想看看這番話對我們產生什麼影響。我想，這應該算得上是某種演講吧。大公頷首說：「我不是政治人物，麥斯威爾先生，只是想把釣鮭之樂分享給族人，並讓他們親眼見證只要有足夠的信心，就可以完成任何事。」

「以您的信心，加上我們的科技，我們一定會使鮭魚在那裡活蹦亂跳。」麥斯威爾說，「你還可以預期，一定會有一大堆鈔票多、錢也花得多的遊客湧進來，想要一試難得的葉門釣鮭經驗，我肯定您的投資會回收好幾倍。好了，如果您不介意，我先告退了，就寢前還有幾封電子郵件必須處理。」說完他就拿起黑莓機上樓去了。

「我想，麥斯威爾先生還不太了解我們，」麥斯威爾離開房間後大公說，「可是或許有一天，神會親自向他顯示，幫助他了解。」

我們三個一起再坐了一會兒，餐桌上的蠟燭低燃。跟穆罕默德大公在一起，對我有種鎮定效果，尤其是現在少了粗魯無禮的麥斯威爾在場。好一陣子，沒有人說話。

我暗忖大公會不會再針對麥斯威爾說點什麼，雖然大公一點跡象也未顯示，但我很確定他不喜歡麥斯威爾。但令我驚訝的是，他卻把目光轉向我，說：「你看來心情不好，鍾斯博士。」

我不知道該說什麼，臉又紅了起來，幸虧在燭光下我的臉色變化可能不是那麼明顯。我看見海麗葉望望大公，又轉睛看我，眼神熱切專注。

「呃……沒事，只是家裡有點問題，就這樣。」我說。

「家裡有人生病？」

「不，不是。」

「那就不用告訴我，因爲那不是我的事情。但我不想看見你心情低落，鍾斯博士，我寧願你能心無旁騖地全心投入在專案上。你需要學著有信心，鍾斯博士。我們相信，信心可以治癒一切憂煩。沒有信心，就沒有希望，也就沒有愛。信先於望，也先於愛。」

「我恐怕沒那麼虔誠。」我說。

「你不可能知道，」大公說，「因爲你還沒有看入你的內心，你也從沒有問過自己這個問題。或許有一天，會發生什麼事情讓你去問自己這個問題。我想，你會很驚訝於那個回應的答案。」

他微笑著，彷彿了解到這樣的對話在如此的深夜可能有點太深入了，然後便做了個手勢。毛克姆不知從哪兒冒出來，嚇了我一跳，因爲我正爲大公的這番話想得出神，雖然不太懂他的意思。這位門房先生肯定一直站在餐廳的陰影處，或許也在聽著。大公站起身的同時，毛克姆也把椅子往後拉開。海麗葉和我也站了起來。

「晚安，」大公說，「希望一夜好眠能讓你們的心靈獲得平靜。」然後他便走開了。

海麗葉和我一起慢慢上樓，不發一語。走到樓梯平台時，她轉向我，說：「鍾斯，如果你想找人談事情，任何事情……找我談沒關係。我看得出來，你有些事情不大對勁，我希望你把我當做朋友，我不想看到你不快樂。」她傾身在我臉頰上親了一下，我嗅到她溫暖的香水氣息。她的手輕拂過我的手，只有一瞬間。然後她就轉身走開了。

「謝謝。」我對她說，看著她沿著走廊回到她的房間去。我不知道她有沒有聽見。

回房後，我邊換下衣服，邊思索自己的人生。房間裡很暖和，火爐中依然低低生著小火。我把晚宴服掛進衣櫥，換上借來的睡衣，刷了牙後爬進巨大、柔軟的床鋪上，躺在兩床白色亞麻質被單之間。

多麼怪異的一個晚上。

我記得自己躺在床上想著，現在和我人生有關的每件事情，都顯得奇異且陌生。我在未知的水域中航行，過去的人生已在遠方海岸，透過朦朧回顧雖然仍舊依稀彷彿，卻也逐漸褪色成天際的一縷灰暗；而前景呢？我不知道。大公今晚說什麼來著？我突然感到一陣睡意，最後進入腦中的幾個字，最後的清醒意識，就是他說的那幾個字，但又似乎來自別處：「信先於望，也先於愛。」

那晚我睡得很安穩，很久沒有睡得那麼好了。

偵：請說說你是如何找到鮭魚的？

鍾：那可不是愉快的回憶。第二天早上直升機來接我們，大公、海麗葉、麥斯威爾和我都上了飛機，繫好安全帶。螺旋槳開始轉動，一會兒工夫，托樂丘谷的灰色屋頂和柔綠草坪就在下面向斜後方迅速溜去。我們在疾馳而過的雨雲間飛行，飛越宅後棕褐色的沼澤荒野，只見野地緩緩爬升爲崎嶇山陵。

然後機身前方有一串湖泊向西南延伸而去，我想那一定就是大峽了。低雲擦身而過，不時阻礙視線，接下來忽然天空晴澈、萬里無雲，我們彷彿正直接飛進燦爛明亮的陽光裡。下方現在是一片片水域，與柔軟的綠疇、棕色陸岬交錯出現，接著就發現我們正在降低高度，向一處海灣岸邊飛去。我瞥見了預期會看見的建築物。

我們在一處空曠無車的停車場降落，旁邊是幾間活動小屋。再過去是座防波堤，幾艘船繫泊在那裡，再過去的海灣處有一些金屬建物在陽光下閃閃發光。螺旋槳停止轉動，其中一間活動小屋的門打開，兩名身穿油布防水衣、頭戴硬盔帽的人走出來迎接我們。

我們下了飛機，在引擎轟隆聲中，朝我們走來的第一位拉大嗓門問道：「鍾斯博士？阿佛烈．鍾斯博士？」

駕駛關掉引擎，我說：「我就是。你是，坎貝爾？」

「沒錯。歡迎光臨鮭魚之子水產場，鍾斯博士。」

我把麥斯威爾、海麗葉、大公一一向他介紹。大公頭戴貝雷帽、身穿帶肩章的軍裝式套衫、卡其斜紋棉布長褲，海麗葉和我都穿著上蠟的防水外套與牛仔褲；麥斯威爾則一身西裝，外罩一襲白色風衣，我覺得看起來就像爛電影裡的私家偵探。

坎貝爾揮手指向他身後繫在海灣裡的那些籠子。

「想要參觀一下？」

「正有這個打算。」

我們進入活動小屋，一人一杯雀巢熱咖啡。然後坎貝爾說：「好，現在讓我告訴各位，我們在這裡做什麼。我們養殖用錢可以買得到的最優質、最新鮮的鮭魚，別聽信別人跟你們講的那一套，養殖鮭沒啥不好。至少，你知道牠們到過哪些地方，可不像野生鮭魚可能游過任何玩意兒！」

他哄然大笑，表示開個玩笑。小屋牆上有一張護貝掛圖，顯示出養殖鮭的各個不同階段：先是淡水孵育區用種魚仔養出初孵仔魚，然後是仔鮭；長成幼鮭後就釋入籠區，再續長成亞成鮭；接下來是更大的籠子，放到更遠的海灣鹹水區，繼續把亞成鮭養大爲成鮭。坎貝爾把整個養鮭過程講了一遍，然後顯然我們都聽夠了，就建議坐船出去實地察看。

防波堤處繫了艘改裝漁船。等我們全部上船後，船吱吱嘎嘎地慢慢駛出，進入海灣中央。現在近距離之下我們可以看見，那些金屬結構物其實是一系列柵欄，也就是一個個深籠的頂部，籠子則泊靠在灣底海床上。只見欄內的水中盡是幾萬條狂亂移動、急著想要到別處去的魚兒在打轉。每隔幾秒鐘就有一條魚跳出水面，彷彿想要逃離或是攀爬過魚梯或躍過水瀑，那是牠的本能或物種記憶，告訴牠那兒應該有魚梯或水瀑。我幾乎不忍心看。這種生物有個神奇的本能，迫促牠們往下游而去，一直到嗅得到海洋的鹹水氣味，然後再尋溯到祖先都必去的北大西洋極北的攝食場。接下來兩三年，牠們都待在那裡。然後，再經由一個更大的奇蹟，牠們又會轉身南游，游過許許多多河口，這些河流有可能是牠們的出生地，直到不知什麼原因又令牠們轉身向北游，尋找那片特定的海岸水域，直到牠聞到或以其他方式感應到那條特定河川的水氣，再一路歸返當年自己出生、孵化的地點。可是我們眼前這些鮭魚，終其一生卻只能活在只有幾公尺深、幾公尺寬的籠子裡。「看看這些可愛的小傢伙，」坎貝爾深情地說，「看看牠們的運動量多大，別跟我說牠們有半點不及野生鮭結實。」

籠子四周的海水污濁不清，到處可見流經的碎片殘物。大公四下看看，愈發沮喪。然後他轉向我說：「就只有這個法子？唯一的法子？」

「沒錯，」我回答他，「唯一的法子。」

「那麼，你會需要多少條呢，鍾斯博士？」坎貝爾問。

「確實數量我們還沒估算好，可以的話，大概五千條左右吧。」

「這是大訂單，請先通知我們。」

「我知道。」我說。

飛返托樂丘谷途中，大公好久都不發一語。我知道，這跟他預先設想的情境不同。他想像的是，一路從波濤洶湧的北大西洋海域歸返家園的銀亮魚兒，鮮活如繪，奇蹟般地在阿連旱川河水中逆泳而上。他可從沒想過會是這種布滿了海中寄生蟲的生物，出生與長大都困在一個巨大的牢籠裡。

可是我們別無他法，只能湊合著用。最後，大公終於露出苦澀的笑容，他轉向麥斯威爾說：「你瞧，麥斯威爾先生，我們的專案多麼呼應貴國政府的願望？多配合你們的政策？我們將解放這些鮭魚，從囚禁之中解放出來。我們會給牠們自由，然後再讓牠們選擇。我們會把牠們釋放到旱川的水中，然後牠們可以投票選擇，看是要往大海那條路去，還是轉向高山另一路。我認爲，這眞的非常民主，不是嗎？」

我記得，麥斯威爾只是咬著唇，什麼也沒說。

15. 麥斯威爾先生九月四日接受《周日電訊報》「休假去」專欄訪問

本欄是《電訊報》周日版不定期推出的系列專訪，由約翰生訪問知名公眾人物，以便了解他們公餘之暇都從事些什麼活動。本周的受訪者是麥斯威爾先生，唐寧街首相辦公室溝通技術總監。

約翰生（以下稱「約」）：麥斯威爾，你要跟我說你從來都不放假，對吧？

麥斯威爾（以下稱「麥」）：約翰生，你說得太對了，我幾乎從不休假，這正是我這份工作的問題。你必須一天二十四小時一周七天全天候待命，因爲世界上的事情也是二十四小時七天隨時隨地都在發生，需要二十四小時七天立即處理回應。不論在辦公室或是在外出行程中，我都得時時保持聯繫。我幾乎整天收看至少三個頻道傳來的直擊消息，我的黑莓機上也會收到好幾百封的電子郵件。然後還有這個會、那個會要開，你不會相信有多少會我必須參加。這還只是平常上班的日子，約翰生，我要持續工作到周日晚上，然後通常周一一早又要開始忙。可是要說最大的壓力，應該是突發狀況，而且這種狀況不斷發生。

約：你的意思是：「事件，小老弟，就是事件？」

麥：我聽不太懂你的話，約翰生。

約：這是前首相麥克米倫的名言。

麥：那他應該意有所指吧。

約：就算假設一下好了，假設你有幾天甚至幾個小時的空閒，你會怎麼利用？還有假期呢？

麥：我已經好久沒有好好休過假了，約翰生。我同事老建議我該休個假，可是我想，他們完全是狀況外，我是說如果我不留下來照應，眞不知道會發生什麼事。不過我確實到過一次西班牙的伊維薩島，待了一個禮拜，如果眞能得空，我想，我會想再去一趟。

約：那有沒有撥點時間做些運動呢？

麥：嗯，這個嘛，你或許知道，我算是個健身狂。所以只要能抽出幾個小時，我通常都會從事跟健身運動有關的活動。我很愛跳騷莎舞，這個大家可能都知道。但比較少人知道兩或三年前，我還曾擠入大倫敦區伊斯靈頓自治市的決賽呢。我不是說自己跳得有多好，可是我想，我不可能跳得太差，所以才能差一點贏得北倫敦區騷莎舞盃大賽。

約：還有哪些運動或這一類的休閒活動是你有興趣的？

麥：我想，老闆和我偶爾會打打網球……

約：老闆，那是指首相吧，我猜？

麥：正是。

約：那都是誰贏呢？

麥：這個嘛，約翰生，如果我告訴你的話，我想我的工作大概會不保！不過說眞格的，我們兩個算是勢均力敵，這很好。我想，如果你做的是相當緊張的辦公室工作，有接不完的電話或是一直盯著螢幕看，有機會能讓你到戶外去，暫時讓神經抽離日復一日的緊張壓力，應該都是好事。

約：*Mens sana in corpora sano*（譯註：拉丁文，身健心才健）一類的說法，你認爲呢？

麥：你這話我又聽不懂了，約翰生。

約：還有沒有公事以外的其他興趣是你想告訴我們的？麥斯威爾，除了運動之外？

麥：我非常喜歡音樂。不用說，我當然喜歡騷莎舞的音樂，但我也很喜歡古典音樂，華格納的「女武神的騎行」是我的最愛之一。我覺得那眞是首絕妙好曲，讓人勾起回憶。

約：它喚起你什麼回憶呢？

麥：這首曲子總會讓我想到「現代啓示錄」電影裡那個出色鏡頭，當他們用汽油彈轟炸越共村莊之際，直升機上就用大喇叭播放這首曲子。眞是一段震撼的電影紀錄，配樂搭配巧妙。

約：我們已經距離那個年代有點遠了，不是嗎，麥斯威爾？我的意思是，用汽油彈轟炸叛軍村落，不再是今時今日我們會做的事了，不是嗎？

麥：我們是不是離題了，約翰生？

約：或許吧。那閱讀呢？你喜歡讀些什麼？

麥：《國會議事紀錄》。

約：小說呢？比方長篇小說之類的？

麥：讀小說不會帶給我眞正的大樂趣。我很羨慕那些可以把自己的生活安排得那麼好的人，可以有空窩在椅子裡讀幾頁小說。就我個人來說，可沒有那個時間。我是心裡靜不下來的那種人，約翰生，讀小說對我來說，似乎太浪費我醒著的時間。

約：可是有傳聞說，麥斯威爾，這一定也傳到你耳中了，說你正在寫書⋯⋯

麥：呃，這個嘛，有空我是會讀些政治類的傳記，至於去寫一本關於我自己或有關我政治生涯的書，我想以後如果不再像現在這麼忙，若能回顧在我照管期間所發生的事情，應該會很有意思。這些年來，我的位置非常有意思，就在暴風眼的中心，約翰生，我看見也聽到了許多事情。萬一我眞有時間寫書，當然不乏寫作的材料。可是內容不會是關於我自己，約翰生，因爲我是個注重隱私又不多話的人。我應該比較可能會寫一些我親眼目擊的事件。

約：噢，那就讓我們引頸期盼你的大作，麥斯威爾。至少算我一個，我肯定會在某家書店裡排隊購買。可是關於你將來可能想做的事情，你還有其他想法嗎？如果壓力能減少一點點，有沒有任何事情是你從沒做過卻一直很想嘗試的呢？比如某種未能實現的企圖心，可以在公餘之暇做的？

麥：若眞能有這種機會那就太好啦，約翰生。不過，妙的是你竟然剛好這樣問我，因爲，是的沒錯，的確有件事我以前從未做過，卻很想一試。這已經不是祕密了，我正在幫老闆擔任一種非正式的居間聯絡角色，和葉門鮭魚專案有關。我一面做，同時也產生一種想法，覺得說不定自己也會想試一下釣鮭。你知道，那是很棒的活動。我最近才造訪了一處地方，那裡有成千上萬條鮭魚活蹦亂跳，眞是最美妙最神奇的生物，令人嘆爲觀止。牠們能夠——我不知道你是否知道，約翰生——跳出水面幾英呎高，眞是值得一觀的奇景。要是你從沒見過鮭魚跳躍，跟我說，我會幫你和這個地方聯絡。

約：謝謝你，那會是一個非常有趣的經驗。那麼你最近有任何釣鮭計畫嗎？

麥：噢，我們已經安排好，把幾條鮭魚放進一個灌滿水的舊砂石坑，就在倫敦外郊的首相別墅官邸附近，好讓老闆練習他的拋線技術。他對這個主意也充滿期待，再說要是我們能夠掌握住釣鮭竅門——我肯定我們兩個都辦得到，我正希望穆罕默德大公很快就能邀請我們兩個去葉門跟他一起釣鮭呢，那不是很棒嗎？你也應該一道來，約翰生！

約：我簡直迫不及待了，眞希望他們也會邀請我。那麼下次再會，麥斯威爾，謝謝你接受我的訪問。

16.

海麗葉・查伍德—陶伯特女士的約談紀錄

偵：請說說妳首次與麥斯威爾會面的情形。

海麗葉．查伍德-陶伯特（以下稱「海」）：好的，我記得那次和鍾斯及麥斯威爾一起去拜訪托樂丘谷，簡直太恐怖了。麥斯威爾是——咦？你在錄音嗎？也好，反正我不在乎。他，是個叫人噁心透頂的小矮子。眞是搞不懂，像他那種人怎能晉升到那種權力地位。你看過他從托樂丘谷回到倫敦之後，接受《周日電訊報》訪問的那篇可怕東西嗎？

偵：那篇訪問稿會成爲證物之一。請說說妳與麥斯威爾的首度會面。

海：他實在很難給人什麼好印象。可能五呎六吋都不到吧？那身西裝太年輕了根本就不適合他，收小腰、大墊肩，鮮紅色的絲質內襯還到處露出來，顯然是花了大把銀子訂做的。紅白條紋的襯衫，還搭配上奇大的袖釦；還有那條領帶！還有他抹在頭髮上的那玩意，簡直熏死人了！

對不起，我非一吐爲快不可。

看他穿著古奇便鞋，小心翼翼走過托樂丘谷潮濕草地的模樣，實在很好笑，大公是故意要他這麼做的。麥斯威爾堅持要在雨中跑到戶外，檢閱大公的榮譽侍衛隊還是什麼的。那可是兩打高大的葉門部落人——精瘦、鷹鼻、目光兇猛的男人，看起來彷彿爲了一頭山羊，或更少的代價就可以殺了你。麥斯威爾硬是要走過他們面前，假裝去檢閱他們。他們立正站好，全身包裹著暖和的阿拉伯大袍，罩著外套，一手緊握著彎尖匕首，另一手則拿著釣竿。眞可惜我忘了把數位相機帶去，否則就可以把那張照片賣給《太陽報》！

他的鞋子完全濕透了，全報銷了。

我記得當時心想，大公哪會眞的缺乏幽默感？雖然表面上似乎從來不開玩笑。可是我很懷疑。

那眞是一個最難受的晚上，鍾斯心情糟透了。我們登機前大公告訴我，鍾斯的太太離開他了，或許不是離開，但卻已經決定到日內瓦上班。聽起來反正差不多。我不知道大公是怎麼得知的，他似乎無所不知。

可憐的鍾斯。我也是，可憐的我。我已經好幾個禮拜都沒接到我未婚夫馬修的消息了，他的信突然停了，然後我寫去的信也被退回，一封都沒打開過，上面還寫著無法轉遞。我又孤單又難受，擔心得要命，不知道馬修可能發生了什麼事。你應該可以了解。

噢，老天。

證人此時情緒激動；一小時後談話繼續。

偵：請繼續，海麗葉．查伍德－陶伯特女士。

海：專案把我整個累垮了，案子變得太大，公司派我專職負責。要做的事情太多了。鍾斯做得很好，請不要誤會我的意思。不論是他自己或找人做出來的科學與工程研究，還有建議書，都非常精彩，沒有人知道那個人的工作量有多大。但話說回來，他畢竟是科學家，不是負責行政管理的人。所以我一天得花十二個小時和包商、和稽查談，得經管整個團隊，還得跟銀行和麥斯威爾的辦公室談，也要好好跟鍾斯的上司溝通，讓他別找鍾斯的麻煩；此外，我還得寫報告、寫信、替我們公司的合夥人寫試算表，他們見到有這麼多費用賺進來簡直都樂昏頭了。然後一直忙到晚上七點，我才能放下電話，開始處理已經傳進來的幾百封電子郵件。

有些電子郵件是專案團隊寫來的，有些是來自釣竿、防水長靴、釣魚裝等各種產品的製造廠商，大家都想要我們使用他們的產品。還有些郵件是想應徵顧問的求職信，其中有從沙烏地阿拉伯退休回來的石油工作者，對旱川多少知道一些；也有經費拮据的漁業專家，想要做我們的科學顧問，還有一位是專門研究阿拉伯古老灌溉系統的專家，他相信我們的專案已經以象形文字被預言並寫在大金字塔的內牆裡了。還有人想要預購一周時間，在阿連旱川釣魚；也有人想請大公在他們下回蠅釣或釣魚協會的晚宴上演講。每天、每小時，我都接到要求捐款的信件，包括流刺網漁民退休協會、蘇格蘭漁獵嚮導退休協會、北大西洋鮭魚基金會、大西洋鮭魚信託基金、河川信託基金等——幾乎任何你能想到的組織都寫信來要錢，就只差英國著名的非營利組織樂施會了。其實再想一想，我想樂施會也來要過。爲什麼不？反正我們眞的是花錢如流水。

案子占去我所有醒著的時間，我累得精疲力盡，同時又擔心我們是否能成功。我擔心，當事情結束後，我的工作不知道會怎樣；我對公司的狀況已經一無所悉，有位同事完全接收了我其他業務。我只有一位客戶，大公是我僅有的一個客戶。只有他的鎭定及確定，才得以讓我保持理智。

因此也難怪，那天晚上鍾斯和我兩個人會成爲糟糕的客人。鍾斯博士的工作量跟我一樣大，而且就我所知，他並沒有因此獲得其他額外津貼。他是國漁中心特別外派專門來負責這個案子，但還是領著跟原本一樣少得可憐的薪水。起碼，我還能分到我那一份合夥人身分的利潤。再說，鍾斯博士所冒的風險也比我大得多，倘若案子失敗，他的名譽就會跟著一起完蛋；一定有很多人會指責他哪裡做錯了；案子若成功了又會如何，那我就不得而知了。我所能想到的就是，他大概會受封爲非世襲的終身爵士吧，或者成爲沙那市的榮譽市民。

偵：妳能否把內容集中在那天晚上說了些什麼？

海：我離題了，是吧？好吧，那是個可怕的晚上。麥斯威爾的態度不是傲慢，就是存心挑釁。我不知道哪樣更讓我討厭。他操縱著整個談話，而且不斷想慫恿大公說些關於中東的事情。他壓根就是想引誘大公不留神而說些沒經過大腦的話，然後就可以抓住大公的把柄。我想他不會眞的去利用這個把柄，只是想存檔備用，以便萬一日後可以派上用場。

然後，他開始以那種自以爲施恩的態度說話，說首相會要這個或那個的照相機會；而且還一度眞的轉頭吩咐鍾斯，要他確定首相一定可以釣到魚，而且要他牢記，首相的行程只允許二十分鐘做成這事。我想他大概以爲鮭魚可以被驅趕到釣客面前，就好像用槍驅趕松雞一樣。

當然，大公根本沒理他。大公始終很禮貌客氣，也設法不讓鍾斯說出日後可能會後悔的話。晚餐桌上有一度，我幾乎可以看見熱氣從鍾斯鼻孔冒了出來。大公是個十分機敏又充滿智慧的人，他才不會讓麥斯威爾給耍弄了呢，他只會讓他們這種人變成傻瓜出醜而已。

最後，麥斯威爾終於移駕去玩他的黑莓機了，我猜的。然後大公便轉頭對鍾斯說「好好幹，冷靜點」，意思大概是這樣。他當時也說了些別的，關於信、愛之類的，我不記得他使用的確切字眼。反正是典型的大公型語言，有現實面，也帶有一抹強烈的神祕主義色彩。

總之，這些話對鍾斯發揮了很大的效果。他突然坐直身子，彷彿被電烙棒戳了一下。頃刻之間，他的神情都變了，看起來不再那麼憂鬱、那麼自艾自憐。他臉上出現一種遙遠的表情，彷彿看見了某種自己會喜歡的東西，但又遠到無法確定那是什麼。

鍾斯沒有那麼沮喪或自大的時候，我覺得他還蠻好看的。我和他一起上樓，走到樓梯平台，我親吻他的臉頰道晚安。或許我不該那麼做，那樣有點不夠專業，可是我不在乎。我爲他覺得有點難過，也爲自己感到有點難過，所以我親了他的臉頰。他看著我親他，沒有任何大驚小怪的反應，這點我很謝謝他。他只是異常冷靜地說了聲「謝謝」，彷彿那就是他的心聲。

第一次見到鍾斯，還有後來我們還在互稱鍾斯博士和「我不太確定到底怎麼唸妳的姓，所以我就咕噥幾聲某某某海麗葉小姐」的時候，我想那時的我，情願去吻條鮭魚也不願吻他。可是此時，我就不確定了。我邊上床邊想著，萬一我吻到他的嘴唇，不知道會發生什麼事。

第二天早上，我們搭直升機去看鮭魚養殖場。鍾斯事先已經告訴過我，而且不斷表示：「大公會恨透了，他一定不會喜歡這個方法。」

可是沒有其他地方可以取得我們需要的鮭魚，你知道。我們需要的數目這麼大，若全部從野生鮭取魚來養，恐怕會遭遇到很多問題與阻礙，進度將永無休止地延宕下去。我不懂這些鮭魚有何不同，當時是看不出來，反正鮭魚農場就是在養殖鮭魚嘛；而且我們又需要這麼多鮭魚，那又有什麼差別呢？

所以鍾斯好好地給我上了一課，關於基因遺傳的完整性，還有爲什麼野生鮭具有而養殖鮭卻沒有。我還是看不出來這有什麼關係，魚就是魚，不是嗎？我假裝很感興趣地聽了半個小時，等他終於說完，我告訴他：「如果這是唯一可以讓我們及時取得鮭魚的辦法，那我們就只能這麼辦。」

大公果然不喜歡；我也不喜歡。我不喜歡看到那些可憐的鮭魚，像那樣子擠在籠子裡，游在自己的排泄物中。我不喜歡牠們一直拚命跳到空中的模樣，彷彿想從巨大的監獄逃脫，事實上，這眞的就是監獄。我知道牠們只是魚，可是，還是令人難過。

麥斯威爾拍了幾張相片，除此之外，直到我們回到直升機前他都沒有多說什麼。我想他大概以爲，鮭魚一向就是以這種方式活著，因爲他說了句能這麼近距離地觀看野生動物實在迷人，還說這會是多麼精彩的旅遊景點。然後，他就開始幻想是不是可以賣票給遊客沿著籠邊划船，把鮭魚給鉤出來。他拿出黑莓機寫下備忘錄，以便記得跟蘇格蘭當局談談這個構想。我看到鍾斯給了他鄙夷的一眼，幸好麥斯威爾沒有察覺。

回到托樂丘谷，直升機把我們放下來，又繼續載著麥斯威爾前往因凡內斯機場，好讓他飛回唐寧街去告訴他老闆這一切。他說：「首相會對我告訴他的事情非常滿意。」另外還說些「對本案進展深感欣慰」以及「首相必會非常欣喜，能一起分享揭幕的那一刻」之類的話，然後他轉向鍾斯和我，指示我們要隨時讓他知道最新消息。他要我們每周一次以電子郵件報告進度；他要我們日夜留守工作。我必須說，我眞想告訴他心裡的實話。鍾斯是公務員，所以或許麥斯威爾有權對他下達命令，雖然我實在看不出來他憑什麼。可是他沒有權利對我發號施令，叫我做這做那。我是以私人公司合夥人的身分參與這項工作，大公才是我的客戶，大公也是唯一能叫我做什麼的人。

麥斯威爾終於走了。我後來發現他一回倫敦，就接受《周日電訊報雜誌》的專訪，說他自己會成爲多了不起的一名釣鮭客。

偵：請說說麥斯威爾先生離開後發生的事。

海：哦，麥斯威爾離開後，鍾斯幾乎氣到發昏。直升機朝機場飛去，他轉頭對我說：「那傢伙……」聲音有點大，因爲大公也聽到了，他說：「我很高興貴國首相對此事這麼感興趣，大老遠派這樣一位重要人物來我這蘇格蘭的寒舍。我很高興他來了，他的貢獻非常有價值。」

偵：請說說據稱在河上發生的事件。

海：大公決定，既然我們還有幾個小時才回倫敦，不如都去釣魚；我也受邀坐在河岸上觀看。就是這個原因，我們在那個秋天午後來到了河邊，歐洲花楸的葉子正轉爲奶黃色，一簇簇閃閃發亮的紅漿果，令人想起冬天的腳步近了。但是陽光下依然暖和，坐在細密柔軟的草地上仍然舒爽宜人。我知道待會兒站起來，身上一定滿是松針和落葉，但是我不介意。

托樂丘溪的深黝河水在我下方潺潺流動，兩岸都是茂密繁盛的林木，有樺樹、歐洲花楸和蘇格蘭松，還有幾簇山杜鵑提供了一些遮蔭。不遠處有隻野雉發出了警啼。我看著這兩個男人釣魚。

穿著防水長靴的大公少了些平日的威嚴，此時的他只是個單純的釣客，與河水合爲一體，整個人專心凝注在下一步與下一拋。我看到他把拋線做成雙圈，我聽到釣線發出嘶嘶聲；好長一段線，不費什麼明顯的力氣，平滑如絲猛地飛出，然後蠅餌如輕吻般貼降在水面。他下方三四十碼處是鍾斯。在陸地上，鍾斯的動作有時會有點僵硬笨拙；但站到水中，簡直優雅極了，輕巧自然地移身、拋線，就和大公一樣；但此時表現出的俐落與技巧，看慣他坐辦公桌模樣的人，一定會感到幾分訝異。他們兩個都已經把我忘了，也把案子忘了，把每件事都忘了，只除了眼前這一刻以及藏有魚兒的深黝河水。站在河彎處的是柯林，同樣也在釣魚，或許是爲了要彌補他過去這幾天訓練大公未來釣鮭大隊的辛勞。可是我知道，即使大公的釣蠅只是碰觸到了一尾魚，柯林就會奇蹟似地立刻帶著兜網出現在他的手肘旁，好幫他把魚帶上岸。

四周是這麼寧靜平和，我的眼皮開始沉重起來。我累了，一連幾星期的工作把我累壞了，幾個星期以來對馬修的擔憂也讓我精疲力盡。我可以聽見河水潺潺流動的聲音、拋線時發出的嘶嘶聲，還有某種小涉禽在小石子上平衡時尾巴上上下下偶爾發出的啁啾聲。一股深邃的靜謐感流過我全身，一種覺得所有的事都會沒事的那種安心感覺：大公會得到他的鮭魚河；馬修會從某個機場打電話給我，說他正在回家的路上。所有的事都會很好，我也會再度幸福快樂起來。然後我又聽到野雉警啼的呼喚聲，這讓我抬起頭來。

樹叢之間，有個暗膚色的小個子男人朝著我們走來，他穿著蘇格蘭裙與長襪，上半身都包在一件笨重龐大的皮夾克裡，頭上則戴著某種貝雷帽，看起來倒像個法國洋蔥小販，而非蘇格蘭高地人。我聽到他的腳步嘎吱嘎吱地踩在秋天初落的葉子上，這才恍然大悟，原來在看到他之前，我已經聽到這個聲音好一陣子了。接著我又發現，這個小個子並不胖。他看起來非常瘦，事實上是半挨餓狀態。讓他看起來這麼龐大的原因，其實是一管長槍，只見他從夾克底下倏地把槍舉了起來。

每件事都像在觀看水上芭蕾一般，我有的是時間看著他舉槍瞄準，有的是時間掙扎爬起，有的是時間發出一聲喊叫警告大公。但我的聲音卻凍結在喉嚨裡，第一個發出聲音的是那個暗膚色的小個子。「阿拉最大！」他像對話似地說，聲音清楚而高亢。

大公聞聲在河中轉過身來看他，沒有任何警覺地回答：「神與你同在。」同時舉手將指尖朝向眉頭，然後再張開手打招呼。小個子舉起他的槍，對準大公，大公一動也不動地站在水中等著挨槍子。

對當時的我來說，這一切似乎發生得非常緩慢，其實前後或許只有五秒鐘。然後每件事忽然加速進行，我找到自己的聲音，但發出的是尖叫聲而非我想要的警告聲。我從眼角瞥見鍾斯向河岸方向移動，像水獺般迅捷地涉過及腰的深水。可是他不可能及時抵達我們這裡，就算他能及時趕到，那個小個子也非常可能一併將他擊倒，包括我在內。也許計畫就是如此。四周沒有保鑣在場。大公從來不准任何人靠近河邊，打擾他釣魚的雅興。我閉上眼，在頭幾槍射出後又立刻睜開眼睛。

子彈直接飛上空中，因爲不知道什麼原因，小個子的身子忽然向後一晃，狂嚎著、抓著自己的臉。槍從他的手上掉落，只見他緊揪著某樣看不見的東西。身後某處，我瞥見柯林用力扯著一根大釣竿，竿身幾乎彎成兩半。原來他拋出釣線勾住小個子，現在正在收線拉他。

接下來我就厥過去了，或者說從周遭正在發生的事件抽離了。等我再度意識過來，我人已經躺在草地上，鍾斯正俯身看我，拍著我的手背說：「海麗葉，海麗葉。妳沒事吧？」或者是說：「沒事了」？我耳中嗡嗡作響，聽不清楚。然後事情慢慢聚焦，我坐了起來，環視四周，鍾斯用手攬著我的肩膀。

那個小個子正坐在幾碼外的河岸上，用一條沾滿血跡的手帕摀住臉頰，並滔滔不絕邊哭邊用阿拉伯語跟大公講話。四名大公的衛隊就站在附近，他們已經放下釣竿，手擱在佩戴的彎刀上。只要大公一聲令下，我毫不懷疑他們會立刻把那個小個子砍成肉醬。

我聽到柯林說：「嚇，我看到他從河對岸的谷地上來，那時我線上剛好有魚扯了一下，所以有那麼一咪咪工夫沒多加注意。然後我就知道這個人不對勁了。他那件蘇格蘭裙的花色是坎貝爾氏族的，這谷地裡早就沒有半個坎貝爾人了，好幾百年前就被驅離了。所以我今天就暫且放過這條魚，跑來把我的釣鉤那麼一甩，嘿就勾上了那個傢伙。」然後他大笑著說：「他可沒有魚那麼頑強，兩三下就摺倒了。」

後來我再也沒見過那個人，根據我從毛克姆那兒聽來的消息，事發後沒幾天，他就被裝在一只大籐籃裡，用大公的私家飛機送回葉門，籐籃外面寫著「哈洛氏百貨公司」。

那晚在回倫敦的飛機上，大公告訴我們：「可憐的傢伙，他根本不是殺手，只是個羊都死光了的牧羊人。他們跟他說，要是他不肯做，全家都會死光光；要是他肯，就給他家人三十頭羊作爲血錢。他能走到這一步，也夠厲害的了，不知怎麼辦到的。半句英語也不會說，又穿著最不尋常的衣服。」

「那他會怎樣？」鍾斯問。

「哦，那就不是我能決定的了。他懇求我寬恕他，我當然原諒他。他不是個邪惡的人，至於派他來的那些人就另當別論了。很久之前，我們已經把他們逐出我們的國家，但他們依然是危險人物；瞧瞧他們如何從阿富汗或巴基斯坦的巢穴想辦法打擊我。但這個人本身會受到伊斯蘭戒律法庭的審判，而且處罰恐怕會很嚴厲。我回去後會好好安頓他的家人，我所能做的就這麼多了。」

「至少您是安全了，謝天謝地。」我說。大公和氣地看著我。

「沒錯，我們應該爲逃過這一劫感謝神。可是他們會再出手的，海麗葉小姐。他們會不斷嘗試，直到我死爲止。」

17.

國會議事錄摘要

下議院

十月九日星期四

議院於十一點半召開

祈禱

（議長在席主持）

首相口頭回覆質詢

史都華議員（古博區，蘇格蘭民族黨）：可否請首相說明今天十月九日星期四的官方活動行程？

首相：今早稍後我要和部會同仁開會，開上一整天。

史都華：首相與部會同仁開會期間，是否能撥冗爲我們解釋一下，爲何會支持這種案子，這正顯示現在的執政者及最近幾任政府都認爲，介入中東主權國家政治、文化及宗教事務是適當行爲，這只不過是又一案例。

首相：我想閣下指的是葉門鮭魚專案？

史都華：正是。首相可否向議會說明，爲什麼我們政府會幫忙出口蘇格蘭活鮭，讓牠們悲慘地死在一個沙漠國家嗎？首相是否知道，釣鮭活動在穆斯林世界並非受到認可的？是否了解這個案子意味著極其錯誤的宗教與文化干涉嗎？而出口鮭魚，是否以任何方式受到食物標準局等適當局處的管控呢？動物保護協會知道這個案子嗎？首相可否向我們保證，這些蘇格蘭魚死在沙漠時不會受苦呢？

首相：雖然一次要回答這麼多問題，但如果古博區的可敬議員已經準備歇口氣的話，我會盡我所能答覆。葉門鮭魚專案是私人資金資助的案子，與本執政當局毫無瓜葛；這個案子既不會對葉門共和國的政治、文化或其他任何方面造成干涉，反之便足以證明本執政當局的多元化文化政策果然正確，所以一名葉門公民會視我國爲他的第二家鄉，而且也由於他的英國居民身分而發展出對釣鮭活動的愛好，再由於這個喜好的結果，他找來英國的科學家與工程師負責推動這個專案。

　當然我們也充分知悉，隸屬政府單位的國立漁業卓越中心，已經獲選擔任該專案的科學主導。這也正是本執政當局何以引以爲傲的原因，因爲我們對環境科學與環境專案的支持一向不遺餘力；而這類政策似乎並非反對黨諸君的優先事項。

史密斯議員（格拉斯哥南區，工黨）：敢問古博區的這位議員，是否知悉鮭魚出口到葉門一案將會爲我們信譽卓著的蘇格蘭公司「鮭魚之子水產場」帶來一筆大訂單？這筆訂單，我相信正在為蘇格蘭製造六個額外的工作，而該區是失業率一向甚高的地區。當然，這些工作機會不在我們古博區議員的選區，也不在我的選區之內，但我歡迎這個對我們蘇格蘭的環境工程及蘇格蘭就業機會都有幫助的專案。我很訝異這位來自古博區的代表，對這類事務竟然未表示得更為熱中。

史都華議員：格拉斯哥南區這位可敬的議員在管他人選區事務並向我提供忠告之前，也許應該先熟悉自己選區內的事務會更好！（抗議噓聲四起，議長請大家保持秩序）那麼可否請首相向下議院國會解釋，如果執政當局確如先前所言，並未在任何方面涉入這項專案，那麼為何溝通技術總監麥斯威爾先生，最近會花兩天時間擔任穆罕默德大公的賓客，在托樂丘谷別墅作客？首相難道不知道，穆罕默德大公正是葉門鮭魚專案的主要贊助者嗎？（反對黨席有人插話）

首相：可敬的閣下正確地指出我的同僚麥斯威爾的職銜是溝通技術總監，就該項職稱所示，其工作的任務並不只是向國人宣導執政當局的政策及多項成就（執政黨席喝采），同時但凡我會感興趣的事務也必須向我的辦公室以及我個人傳達。我個人對這項專案有興趣，不僅僅是因為我個人一向熱中釣魚（反對黨席爆出笑聲），也因爲我認爲這是一個絕佳的典範，可以藉此顯示即使我國與某些中東伊斯蘭國家之間存在著許多歧異，但是文化與運動休閒的價值觀卻可以超越這種可能存在的宗教及政治歧異。因此這就是爲什麼，我會指示我的溝通技術總監去向我的朋友穆罕默德大公說明清楚，雖然本國政府在此事上並無正式的官方立場，我們卻不希望在他的鮭魚之路上有任何不必要的阻礙出現，並且希望能始終對該案的進展保持關切。這就是麥斯威爾先生最近造訪的原因，我或許還可以加上一句，我相信，他也利用了他的影響力去確保這批鮭魚訂單——我可敬的友人史密斯君方才也已提及——是向一家蘇格蘭公司而不是挪威公司訂購。

蘭普瑞議員（南格羅斯特郡，女王陛下忠誠的反對黨領袖）：難道首相不會認爲此事有些怪誕？在當前百分之三十的軍事預算都用在支持伊拉克的軍事行動之際，加以現在又派遣部隊去防禦沙烏地阿拉伯及哈薩克油田，麥斯威爾先生，這位執政當局最高階的非民選官員及當然的內閣成員之一（執政黨席插話，議長要大家遵守秩序），我的意思是，麥斯威爾應該將大量寶貴時間花在思考鮭魚的事上嗎？執政當局不是應該考量政策的一貫性嗎？在這個國會議事廳裡，經常

有人告訴我們，槍桿子可以開出民主之花，可是我們卻還沒聽說過，原來民主是勾在一根釣竿的尾端呢。（笑聲）

首相：我不知道這位可敬的反對黨議員，是否期望這個質詢能獲得嚴肅的答覆，如果這還算是質詢的話。可是，沒錯，執政當局以及先前幾任的本黨政府，都以他們透過政治機制在中東與中亞引入民主理想的紀錄爲榮，雖然這些作爲有時難免遺憾地無法避免軍事干預的行動；而歷史也會證明我們是正確的。至於葉門鮭魚專案一事，我相信這一連串質詢就是因此案而起，倘若有些人因爲對釣魚運動的共同興趣而希望一起共事，創造出一個我個人認爲是屬於科學與工程的奇蹟，眞正在沙漠中開出花來，那麼我以個人立場發言，只能說我會爲這樣的努力而鼓掌叫好。我或可再補上一句，我相信像這類的努力會促進國與國之間的和諧，效果就像板球運動，或甚至更廣泛的足球運動所已經呈現出的成果。

（有人插話：「上周五晚上的英格蘭對荷蘭之戰，首相顯然不在場嘍？」）

史都華議員：我很感激首相澄清執政當局的立場，雖然我要遺憾地說，我對政府在這事的立場到底是什麼或不是什麼，還是未能因此而更爲明白。不知首相今天與部會同僚開會期間，能否找出時間討論一下有關上周一樁失敗的刺殺行動？蓋達組織的一名成員侵入穆罕默德大公位於蘇格蘭的府邸，想行刺他。根據首相自己剛才的說法，執政當局希望能移除葉門鮭魚專案的任何不必要阻礙，暗殺穆罕默德大公的行動一旦成功，首相難道不認為那可能成為專案的重大阻礙嗎？（國會各方均大起騷動）

議事暫停，首相與國土安全部長進行研議

首相：此質詢轉由我可敬的友人與同僚，內政部長來答覆。

內政部長（雷金諾德・布朗）：目前本人部門對任何這樣的企圖均一無所悉，如果可敬的議員可以在適當時間之內，與我部內人員分享對此等指稱所擁有的消息來源，本人將無任感激。

史都華議員：部長可在上周的《蘭諾克暨托樂丘報導》內頁找到這起事件的相關報導。我很遺憾部長未能撥冗閱讀如此優秀的報紙，此報在我選區每周出刊一次。我想再請問首相的是，今天稍後與部會同仁討論政事之際，是否能撥冗思考下列事項：一名一年只在其蘇格蘭產業現身幾周時間的外地地主，一現身就立刻成爲國際恐怖活動的目標。這樣一位人士適合與首相的溝通技術總監喝酒、共進晚餐嗎？首相和其閣員同仁可願意向國會說明，在盡責地被告知了他們自己早該清楚的事件之後，爲什麼從未有官方正式報導這起攻擊事件，還有攻擊者的下落又如何呢？我們都明白，逮捕並羈押恐怖份子不能稍事鬆懈，而且也不准交保以便後續調查。但在這事件上，情況似乎已經超出內政部長的掌控。部長肯解釋其中緣由嗎？願意解釋一下，我國與葉門之間的引渡政策爲何？如果確有此規定，正當的兩國引渡程序又當如何，還有在這件事上是否切實遵守了呢？如果沒有遵守，部長可以告訴國會事實的眞相爲何嗎？而這名據稱是蓋達組織的恐怖份子，現在到底人在何方？

18.

鍾斯博士受雇契約終止

（摘錄自政府備忘錄與電子郵件）

唐寧街十號，首相辦公室

發文者：麥斯威爾

受文者：外交暨國協部伯克夏

主旨：葉門鮭魚專案

日期：十月十四日

伯克夏：

昨天在國會裡，首相被詢及葉門鮭魚專案相關事情，這可不是一個他想要占去任何國會議程時間的題目。我們擔心的是，因爲某個官方單位（國漁中心）與本案的關連，可能會讓人錯誤解讀成本案背後有政府的正式支持。

我確定你可以了解，我們對葉門鮭魚專案一向抱持支持態度。要是此案眞能成功，我肯定首相必會樂意爲之背書，甚至以大公的私人貴賓身分親自到場，觀看鮭魚溯奔上游。但此時此刻，我們需要的是擴大否認的強度。

我建議，立即叫國漁中心解雇那位統籌專案的科學家鍾斯。但是如果你認爲這件事可以找到適當的人關照一下，也許可以再由那家替大公擔任專案經理的顧問公司費普把他聘回去。這事得由他們自己看著辦。要緊的是，不可有任何公務員或政府官員與此案有任何直接關連。照我的看法，不應該鼓勵國漁中心與此案走得太近。既然國漁中心轄屬環境食品暨農務部，基本上這是件屬於外事政策的事務，所以我把這個消息放給你。

當然，這封備忘函只是個建議，相信以你的智慧可以決定該怎麼做才正確。

麥斯威爾

備忘函

發文者：伯克夏

受文者：麥斯威爾

主旨：鮭魚／葉門

日期：十月十四日

麥斯威爾：

謝謝你今天的建議。我想這確是明智之舉，應該讓葉門鮭魚專案被視爲單純的民間專案，我會在恰當時機找到恰當人選放出恰當的聲音。

伯克夏

寄件者：Herbert.Berkshire@fcome.gov.uk
日期：十月十四日
收件者：David.Sugden@ncfe.gov.uk
主旨：葉門鮭魚專案

沙格登：

（高階）政府圈中，對目前國漁中心的管理事宜表示出某種程度的關切。有一種看法正在部會首長中醞釀，認爲國漁中心也許對葉門鮭魚專案擁抱得太熱切了些。我想你需要了解，由於葉門位於世界的政治敏感地帶，外交部的政策是對葉門維持中立立場。我們的政策是，不去從事或不被外界視爲我們在從事任何可能被詮釋成英國政府干涉該國宗教、政治或文化事務的行爲。我記得跟你談過，給予葉門鮭魚案一些有限度的技術支援以表達我方親善的立場，但我無法想像，不論是你的部門或我的部門，當時能料到今天國漁中心涉入程度之深。不管怎樣，我想你應該知道，我本身的部門已向政府當局提出忠告，而且也會繼續給予忠告，那就是絕對不能有任何理由讓媒體與任何人形成一種觀感，以爲這個案子背後有官方的正式支持，這點非常重要。我也知道，有些閣員很關切國漁中心太過倚賴葉門鮭魚專案所帶來的收入，以致某些無知的觀察家可能會說，國漁中心似乎是聽任一名葉門人的擺布。

雖然（就我所知）沒有任何人想停掉這個案子，但如果你的單位以及這項專案，能與其金主之間保持一點距離，我想會是比較有創意並負責任的做法。

伯克夏

寄件者：David.Sugden@ncfe.gov.uk
日期：十月十四日
收件者：Fred.jones@ncfe.gov.uk
主旨：無

鍾斯，請立刻到我辦公室來。

寄件者：Fred.jones@fitzharris.com
日期：十月十四日
收件者：Mary.jones@interfinance.org
主旨：新工作

親愛的瑪麗：

我失業了。

上星期在下議院，顯然出現了一些有關葉門鮭魚專案的難堪問題。結果外交部那個叫伯克夏的傢伙打電話給我老闆說，也許不要讓我再從公務系統支薪比較好。顯然麥斯威爾要讓政府與葉門鮭魚專案之間涇渭分明、毫無瓜葛。

所以壞消息是，我與國漁中心的約聘關係已經終止。沙格登把我叫到他辦公室去，解釋說「在考量所有因素之後」，不宜再讓我繼續做下去。「部內有些擔心，因為鮭魚專案的需求日大，會造成工作量和優先次序失衡。」我已經收到一張小到嚇死人的資遣支票，還有一個月的薪資算是解雇通知。沙格登昨天把兩件東西一起交給我，又解釋說如果我對合約終止的狀況有意見，有權去勞工就業法院申訴。

不用說，事情還沒完。幾乎在此同時，那位替大公代管其英國大部分事務的女士（查伍德–陶伯特女士，我不記得先前是否提過她的名字）寄給我一紙聘約。合約一簽就是三年，而我的薪水是，妳聽好了，一年十二萬英鎊！除此之外，還有汽車津貼，外加退休金、健保，以及出差或必須到葉門時的額外津貼。

最後的結果是，專案會繼續進行，但我現在是爲費普公司工作了，就是替大公管理其英國事務的那家顧問公司，如此一來政府就可以說，英國與此案完全無關了。

我不知道該怎麼想這整件事情。一方面我很難過自己離開了國漁中心，我這輩子幾乎都在那裡做事，而且我敢肯定一旦離開就再也回不去了，至少回不到原本的職位。但在另一方面，現在我是替大公工作了，就不用再受到部內各種規定的約束，我只需繼續做專案的事情就好了，而且老實說，這是我最想做的事。

所以，瑪麗，我現在是個待遇非常好的獨立漁業科學家了。待遇好到可以讓妳放棄在日內瓦的工作、回到我身邊來。我知道這不完全是錢的問題，可是也許妳會考慮？

非常愛妳的阿斯

我想妳。回家來吧！

XXXXX

寄件者：Mary.jones@interfinance.org
日期：十月十六日
收件者：Fred.jones@fitzharris.com
主旨：新工作

阿斯：

我不知道該說些什麼。看來你已經被迫離開一個還算不錯的位置，就爲了讓某些政客或什麼傢伙感到好過一些；雖然待遇差強人意，但畢竟是你努力辛苦得來的。那你的退休金是怎麼計算的？是不是採用最後的薪資？你新工作的退休金又怎麼樣呢？我懷疑私人單位能給你的，會比得上公務員的優渥。所以說，你現在是爲費普公司工作。我上網找到他們的網站，看起來像是家房地產仲介公司，主要業務似乎是在管理及買賣產業。一名（曾經是）傑出的漁業科學家，能替那種公司做些什麼？

我爲你感到非常難過。我假定金錢可以有某種補償作用，只要它還一直持續，可是又能持續多久呢？等到專案一完成，或者更可能的，專案叫停了，那你該怎麼辦？至於我回去的事，我很訝異你竟然這麼不看重我的事業，以及我可能想做的事。我對於轉換事業跑道，恐怕不像你那麼隨興。我對自己的事業有一定的規畫，現在完全取決於我必須在日內瓦辦公室至少待上兩年，因此我恐怕不可能回去幫你洗衣、燙衣及做飯。人生可不是這樣運作的，起碼在專業人士的現代婚姻裡不是這樣。而且話說回來，你不是會有一半的時間都待在葉門嗎？你的專案總不可能都坐在辦公桌就能進行吧，不是嗎？

所以，我很抱歉，你突然換工作，不但不能讓我對我們兩個的總收入更有安全感，反而讓我覺得我更應該鞏固自己身爲主要掙錢養家的地位。對我來說，這點比以前更爲重要，即使你的薪水提高了（但恐怕這也可能只是一時的）。

不，你沒跟我提過「查伍德-陶伯特小姐」。她是誰？你的新老闆嗎？我上網查看他們網站，也順便查了她一下，那裡有張她的照片，看起來不像職業婦女，不是嗎？她能勝任嗎？

愛你的瑪麗

又：我發現自己太少談私事了，我要感謝你說你想我。我最近實在太忙，根本沒時間好好思考一下該考慮的私務。我確知工作與生活應該取得平衡，也知道將個人生活全部擺在事業之下會適得其反，有時反而可能危害到事業前途。因此，你也許可以在日誌裡記一下，明年六月我會有假，離現在也只有八個月了。或許我們可以撥出幾天在一起，重新評估我們共同及各自的人生。

寄件者：Fred.jones@fitzharris.com
日期：十月十六日
收件者：Mary.jones@interfinance.org
主旨：新工作

瑪麗：

我們到底還有沒有婚姻關係，有還是沒有？

阿斯

又：妳對海麗葉・查伍德-陶伯特是在暗示什麼？她是個非常能幹的經理人，經手一個預算有好幾百萬英鎊的專案！

寄件者：Mary.jones@interfinance.org
日期：十月十七日
收件者：Fred.jones@fitzharris.com
主旨：新工作

阿斯：

我想等你比較心平氣和之後，我們再繼續溝通。

又及：我並沒有對查伍德-陶伯特小姐暗示任何事情。或者應該說：海麗葉，就像你現在稱呼她的一樣。我知道我自己在個人生活方面是無可指摘的，也沒有任何糾葛。我相信你也可以這樣說你自己。

十一月一日《每日電訊報》文章

首相尚有他魚待烹

先前報導的蘇格蘭高地謀刺葉門大公未遂案，今日有後續發展。首相辦公室一名發言人今天特意拉開首相辦公室與葉門鮭魚專案的距離，表示刺殺傳聞純屬子虛烏有，並引述當地警力並未介入爲證。

葉門鮭魚專案於今年六月正式啓動，當時曾獲國立漁業卓越中心技術支援。現在國漁中心卻宣布，已中止對鮭魚專案團隊提供顧問諮詢。國漁中心主任沙格登表示：「此案不是本中心的優先事務。初期我們的確提供了部分諮詢，可是國漁中心的任務一向是，也將永遠是支援環境局與其他單位、照管英格蘭與威爾斯兩地漁業漁場的科學事務。將鮭魚引進葉門使其逆流而上，向來不屬於敝中心之規畫。我們很樂意貢獻初步的技術，但專案本身絕對在我們的主要工作範圍之外。」

雖然葉門鮭魚一案從未達於政府與政府間的官方層級，今年七月間，首相文特卻曾表示支持。然而基於英美兩國在中東地區尚有其他性質的活動，導致整體狀況的敏感性致使首相辦公室卻步，開始切割前此與葉門鮭魚案較爲密切的關係。

唐寧街十號的發言人又說：「首相向來支持這一類運動休閒與文化議題之活動，但目前首相尚有他魚待烹。」

首相對本報報導持疑

《蘭諾克暨托樂丘報導》十一月三日社論

上周本報曾詳細報導，據聞托樂丘谷發生一樁行刺未遂案，企圖危害當地一位顯赫居民之性命，亦即托樂丘谷的地主穆罕默德．塞德．提哈馬大公。

根據目擊者指稱，涉案人身穿坎貝爾氏族格子呢；本報肯定此人並無資格與身分做此打扮。如此裝束顯然只是爲避人耳目，以便接近目標執行任務。本報獲悉該人可能是阿拉伯裔，其變裝假扮本地人的企圖亦未十分成功。本報亦獲悉，這名據稱的暗殺未遂者係於最後一刻方爲大公某名員工制止，也就是可敬並極具開創進取魄力的柯林先生。

根據本報了解，柯林先生係以一根十五磅線上的八號阿利蝦三鉤將刺客擒住，而且只花不到五分鐘便將之制服。該刺客後來下落不明。以下純屬臆測：此人此時若不在托樂丘谷，那麼必在他處，或許是某處沙子比托樂丘谷要多的地方吧。

遙遠蘇格蘭谷地發生的事件，對倫敦甚至對愛丁堡報界而言均屬無足輕重，但出乎本報意外，竟無任何其他報社認爲應該轉載本報這項獨家。事實上在本報的固定讀者之外，第一次有人注意到本次事件，竟是首相辦公室一名官員。該員來電查詢這則報導的消息來源爲何。本報政策絕不、也向來都不在未經當事人同意之下透露新聞來源。在此事上，本報便未獲得許可。本報亦從全國性媒體看到，在本報揭露這則消息之後，竟被首相辦公室一名發言人安上「惡作劇騙局」之標籤。本報向無編造假消息、欺騙讀者之意圖。敝社辦報專爲報導事實，因此甚感震驚，首相這位發言人竟隨口詆毀《蘭諾克暨托樂丘報導》的正直報格與專業素養，本報從過去一百年至今，始終如實報導托樂丘谷全境大小事件。

《鱒鮭雜誌》社論

不列顛固有的務實常理

我們很欣慰、甚至欣喜，來記錄不列顛漁業科學界中一次罕見的事例，亦即務實合理的見識終獲勝利。讀者應還記得，今年稍早，我們曾對國立漁業卓越中心竟捲入支援葉門鮭魚專案一事甚表失望。我們當時評論「不應該分散我們稀有的資源，去做一件聽來在科學上根本不可能的專案：把鮭魚引入中東某處不存在的水道」；我們自家的河川就有夠多問題等待解決了。

因此我們帶著幾分欣慰，看見全國性大報引述沙格登（國漁中心主任）的宣示：國漁中心已不再涉足葉門鮭魚案。執政當局顯然是突然改變心意，我們大家或許不妨一起推測一下背後原因何在。當初之所以涉入，我們疑心，就是出於當局本身的利益考量。

國漁中心投入葉門鮭魚案的大量資源現已釋出，因此我們是否可以在此透過這些頁面，呼籲沙格登主任，將時間分配給現實世界的一些真正的科學議題？我們迫切需要有更多研究投入水溫快速變化對雅羅魚卵造成的影響。

《葉門每日新聞報》刊文／由阿拉伯文翻譯網站tarjim.ajeeb.com 譯自阿拉伯文

漁業專案正孵育新猷

穆罕默德．塞德．提哈馬大公的漁業新猷，今天又有新高潮。人工湖建造工程現已正式開啓，來自英國的鮭魚將先在此湖優游，直至夏季雨水來到。當雨來時，鮭魚會離開人工湖，溯阿連旱川上游而去。

阿連州地區各界人士，現在也正對運動休閒活動產生極大興趣。當地知名企業人士阿里．胡先，已透過名下極富盛名的優秀企業「全球進出口有限公司」，引進位於印度孟買的家族企業所製造的一流釣竿。

有趣的是旅遊商機同樣也正在發生，預計在齋月之後，阿連賓館將推出兩間新客房，附有歐式淋浴設備。

不久，就會有一隊一流科學家與工程師隨同大公到來，一起定居大公宅邸，在此進行實地的科學觀察與結論，以期引入的鮭魚未來能有最好的存活機會與運動休閒價值。

《葉門每日新聞報》很高興宣布由穆罕默德大公興辦的這項創舉，大公也是英國首相文特君的好友。

19. 海麗葉・查伍德－陶伯特女士寫給馬修上尉的信

伊拉克巴斯拉市
巴斯拉宮英國軍用郵局代轉馬修上尉
十一月一日

親愛的馬修：

我一直寫信給你，他們卻一直把我的信退回來，標著「收信人不明」。我請父親打電話問他隊上一位老友，他們卻踢皮球說不出個所以然來，甚至連皇家陸戰隊總指揮官都問不出你到底在哪裡，或者你在做什麼。

所以現在是這種狀況。我坐在這裡，呆看著一大落退回來的信件，想著所有我想要跟你說的話——事實上，也的確寫給你了——可是你卻一個字也看不到。等你回來之後，也永遠不會看到，因爲那時候我會覺得很糗，根本不想讓你看了。可是現在，我還是會先留著它們。這簡直有點像單方面的對話，好像趁著別人睡覺跟他們講話；但至少比完全沒有對話好些。等你回來，我們再談別的事。

我不斷去查看國防部的網站，他們在那裡列有「終結者行動二」的死亡名單。那是國防部給你們大家在伊拉克所有行動的代號，對不對？你的名字一直都沒出現，可是每天早上我還是會登入去看，每次拉著網頁往下捲，看到有新的名字加進去，我都會有想吐的感覺；名單每天都在加長。

人多虛僞啊。我不上教堂，離開學校後就沒再去過，只除了參加朋友婚禮，還有我父母朋友的葬禮。可是現在，我發現自己在爲你喃喃祈禱。我在向一個我根本不相信存在的神禱告，即使如此，我還是一直向祂禱告。

然而，不管是神或是你，你們兩個給我的答覆都是震耳欲聾的靜默。前幾天實在受不了了，我做了件發誓絕對不會再做的事，因爲我知道你一旦知道一定會很生氣。我打了通電話到皇家陸戰四十一突擊隊，問他們是否有任何人可以告訴我，你人究竟在哪裡。他們把我從這人轉到那人，一個轉一個，卻始終沒有半個人有任何概念；他們甚至根本不準備承認有你這個人。我不斷打去，我想最後一定是打破了某種外層防衛，因爲有個開朗愉快的聲音接聽了，聽起來和我先前談過的其他人完全不同：「噢老天，妳是怎麼被轉接到我這裡的？馬修？我最後一次聽到他，是在伊拉克蘇萊曼尼亞附近執行任務。盜匪出沒的鄉區，靠近伊朗邊境。」可是還來不及從他嘴裡得到任何眞正消息，就有人不准他再講，然後電話上出現另一個不同的聲音，矜持有禮卻冷淡：「很抱歉，女士，基於作業行動之故，我們不能提供那類訊息。」那之後，我一定至少又打過十幾次電話，打到你們團上，也打到國防部。我甚至試過那個眷屬支援中心，可是他們說軍方沒有給他們任何消息。

我和你母親在電話上談過一兩次，他們對整件事都很堅強不露情緒。我知道你父親在北愛爾蘭服過役，或許還有其他一些危險地方，所以他們可能比較習慣這種一連好幾個禮拜沒消沒息的狀況吧。你母親只是一再說：「別擔心，親愛的，他最後都又會出現。我想他現在只是正好有點忙，所以才沒空寫信。」我想，其實她也很擔心。我想，我可以從她的聲音裡聽出來。馬修，我還是繼續過我的日子，要做的事很多。可是我必須老實跟你說，雖然你永遠都不會讀到這段話。這種擔心，就像是一種疼痛。有時候痛起來深不見底，我猜，惡性腫瘤一定就是這種痛法吧。有時候簡直痛徹心扉，但不常就是了；多數時候，就只是一種遙遠卻始終存在的痛楚。

可以讓我分心不想這些事的工作很多，專案（現在我們都這樣簡稱大公的釣鮭計畫）占去一切的時間和精力。你大概不記得我指的是什麼，我也記不得在我的信開始退回之前，是否告訴過你這些事。不過，我眞的很想告訴你有關專案的一切。整件事是如此荒誕可笑，起於一個瘋狂的念頭，想把釣鮭活動引入一個沙漠國家。然而，事情卻眞的正在發生。

下禮拜我會飛去葉門。大公會招待我們在那裡住上幾個禮拜，以便完成實地探勘的研究，並進行專案正式運轉之前的最後檢查。所以，親愛的，你人在中東的同時，我也會在那裡！我會和那位漁業科學家鍾斯博士一起過去，還有大公本人，我們會檢視正在進行的建造工程，並親眼去瞧瞧阿連旱川。大公相信，這條旱川遲早有一天會有鮭魚逆流而上。鍾斯博士對這趟葉門之行很興奮，他目前在費普擔任顧問。國漁中心已經把他解雇了，完全出於政治因素，他和我都無法理解的因素；但我想大公一定懂，大公現在是鍾斯博士的老闆。所以我們會搭他的飛機，一起飛到沙那，然後開車進入哈瑞茲山區。《舊約》裡的地名，聽起來好神祕。

好挫折，你只離我幾百哩外，卻像在星球的另一邊。事實上我還查了地圖，我知道我要去的地方離你更超過一千五百英哩。此時此刻，下筆寫著這幾個字，我好希望自己能知道，你到底人在哪裡。

我無法承受這一切。

愛你的海麗葉

伊拉克巴斯拉市
巴斯拉宮英國軍用郵局代轉馬修上尉
十一月四日

親愛的馬修：

這麼快又寫信給你，因爲我們三天內就要出發了，不知道什麼時候才能再寫信。今天晚上發生了一件事，非告訴你不可。

明天我們就要飛往葉門，先在首都沙那待上幾天，然後前往大公在西舍爾的府邸，就在阿連旱川附近。這禮拜有這麼多事情要做，要準備這趟旅程，我簡直沒有片刻時間去想其他的事。鍾斯博士實在太聰明厲害了，想當初第一次見到他時，我還覺得他很傲慢自大呢。當時他告訴我，整個專案是個笑話，連五分鐘時間都不值得浪費他去想它一想。從那以後，他已經完全改頭換面成了另一個人。他眞是一個很好的人，但我想，相當老式又古板，對工作全然投入。他現在正經歷一段婚姻難關，卻完全沒對工作造成任何影響。

大公激勵了他，也激勵了我們所有人。多數時間，我是如此深陷在專案的細節裡面，以致於沒有時間去眞正想一想自己正在做的事。我想這是一種自我保護，眞的，因爲專案背後的整個概念實在怪異。要是我眞的停下來好好想一想我們正在嘗試的事情，我恐怕永遠都無法繼續做下去。我不需要鍾斯來告訴我（在我還是稱他是鍾斯博士的時候），鮭魚需要生活在含氧豐富的冷水環境裡面、葉門的環境條件不甚理想等等，因爲這些，我自己早就弄明白了。

可是大公卻相信他能辦到。他相信阿拉要他去做這件事，因此他務必也一定會完成任務。他從未想過也有可能失敗，他從不疑懼也不曾動搖。而且，他也使我們都相信了，和他一樣相信。我們全神貫注在必須踏出的每一步的每個細節，我們的思維是這樣的：「如果這一步可以辦到，那麼或許就能踏出下一步。」如果我們能把鮭魚活著又健康地弄進山裡的貯魚槽；如果我們能讓鮭魚在貯魚槽裡保持合理的舒適涼爽一直到雨季來到；如果雨來了，旱川的流量又夠好，那麼我們就能從閘口放鮭魚進入旱川；如果牠們轉身向上游溯奔……如果、如果，都是如果……可是，正如鍾斯一直在說的，我們有的是科技。剩下的，就看鮭魚自己了。

我試著去想其他那些看似瘋狂的大計畫，它們也都是以信念來克服理性的判斷：埃及的金字塔、英格蘭的巨石柱群、中國的長城；說起來，我們蓋在格林威治、慶祝進入第三個千年的千禧巨蛋，不也一樣嗎？我們不是第一批，也不會是最後一批挑戰常理、常識、邏輯和自然的人。或許，這眞的是一樁超級大愚行，我肯定一定是的，我肯定我們一輩子都會受到大家的嘲笑和鄙視。你甚至不能娶我，因爲我永遠都會是那個曾經參與葉門鮭魚案的女人。

昨晚我們一起在辦公室待到很晚，檢查裝備、檢查現金帳、檢查專案里程碑。大公對於專案細節掌握得一絲不苟，所以如果我們失敗了，不會是因爲他忘了什麼事。最後我收拾文件、關上電腦的時候，他說：「海麗葉·查伍德—陶伯特，我會永遠感謝妳的付出。妳爲我認眞工作，做得非常優秀。」他幾乎都總是連名帶姓地叫我，不知道爲什麼。總之，我的臉紅了。他通常都只是下達指示，鮮少讚美。「妳認爲我們的案子會失敗。」

那不是個問句。我結結巴巴地胡亂回應，可是他根本不理會我說什麼：「試著用不同的方式想想看。同一位神造了我，也造了鮭魚，又以祂的智慧，將我與鮭魚帶到一塊兒，給了我人生最快樂的時刻。現在我要回報神，將這同樣的快樂帶給我的同胞。甚至就算只有一百條魚奔赴上游，甚至就算只有一條魚被捕獲，想想看，我們成就了何等事。有些與我處於同樣位置也可揮霍極大財富的人士，有的造了寺院、有的建了醫院或學校。我呢，也蓋了醫院、學校和寺院，可是再多一間寺院或醫院，又有什麼不同呢？我可以在寺廟內敬奉神，也可以在我的帳外、在沙地上敬奉神，哪裡都一樣好。我要獻給神一個行使神蹟的機會，一個如果祂的旨意如此，祂就會去行的神蹟。不是妳，不是鍾斯，也不是所有我們請來的聰明工程師與科學家。你們和他們已經鋪好了路，可是眞正要發生的事，不論是什麼，都將只是神的旨意。神蹟的誕生，有妳一路在場，妳也一路對我幫助極大，可是神蹟本身只屬於神。當任何人看見一條鮭魚溯阿連旱川而上，他們還能再懷疑神的存在嗎？那將會是我的見證：在一條沙漠的暴雨河中，閃亮的魚兒逆流而上。」

我在紙上的這番可憐嘗試，充滿了訛誤和遺漏，實在不足以重現大公所說的話，無法捕捉此人的人格力量。當他那樣說話的時候，我可以想像《舊約》先知對聽眾產生的效果。他的話語、他的思維，都深深進入我的腦海，在我心田、我的夢裡回響了很長一段時間。

現在我要說到一件比較黑暗面的事了，一件我希望不曾發生的事，可是我一定得告訴你。

我和大公一起離開辦公室，他的車子不知從哪裡冒出來，開到他身邊停下。他也和平常一樣，提議要送我回公寓。司機會先在他伊頓廣場的寓所把他放下，然後再送我回家，通常我也會接受這個好意。可是今晚因爲盯看電腦螢幕上的細小數字過久，我有些頭痛，所以我說我想走一點路，然後再搭計程車回去。

我正沿著聖雅各街朝皮克地里方向走去，一名身穿海軍藍長大衣的高個子男人忽然走到我旁邊一起走著。我沒看到也沒聽到他走近，所以嚇了一大跳。本能反應，立刻要從他旁邊轉身過街，可是還沒來得及走開，他就開口了：「別擔心，」他說，「我是馬修上尉的朋友。」

然後他停下腳步，讓我在街燈下仔細地看了他一眼，我的心跳慢了下來，恢復比較正常的速度。太明顯了，我一看就知道他是軍人。我父親、你父親、你，還有不知多少親友不是正在軍中服役就是曾經當過軍人；對我來說，不用花多少工夫就能辨認出一名軍人。他的個子很高、臉瘦削且膚色頗深，黑色的髮線有點後退，高聳的黑眉毛下是一對棕色眼眸。我不知道你能否從我的描述中認出他是誰。他臉上沒有一絲笑容。

「你是誰？什麼名字？」我問他，我想我的聲音一定在發抖。他把我嚇到了，這麼突然又這麼安靜地不知從哪裡忽然冒出來。

他沒告訴我他的名字，只說他是你同團的一位朋友，有些事要告訴我。然後他又說，用的字眼令我渾身發冷：「如果妳不知道我的名字，對我們兩個都好。我要告訴妳一些事，但不是在這街上。妳能夠信任我，讓我請妳喝杯飲料嗎？我知道附近有個地方。」

此時我已經不再那麼驚慌失措了。反之，我滿腦子只想知道他到底要告訴我什麼事情。我知道他不會傷害我，就如同他也不會傷害自己的姊妹一樣，若是他有姊妹的話。我點點頭，還不太相信自己的聲音可以開口說話而不會顫抖，但接下來他說的話又嚇到我了，他說我們最好不要一道走去，我應該等一會兒再跟在他身後過去。這令我產生一種從來沒有過的感覺，一種被監視的感覺，一種從街燈與店窗光線照不到的陰影中傳來的威脅感。他轉身大步繼續往前走去，根本不等我的回應。

他穿過皮克地里圓環，走下多佛街。我跟著他走進一條小路，只見他轉身進入一家小酒館。裡面擠得透不過氣，又嘈雜又熱鬧，卻有一處安靜角落，我發現你朋友就坐在那裡的一張桌子等我。我還來不及問他任何問題，他就建議我們先來一杯葡萄酒。我點點頭，咕噥應了一句，然後極短時間內他就已經回來，拿著兩大杯的白酒。

「按理，我不該和妳講，」他說，沒有任何開場白，「如果被人發現我把行動作業的訊息透露給平民，我恐怕會惹上很多麻煩，所以我一離開這裡，請立刻忘記我們曾經見過面。」

我答應他。我盯著他，希望他趕快進入主題，無論內容多麼可怕。我知道，如果他能告訴我任何好消息，任何我想聽的事情，我們就不會坐在這裡。我心想：「噢老天，希望你沒死。」我想他了解，因爲他伸手越過桌面拍拍我的手。然後他告訴我，他就是我打電話到你軍團裡去時接聽電話的那名軍官。我沒認出他的聲音。當時跟我說話的是個開朗愉悅的聲音；而眼前這個男人，卻不是在開朗愉悅地跟我說話。

我告訴他，所有人都告訴我，因爲作業行動之故，不能透露你所在的地點。雖然當初你出發赴伊拉克的時候，明明告訴我你只不過是到巴斯拉省隨便走走而已。

「妳被唬弄了。」

「什麼意思？」我問。他住口，緩緩地啜了一口白酒。然後抬起眉毛，看看我的杯子，我知道他是在告訴我，在他開口前先喝一口。於是我喝了點兒，酒不夠冷，也不怎麼好喝，可是我根本也沒心情品嘗。酒直接流進我的身體，酒精暫時讓我感到暖和了些。

「我的意思是，馬修在他不該在的地方。他和一組人目前在伊朗境內，而且被卡在那裡動彈不得。壞消息是，ＩＩＧＦ知道他們大概在哪個方位。」

「ＩＩＧＦ是誰？」

「對方，伊斯蘭伊朗地面部隊，西部作戰司令部。所以這是壞消息。」我沒問好消息是什麼，我看不出還會有什麼好消息。我又咕噥地吞下了一大口酒，我必須用雙手捧住，才能把酒杯送到嘴邊。我抖得如此厲害。

「好消息也是同一件事。ＩＩＧＦ只知道他們的大概地點，卻不知道到底在哪裡。世界的那一頭，有許多地方可以藏身，所以馬修或許可以暫時沒事。暫時。」

「那麼馬修會發生什麼事？」

「他和他隊上的人，一定得用直升機從地面救出來；而且要快。」我問，那他們爲什麼不馬上救人呢，如果他們身陷如此險境的話。「我們不准飛越伊朗領空，我們不能承認我們有人在伊朗，當然許多年來，我們一直都有小隊人馬在那裡進進出出，這是地下作業。如果我們派直升機過去，而且又被發現，那麼伊朗人準會借題發揮不肯甘休。那我們就被迫必須承認，我們的確有派了人進到那個區域。然後國會就會有人質詢，就會吵得不可開交。不幸的是，派直升機進去，正是ＩＩＧＦ期待我們現在會做的事。」

我問他，如果我們根本不該在那裡出現，那一開始又是誰把你送到伊朗去的。

「我們永遠都不會知道，到底是誰莫名其妙想出這個主意，可是若追根究柢，當然是一路來自唐寧街。馬修和他小組的任務應該只是潛伏進去、爆破某人認爲務必要炸掉的東西，辦完事便出來。結果馬修照計畫進行，卻被人看見他們進去了。」

「我們能做什麼？」我說。我一定說得很大聲，因爲你的朋友立刻四下看了看，我肯定幾乎是尖著聲音喊出來的。一兩個腦袋朝我們的方向看過來，然後又在你朋友的瞪視下轉開。我努力鎮靜下來：「那我能做什麼？」我重複問道。「你又爲什麼告訴我這些呢？」

他傾身過桌面，專注地說：「需要有人吹哨子把事情揭發出來。令尊查伍德－陶伯特將軍很有名望，也很受敬重，而馬修的父親在軍中也還有幾位朋友和景仰他的人。你必須告訴他們其中任何一位，或兩位都講，請他們趕快和他們的國會議員聯絡。讓國會問個問題，讓事情曝光。然後他們才會替馬修做點什麼。」

「可是我要怎麼講呢？」

「請你父親打電話給他的國會議員，說他已經收到特定且詳細的消息，說四十一隊的馬修上尉和他的小組目前身陷伊朗境內，說他們在伊拉克東境的迪札赫湖一帶進行對付叛軍行動的作業時，一時追逐過頭，不小心越過了邊界。把這地名寫下來。」

他等我在皮包裡找到紙筆，然後幫我把地名正確寫下。「跟他說，馬修當時是在緊追一隊叛軍人馬，但結果現在他和一隊六人小組卻被困在伊朗境內的邊界附近。」

「可是你剛剛不是這樣告訴我的啊。」

「這不重要，讓大家以爲他們是不小心才跑進去的，或許還能和伊朗講個條件，把他們弄出來。其他任何方式，現在風險都太大。」他停下來，把最後一些酒喝完。然後又補充：「重點是妳應該說，妳是收到消息才據此行動，而且妳絕對肯定消息的眞實性。還要說，英國政府必須立即替這些人向伊朗政府取得離境通行許可，直升機才能把他們從地面拉上來，穿越邊界，回到伊拉克這邊。」

「他們會這樣做嗎？」

「如果你們能說得動國會議員，讓他在國會中提問，他們就非得做點什麼不可。換個方式說，雖然我不喜歡這麼直接，可是馬修陷在這個要命的麻煩裡，如果沒有人趕快做點什麼，他的麻煩會更大。」

他站起身。「別走，」我求他，死命抓住他的大衣袖子，「你一定還有更多事可以告訴我。」

「沒有了，」他說，注視著我的眼睛，「爲了妳自己，爲了馬修，能做的趕快去做，今晚就做，最遲明天。」然後他便離開了。

此刻我人在家裡，已經打過電話給我父親，他也替我打給了我們的國會議員，因爲那時我已經泣不成聲、話不成句了。每次眞有緊急大事發生，我都是這麼沒用啊。

我已經把事情發生的經過原原本本地寫出來，但我不會把這封信寄給你，因爲反正永遠也到不了你的手上，而不該看的人卻會看到信的內容，但今晚發生的事一定要留個紀錄。我不敢相信他們竟會對你做出這種事，馬修。我就是不敢相信，你會被他們背叛到這個地步。可是我們會把你救出來的。我父親有朋友，他們又有朋友是政府不能不睬或叫他們閉嘴的。此時我一面寫，一面大聲說著，你聽清楚了，不論你在哪裡：我們會把你救出來。眞希望你能聽見。

愛你的海麗葉

20. 蓋達組織電郵截獲紀錄

（巴基斯坦聯合軍情局提供）

寄件者：塔利克・安沃
日期：十月二十一日
收件者：以撒德
卷夾：致葉門信函

謹致我的問候並傳達我們的弟兄阿布・阿卜杜拉的信息給你。

我們聽說那個放羊的未能取得他的山羊。我們也聽說一些輕率或無知的傢伙給他穿錯了袍子，根本不是那個蘇格蘭地區該穿的部族服。因此他被識破，他被逮到，現在更已回到貴國，正在和當局說話。而且我們毫不懷疑，他那該死的舌頭，一定是能說多快就說多快地招出實情。

阿布・阿卜杜拉知道，你必然非常想爲這項失敗，或者說，比失敗更糟的結果做出補償，因此要你爲他做三件事。

首先，找到那個放羊的。你當然知道他們會把他關在沙那城的哪棟房子裡面。想法子進去。你當然知道哪些是受過開化的守衛，把他們找出來。付給他們任何必須的費用，使他們更爲開化。然後進到那放羊的所在，把他弄出來和他那些山羊在一起。然後弄掉他的腦袋，把他埋掉，和他那些發臭的死牲畜埋在同一座山邊。

然後，把他的家人找出來。你知道他們是誰，你知道如何找到他們。把他們找出來，也把他們的腦袋弄掉。把他們擺在地上，埋在他們那個兒子、丈夫、兄弟的旁邊。然後他們就一起成爲阿布．阿卜杜拉怒氣的見證；這怒氣是正當的，應該發向任何未能爲他達成任務的人，我的弟兄以撒德啊。

然後，再找到那大公。我們知道他將於明日回到葉門。那麼他就在他自己的、也是你們的本國了，就不會再發生穿錯蘇格蘭部族服裝的錯誤；你知道他是哪一族的。而且在他們族人中間，也有知我們、愛我們，並忠於阿布．阿卜杜拉的弟兄。找到大公，執行先前指示的行動，儘快去做。

我們祈求眞主引領你獲得今生的美善，我們祈求眞主引領你抵達你來生的美善，但是希望不致比原先命定的時日更快。

願和平及眞主的憐憫與祝福臨到你。

塔利克．安沃

寄件者：以撒德

日期：十月二十八日
收件者：塔利克・安沃
卷夾：葉門來函

親愛的弟兄：

願和平降臨你，眞主的祝福與你同在。

我們已搜尋過那名牧羊人。但是他不見了，他的家人也通通不見了。我們猜想大公已經把他們藏入山中。我們已展開對付大公的作業。我們有位人選，跟大公家人很親近卻愛我們，他也敬愛阿布・阿卜杜拉。他會幫我們把那個牧羊人找出來，替我們達成必須對大公執行的任務。

請阿布・阿卜杜拉務必耐心。我們切不可倉促行動，但也不致延誤。我們一定要用最大的謹愼來小心從事。大公這位敵人是個危險人物，卻不及阿布・阿卜杜拉危險，不及他的勢力、他的精明，也不及他有同情心。

我們爲你對這事的體諒與耐心祈禱。

以撒德

寄件者：塔利克．安沃
日期：十月二十八日
收件者：以撒德
卷夾：致葉門信函

以撒德：

請說說你的計畫。

塔利克．安沃

寄件者：以撒德
日期：十月二十八日
收件者：塔利克．安沃
卷夾：葉門來函

謹致上我敬意的問候。

大公有位保鑣，曾被派往蘇格蘭學習釣鮭。但此人認爲此事不合他的階級身分，因爲他一向認爲釣魚是住在海邊小茅屋的農民之事。他更認爲釣魚這個行業配不上他的家世，其祖乃是將近一千五百年前，與穆罕默德一同騎往麥加的戰士。

更有甚者，此人還深受大公的蘇格蘭貼身僕人的侮辱，也就是那個名叫柯林的釣魚師傅。柯林竟說，我們認識的這位人士拿起釣竿活像個「大姑娘」。這種侮辱，在蘇格蘭或許不算什麼，在我們這裡可是肯定要殺人的。所以此人會爲我們殺掉大公。現在我們正和他討論他死後必須付給他家人的血錢。請指示有何作業基金可以支付這筆血錢。

隨計畫發展成熟，我們會逐步透露更多訊息給你。

願和平及眞主的祝福臨到你。

以撒德

21. 國會議事錄摘要

下議院

十一月十日星期四

（主席：議長）

口頭或書面質詢

書面答詢

卡沛議員（若德蘭南區，保守黨）：請國防部長說明，基於哪種原因指派一隊六人小組，由四十一水陸裝備突擊隊馬修上尉帶隊，進入伊朗西部。

國防部長（約翰．大衛森，手持答稿）：除了伊拉克境內，四十一突擊部隊所屬戰鬥員目前並無任何成員被派往其他地方，其中有些成員已結束輪調返回英國。

卡沛議員：請國防部長確認，皇家海軍四十一突擊隊的馬修上尉，目前此時的確切所在地點，若他人不在伊朗，那麼是在何處？再請問倘若馬修上尉的確人在伊朗，一如擺在我們面前的資料所示，那麼是否有擬定任何計畫救出他與其小組成員？

國防部長：我們從不洩露任何在當前或未來會危及調派移防單位的作業細節，此乃本執政當局與歷屆任何政府的一貫政策。因此就此事來說，我們現在或以後都無法就您所指名的個人之所在地點予以回應。同時，這當然也是本政府的嚴格政策，那就是絕對不干預如伊朗等主權國家的事務。因此在任何情況之下，皇家海軍四十一突擊隊不可能有任何單位被派至伊拉克境外，目前所有派駐在伊拉克境內的武裝部隊，都是依據聯合國決議批准之下的作業行動。因此被指名的個人萬萬不可能困在伊朗，因爲沒有任何合法的批准會容許任何單位前往伊朗。

卡沛議員：請問國防部長，馬修上尉與其小組有否可能是在伊拉克境內、靠近邊境處執行合法任務之際，不愼迷途而誤入伊朗領土，並困在迪札赫湖區？如若屬實，那麼有何援救步驟，可以確保身陷險境的隊伍安全歸來？

國防部長（手持答稿）：我們並未獲知有任何意外闖入事件，可是我們將如所請繼續查看此事，若有新訊息出現亦將呈報下議院。

22.
鍾斯博士日記摘錄：造訪葉門

十一月十八日星期五

我們終於來到葉門。

景觀令人屏息。高聳的絕壁在陽光下呈現赭色，陰影處則為紫色；條條旱川橫切而過，彷彿巨大的利刃切開陡峭岩壁。山底偶爾出現一道水流，四周圍繞著棗椰；還有那碎礫平野，一片片無垠的暗褐色；窪地上處處可見一塊塊白色的鹽硬殼，這是因為砂底的濕氣將鹽分濾至地表而成。這些是危險地區，車輛若行經其上，可能沉陷下去。某次外出，我們還看見一望無際的砂海，那是空曠無人區的起點，二十五萬平方里杳無人煙的一片沙漠。

這裡的城鎮也像沙漠般令人驚奇。從沙漠出發，穿過朦朧砂霧與漫天灰塵駛向某個城鎮，就彷彿遠遠進入曼哈頓：多層的塔樓屋，石膏漆刷得一片雪白，遠遠望去就如摩天大樓從古代碉堡垣壁中拔地而起，顫顫巍巍立在棕色絕壁邊緣，眞是美極了，與我見過或聽過的任何事物都不相同。入城後，喧鬧叫喊聲迎面而來，人聲鼎沸、五顏六色怒放，無法想像的排水氣味與香料撲鼻而來，然後你轉過街角，卻見一處花園靜靜座落在房舍之後。

頭幾天，我們不是住在大公位於沙那城外的府邸，就是搭乘他配有空調設備的豐田巨型休旅吉普車隊周遊葉門。他要我們在進入山區工地前先認識他的國家。在空曠地帶，我們看到沙丘景觀的起點，一望無際的沙雕，沙丘如低矮丘陵，又如修長手指不停移動變化；車輪輾過，沒有一個輪跡能維持數分鐘以上，馬上又被不停歇的風夾帶著刺痛皮膚的砂礫，塗抹得一乾二淨。

我們開進山區，沿著砂礫鬆動的崎嶇軌跡前進，一邊總是急峭的陡坡，然後是突然向上攀爬險峻蜿蜒的小路；從下往上看，似乎任何車子都無法沿著這些路面通行。我們也發現小小的山村棲居在大峭壁的崖底，永遠坐落在陰影之中，幾名牧人就住在那裡照管山羊。我們也看見一汪汪的深池，映照著不似塵世間的藍綠水色；看見綠洲，沿水邊生長著棗椰，還有幾個棕色皮膚的男孩身上綁著像沙龍般的鮮豔圍肚布，在水中跳進跳出。

有一次，我們開近某處貝都因人的營地，被武裝的部落人員揮舞著來福槍攔了下來。我們的車隊共有三輛車，第一輛車的駕駛在離他們不遠處停下。下車後，駕駛彎腰拾起一些沙子，站起身來，讓沙粒從他指縫間流下，然後向貝都因人伸出手，掌心向上，顯示掌中空空如也。

「這表示他沒有武器。」我們的駕駛向我和海麗葉解釋。

「但他不是明明帶著武器嗎？」我問，一面想著自己剛才看見的那些步槍，就躺在其中一輛車子上。

「當然有，這裡每個人都有槍。可是他沒有亮出他的槍，他說他是帶著和平到來。」駕駛說。

貝都因人讓我們開近他們的帳篷，海麗葉與我比較能放心呼吸了。我記得我們下了車，坐在地毯上，在一座三面帳篷的蓬頂下，用一種極小的杯子和他們一起享用小豆蔻風味的咖啡。

我完全被這個國家震懾住了，不能自已。它是如此美麗，呈現出一種野性的風情，尤其是在哈瑞茲山區，大公只要不在托樂丘谷，多數時間都是住在那裡。這裡的人也像其他地方，見到你就擠過來，不論在露天市集或街上。

「不列塔尼？你英格利許？我會說一點點英格利許？曼徹斯特聯合球隊？好棒？是不是？」於是你就微笑或說點什麼，比方大公教我們的那句：「*Al-Yemen balad jameel*」。（葉門是個美麗的國家）

然後他們便點頭露出笑容，很高興聽到對方在說他們的語言，任何字眼都可以，即使他們聽不懂你說什麼，但盡可能地友善和氣。在此同時，你卻依然有種感覺，那就是可能一個心跳的瞬間，友好的氣氛就會轉爲暴力，如果他們認爲你是敵人的話。

我不放心海麗葉。多數時候，她還是那個一貫冷靜、開朗的她，但是突然之間，她的臉就變得痛縮發白，然後就沉默不語。她一定是在憂心她那位軍中戰士，也許有什麼事發生了。我應該問問，我一直沒開口問她。

我們在沙那城外大公的府邸住了十天。那是棟舒適的宅子，裡面有各式各樣現代化的設施，室內空間又大、空氣又好又涼爽，只是房子缺乏個性。大公向我們解釋，這是他的「官」邸，是他偶爾因公私業務來到沙那城的棲身之所，他其實非常少來。在沙那的那幾天，他每天都很忙，所以就由他的駕駛帶我們四處逛逛。

有一回海麗葉和我借了輛車，兩人開著到處逛了一下。我們開進沙那去看了老城，灰白兩色的房舍密密麻麻，有著奇特的拱形窗戶與高聳的塔樓。我們造訪了香料露天市集，大碗大碗的番紅花、蒔蘿、乳香，以及其他各種香料應有盡有。我們從一處菸館入口，看見裡面有男人斜倚在墊褥上，嚼著阿拉伯菸茶khat，交換著八卦閒語或夢想著美麗天堂。可是我們沒有勇氣去試任何一間當地餐館，我不知道他們是否肯讓海麗葉進入這些地方，看起來，似乎都只有男客人。最後我們還是找了一家環城路的西式旅館用餐。在此，二十一世紀終於強行擠入，餐廳裡播放著音樂，啤酒吧檯那邊是從油田回來的工程師，以及幾名旅客。我們很晚才吃午餐，一盤嘗起來像塑膠的沙拉，兩人也各自喝了杯白酒，因爲下回不知何時才能再喝到酒精飲料。大公也許容許我們在蘇格蘭飲酒，甚至連他自己在那裡時也會來杯威士忌，可是在這裡，毫無疑問他當然不可能這麼做。

我試著想把海麗葉從她茫然的情緒中拉出來，我談起我們抵達以來已經看過的地方、見過的人，雖然她努力想配合，讓談話可以繼續下去，我卻看出她必須費上一番力氣。

然後我們便開車回大公府邸。穿過城邊的村落，千百座尖塔發出祈禱時刻已到的呼聲，信眾排隊在清眞寺外的公共浴池清洗自己，然後將他們的涼鞋或各種鞋留在寺外、進寺祈禱。到處都有清眞寺，圓頂是生動鮮明的藍綠兩色，新月符號蝕刻著漸暗的藍色天際。看起來似乎每個人都在祈禱，一整群人一日祈禱五次，如同呼吸般自然。

在這個國家，信仰是絕對的，也是全面的。他們的選擇，在出生時就已注定，如果眞有選擇的話。每個人都是信徒，對這些人來說，神就像他們的鄰居。

我想到孩童時期，每到星期日就得穿一身不舒服的斜紋呢上裝，扣緊鈕釦，被迫去教堂參加周日聖餐儀式。我記得自己做出唱聖詩的嘴形，卻沒有眞正發出聲音；應該低頭閉眼祈禱時，卻從指縫間偷覷其餘會眾；台上講道時，我則在椅子上不耐煩地扭來扭去，恨不得整個煩悶儀式趕快結束。

我不記得自己最後一次上教堂是什麼時候。一定是瑪麗和我結婚之後，可是我就是想不起來了。

我連半個眞正在上教堂的人也不認識了。實在很不尋常，不是嗎？我知道我的生活圈子裡都是科學家與公務員，瑪麗的朋友則是銀行界人士或經濟學者，所以或許我們不算典型。星期天早上你還是會看到有人從教堂出來，在台階上話家常，與牧師握手。周日你開車去買報紙時，看到這些場景，心裡會不由得一陣輕鬆：自己終於老到可以不用乖乖地上教堂了。可是我認識的人，也沒有一個人會再上教堂了。我們也從來不談更不會去想這種事，連主禱文的內容，我都背得有點吃力了。

我們已經離開宗教，漸行漸遠了。

瑪麗和我，從來沒想過周日要上教堂，我們反而都是利用周日一起去特易購買菜。至少她還待在倫敦時我們都是這樣做。整個禮拜我們都沒有時間購物，星期六店裡又太擠。可是到了星期天，我們住家附近的特易購則安靜到可以到處走來走去，不用提心吊膽會被其他人的購物車撞到腳踝。

我們推著購物車，慢慢地在這個巨大的洞穴中走動，癡癡地望著我們買不起的平面電視，偶爾朝推車裡扔進一兩樣我們還供得起卻沒有正當理由購買的小小奢侈品。

我想周日在特易購購物，也算是種冥想經驗吧：在某種形式之下，那是與幾百名也推著購物車的採購者一起分享的時刻，話說回來，也是與瑪麗的分享時刻。我在周日早上看見的採購者，多數臉上都有那種安詳、做夢般的表情；我知道同樣的表情也出現在我們臉上。那是我們周日的固定儀式。

此刻，我卻身處一個截然不同的國家，身邊是一個截然不同的女人。可是我的感覺卻不僅止於此，我是在另一個世界而不只是另一個不同的國家。在這個世界，信仰與祈禱是本能，是全體共通的行爲。在這裡，若不去禱告或不能禱告，是一種比眼盲更可怕的折磨；在這裡，若與神斷絕，比失去了肢體還更可怕。

太陽往天際下移，背後襯著刺目的落日強光，清眞寺的圓頂也變暗了。

十一月十九日星期六

這個國家，顯然不是爲鮭魚打造的。

今天我們開車進入哈瑞茲山區，往阿連旱川而去。

哈瑞茲山區如壁壘高聳，下方是闢成梯級的斜坡，斜坡上農夫辛勤地種植著稷粟和玉黍蜀，勉強餬口。從下方往上看，毫無容身之處可讓人步行深入山區，更何況是開車上山。可是一如先前所見，巧妙的車跡沿著巨坡的邊肩而去，在教堂般大小的巨石間如蛇穿梭，往土石鬆動的斜坡猛衝而下，然後又在另一邊出現、爬升。開進去的路上，海麗葉多半時候都緊閉雙眼，我自己也幾乎不敢往窗外看。六吋之差的一個失誤，就會把我們甩出路邊，彈著車頂掉落下方山谷。我們的駕駛易卜拉欣，一個高個子、蓄著落腮鬍的男子，頭上裹著褐紅色的頭巾，一身格子襯衫和牛仔褲，卻單手駕車，另一手同時不停地抽菸，豐田汽車的車輪輾擦過道路的邊緣，卻從來沒有一次眞的飛越出去。

突然之間，明亮的陽光轉變成濃霧，水滴籠罩車窗與擋風玻璃，前方二十碼之外都看不見了，然後霧氣又開始澄清。在我們前面，可以瞥見一處築有防禦工事的村落，矗立在如船首突出的巨岩之上。

「西舍爾。」我們的駕駛說。

西舍爾是大公的祖居所在。

我們沿車跡向上開往村落。近百座塔樓屋矗立在一處懸崖頂端，村落上方又有另一座懸崖聳入霧氣雲霄。這個景象讓我聯想到童年故事中某種被遺忘的世界。牆坦圍村而建，我們開車通過牆中一道柵門，沿狹長的砂石小道進入。一下子，彷彿時光倒退了幾百年。街頭空無一人，可是偶爾有小孩從幽暗的門徑裡窺看我們；還有幾隻雞散在我們車前。轉彎上坡又是一條小徑，最後來到兩扇嵌在高牆上的美麗木雕大門前，車子開進時，大門向內打開。

石灰水刷得雪白的高牆內是個天堂般的花園，沁涼而神祕。水從噴泉潺潺流出，飛濺拍打過池子邊緣，一層層水瀑往下瀉入大理石築成的水渠，一道道水渠組成方格，流水在水渠中流過整座花園。椰子樹與杏樹提供涼爽的遮蔭，一種像茅般的草長滿各處，九重葛攀爬在白牆上，夾竹桃、大戟草，還有各種我不認得的灌木，沿著流水渠道種在各處。

這是一個神奇迷人的地方。

花園再過去，有一道拱頂柱廊通往室內。沿廊來了一批白袍男子迎接我們，取走我們的行李。走過長廊，進入一間大理石廳，沁涼又優雅，全廳以細密複雜的幾何圖案磁磚砌蓋，大公就在裡面等我們。

午後，當正午的熱氣已過，太陽在天際漸沉，我把海麗葉留在大公別墅，與易卜拉欣出發，從村中下了坡地進入阿連旱川。我們走另一條路進入旱川，不是先前那條令人膽顫心驚的險峻小道。層次漸高的路面，沿著旱川一路爬升，紅色砂石被運土機輾得異常平整，沿路是轟隆作響的印度製豐田大貨卡與傾土車，劇烈翻攪出團團灰塵，濺了我們滿車細砂礫。不久就看到工地，貯鮭槽正在建造。整個工地上都是一幫幫印度勞工；山的一側已經鑿出三個大型池子，池子的內牆正在鋪水泥。其中兩個大槽將貯存淡水，第三槽裝鹹水。第一座淡水槽中，已經造好一條洩水道通向旱川邊上。一旦夏季雨水到來，貯鮭槽的閘口就會打開，鮭魚就可以游下洩水道逆著旱川的河水到達上游。至少，我們的計畫是如此。

易卜拉欣把車開到一排活動拖車房屋前停了下來。我下車時，一名大個男子迎了上來，他身穿橘色工作服、頭戴安全帽。「嗨，」他說，伸出一隻手，說話有德州口音：「鍾斯博士？我是羅普爾，這裡的專案工程師。想要四處看一下？」

我們進入拖車屋，羅普爾給我看一張巨大的掛圖，上面繪出了整個專案的施行步驟。他從頭到尾把進度表講了一遍，看起來一切都照著計畫進行，沒有任何延誤。

「再十六周貯鮭槽就會完成，然後我們會在四周接上管道接通含水土層，然後開始蓄水，測試水泥襯裡與洩水閘是否完好，並檢查造氧裝置是否能發揮功能。然後就恭候鮭魚，以及夏季的雨水駕到。」

我們仔細地把每件事都重頭爬梳一遍，然後我望向窗外看著工地施工。整個坡地一定有數以百計的人，他們正在掘土、正在把水泥鋪到金屬的線網上、正在展開一大捆一大捆英國內門化纖公司生產的阿卡辛高強力聚乙烯塑膠管線。

「大家都做得很好，」羅普爾說，「現場我們還沒碰到任何重大問題。只是這工作又熱、灰塵又大，我自己是連續工作一個月，然後休一周。」

「休息那周，你都上哪兒去？」

「如果去得成杜拜，我就去杜拜，可是轉機通常不大理想。否則我就蹲在沙那的喜來登，喝幾杯啤酒，躺到游泳池邊。這裡沒事可做，除了岩石、沙子，也沒半點東西可看。」

我想到西舍爾的美麗村落，想到古老的清眞寺，還有那些在伊斯蘭興起前就已存在的更古老建築與墳墓。這些都是我們開車走過山區時所見到的景物，奇怪他怎麼如此缺乏好奇心，但我什麼都沒說。

我告訴他，我想下去走到旱川河底，更貼近看看鮭魚必須面對的環境。「好，去看去看，」羅普爾大笑著說，「我猜這些魚恐怕只能熱死曬死了，你知道的，不是嗎？」

「嗯，也許吧。不過如果可能，我們會避免發生這事。」

羅普爾搖搖頭，又笑起來：「別人愛怎麼花他自己的錢，不干我的事。我只是個專案工程師，拿錢辦事。我做過油田工程，也蓋過水壩及飛機跑道。我告訴你，在這之前我從來沒在沙漠裡建造魚槽。你不如乾脆拿把鈔票燒了算了，你這魚只會熱死曬死。但話說回來，既然你付錢叫我辦事，我就聽你的。」

我把羅普爾留在小屋，自行走了。他或許是個傑出的工程師，可是我對他的鮭魚觀點並不特別感興趣。我才是漁業科學家，我經過專業考量，認爲我們在此會成就一些事情。他應該只管專心挖他的洞、鋪好他的水泥就行了。

我走了幾百碼的下坡路，一直走到旱川河床底。雖然天氣乾熱，又過了午後甚久，抵達時我還是滿身大汗。

河床上滿布大大小小的石頭，一小道涓滴細水在石間流淌。一路跌撞走去，我看見某些地方切割出石渠以容水流通過。此時的旱川水勢剛好可容三兩條鯉科小魚戲水而游。上游處，旱川穿過一處棗椰樹栽植場，在那裡，我知道水會流經從石中開鑿出來的灌溉水渠。栽植場再過去，可以望見旱川從坡巒蜿蜒而下，傾斜度沒有我原先害怕的那麼陡峭，看不出有任何明顯的阻礙，在旱川水滿時會影響鮭魚溯游而上。

轉身望向另一個方向，我看見幾汪藍色水塘，躺在如此高峭陡峻的懸崖下方，以致塘水整天都覆在山影之下。這層永遠的屏障遮蔽，可以防止從旱川流下的水分完全蒸發。此地已經連續十二周沒有下過半滴雨水了，所以這些水可能是來自地底下的含水土層。到了春天與初夏的熱季就會完全乾掉，然後在夏季大雨期間再度蓄滿。

我向後抵靠著一塊巨石，閉上眼睛，試著把貨卡、堆土機的轟隆聲，以及坡地上方傳下來的嘈雜人聲全部擋在外面。我試著想像開始陰霾的天空、想像雨水打了下來；我試著想像粗大的雨滴噴打在塵土上，落擊處留下細小的坑口；我試著想像雨越下越急，形成小小的細流，奔流進入旱川；我試著想像道道激流奔下周圍峽谷，旱川裡的涓流匯成溪流，然後成河，然後變成一股滾滾翻騰的棕色洪流。

如果我再想得用力一些，甚至能在腦海中勾勒出畫面，忘掉正在曬紅臉頰脖子並灼傷手臂的酷陽。甚至在十一月裡，這裡的熱度我都無法適應。

然後我又試著想像貯鮭槽的閘口打開，一道弧形波浪的大水從幾百碼外新建的洩水道洶湧而至，與旱川水相遇處波波相互拍擊。我又試著想像鮭魚溜下洩水道，找到了河流水，再隨著牠們幾萬年的本能溯游而上、奔去產卵。

我想像不出來。

這天晚上大公別墅的晚餐桌上，我坐在海麗葉旁邊。我的臉上、手臂上都搽了曬後軟膏，可是我仍能感覺到皮膚上的熱度。我喝了大量冷水，由僕人從紅銅壺倒入紅銅高腳杯中遞給我。晚餐我們吃的是葉門傳統料理「薩爾塔」，這是用蔬菜羊肉一起熬煮成的湯品，配上剛出爐的阿拉伯麵包和鷹嘴豆泥沾醬，還有一種用大蒜、番茄以及其他我叫不出名字的蔬菜混合而成的辣菜。大公當晚談興甚濃：「所以，你沿著阿連早川走了一趟，鍾斯博士。那你現在對我們的專案有何看法？」

我搖搖頭：「困難重重。我必須坦白說，大公，我非常氣餒。在幾千里外計畫這案子是一回事，親眼見到早川這裡的岩塊、砂石，又是另一回事。」

「感受到這裡的熱度，更是另一回事。」海麗葉補上一句，還相當特意地直盯著我曬紅的鼻子和臉頰。在大公的影響之下，她的心情也改善了些，比起我們初抵達時，她看來比較開朗，雖然臉上不時仍會飄過一抹幽幽的哀傷。

「不曾親眼見過這裡濕季景象的人，根本無法想像那會是什麼樣子，想像不到雨會下得多急；不曾在乾季來過這裡的人，同樣也無法想像這裡的溫度與沙塵。你會見識到的。葉門不是只有沙漠，在哈德拉毛還有綠色的牧野與農田，高地山上的伊卜、海岸平原的荷台達，同樣都有這些景象。要有信心，鍾斯博士，要有信心！」

大公微微笑著，搖了搖頭，然後又自顧自開懷笑了起來，彷彿剛剛有個小孩說了什麼逗樂了他。

海麗葉和我被安置在賓客廂房，就在主屋遠遠的盡頭，離大公及隨扈的寢室有些距離。這個側翼至少有六間臥房，每間都又大又豪華，有舒適的床鋪、大理石地板，地上擺著祈禱墊，還用馬賽克磁磚鑲嵌出綠色的弓指向麥加。每間臥房都設有巨大的浴池，安裝著（我猜應該是）黃金水龍頭。房中擺了一盆盆水果、鮮花，巨大的冷水壺中裝著冰涼的飲水。中庭內，有時會有人在香爐中點燃乳香，陌生的異國香味瀰漫了整座房子，讓我再度回想起遙遠童年裡的教堂。

就在剛才，當我正沿著走廊要回房間，經過一扇半啓的門，聽見裡面傳來啜泣聲。我停下腳步。當然，這是海麗葉的哭聲。我輕輕推開門，她坐在床沿，月光透過細薄的紗幔流瀉進來，剛好微亮到足以看見閃閃淚珠溜下她的面頰。我遲疑地站在那裡，手仍擱在門上，開口問：「海麗葉？有事嗎？」

當然有事，多笨的問題。她喃喃地應了句話，聲音哽咽。我聽不出她說什麼，只能笨拙狼狽地在原地站了一會兒，然後我下意識地走到床沿，坐在她的旁邊，伸出手臂攬著她。她轉身將臉埋在我的頸旁，我可以感覺到她淚濕的臉抵著我的皮膚。

「海麗葉，怎麼回事？請告訴我。」

她又低聲抽泣了一會兒，哭濕了我的襯衫領子。這是一種很奇妙的感覺，像這樣將她擁在懷裡，卻一點都不會覺得有什麼不對。

她說：「對不起，我眞沒用。」

「哪有？告訴我，什麼事這麼難過。」

「馬修，」她說，聲音顫抖著，「我一直在想，他，一定發生什麼可怕的事了。」

海麗葉告訴過我，她和一名皇家海軍陸戰隊的馬修上尉訂了婚。她沒有多提他的事，因此我也很少想到他，就算想過，也是帶著點怪異、不理性的刺痛感，一種近似嫉妒的心情。

「我已經好幾個禮拜好幾個禮拜都沒有他的消息了。」她說：「我好擔心，就像一種無時無刻不在的痛楚。」

「也許，他在的地方不能回信，」我試著安慰她，「我想伊拉克通訊本來就很困難。」

「比那還糟，」她靠在我的肩膀上說：「如果我告訴你，答應我你不會告訴任何人。」

我向她保證。我還能告訴誰呢？

她告訴我，她從馬修那裡接到的信，一開始幾乎被檢查人員塗抹得亂七八糟，後來信就乾脆不來了。更糟糕的是，還有個叫做眷屬支援中心的單位聯絡上她，而所有她寫給他的信也開始被退了回來。接著她又支支吾吾地透露，透過某種方式（她沒有明說是哪種方式），她已經收到訊息，不管此時馬修人在何處，總之他身陷險境，情況相當危急。我試著想說些可以安慰她的話，她又靠緊過來，過了不久，比較鎮靜了，她坐直身子。我放開手臂。

「噢老天，」她說，「我看起來一定糟透了，幸好這麼暗。抱歉讓你看到我這個樣子，我只是一時失控了。」

「妳一定非常擔心，」我說，「我完全了解，我無法想像這段時間妳怎麼能一直保持這麼鎮定。妳絕對不可以再把事情擱在心裡，我們一定要互相幫助。妳先前就應該透露一點的。」

「你自己也有煩惱，我知道。」她說，「我怎能再增加你的困擾。」

「海麗葉，我知道專案一開始，我們——我是說，我——對妳有些錯誤的看法。但從那以後，我就相當佩服妳，而且，我很喜歡妳。我要妳就像對其他朋友一樣，任何時候想對我說什麼就說出來。」

她看著我，露出憂傷的笑容：「你眞是太體貼了。」突然，她傾身在我唇上冰冷地輕啄了一下，然後便起身往浴室走去，一面回頭對我說：「我得洗把臉。謝謝你，鍾斯，晚安。」

我回到房間，直到此刻坐在這裡寫完這篇日記，依然可以感覺到她嘴唇的柔軟觸感。

十一月二十日星期天

今天一早海麗葉和我一道出去，想趁著陽光變得太熱之前，沿旱川走一圈。我們一早就出了大公的宅邸，易卜拉欣載我們到阿連旱川谷底的河床，他盡可能把吉普車開得更近目的地。然後他便繞到有車影遮蔽的一邊，背抵著車，坐到地上，讓我們兩個到處走走。

我本來以爲在昨天晚上之後，我們之間會有些不自然，海麗葉可能也會因爲我看到她哭而覺得尷尬。結果，在我們動身沿旱川出發之際，她卻說：「昨晚謝謝你，可以一吐爲快眞的很有幫助。」

我說，很高興我幫得上忙。

我們走在旱川沿線的步道上，我心中充滿失落許久的幸福感。巨大岩牆形成峽谷兩壁，谷頂上方可以看見更高的山脊。深藍色的天空有禿鷹在遠遠的高空尖鳴飛旋，怪異的叫聲在岩壁之間回響。這裡沒有多少植物，只有幾叢荊棘及一堆堆的野草，隨著夏雨的腳步漸遠，綠意也逐漸褪成棕褐色。旱川在這裡比較陡，我可以想見，當水滿之際，它會變成一系列細流與小瀑布。鮭魚應該可以溯游到這麼遠。彎過峽谷一個轉角，我滿心歡喜地發現，這一區竟然豁然開朗，延展成一片砂石台地，被主旱川分支細流的乾涸河床縱橫切割。

見到這些砂石河床，我心中充滿了欣喜。我對海麗葉說：「產卵地。如果鮭魚能一路游上來到這麼遠，一定會喜歡這裡。」我彎下身，掬起一些砂石，讓它們從我指間流下。「夠細，可以讓鮭魚用鰭挖出塹壕，在裡面產卵。眞是萬萬沒有想到！太完美了！」

海麗葉對我微笑：「你看起來，就像個剛得到一輛玩具車的小男孩。」她說，然後笑容立刻褪去。我們看著彼此，我臉上一定有某種表情，洩露了我的心事，洩露出我就在那一分鐘、那一秒中愛上了她的這件事實。我甚至自己都不知道，直到我看見她臉上的表情。

「鍾斯……」她開始要說些什麼，腔調有些猶疑，可是此時我瞥見了她身後有動靜，有人走了過來。

海麗葉轉過身，我們看見一個女孩正向我們走來。女孩很瘦，暗色的皮膚，沒戴面紗，身穿一襲顏色鮮亮的綠色及粉紅色的袍子，頭上裹著深玫瑰色的頭巾。這種荒蕪不毛的地方，讓她的衣裳更爲醒目。她用手平衡頭上頂著的壺罐，另一隻手還拿著東西。我們看著她走近，發現她身後是間比洞穴大不了多少的小房子，直接蓋在屏障我們站立的砂石台地的山壁上。我也看出山的另一邊，有幾處已被闢成梯形平台，種了幾排作物。黑色、棕色的小山羊在岩間爬上爬下，優雅矯健如特技高手，咬齧著荊棘頂層。

女孩走近後，露出羞澀的笑容，說「*Salaam alaikum*」（神與你同在）。我們依照大公教過我們的，也回道「*Wa alaikum as salaam*」（神也與你同在）。她把罐子從頭頂拿下來，跪在地上，做手勢要我們坐下。接著把罐中的水倒進兩個小錫杯遞給我們，然後伸手入袍，取出一個防油紙包，從裡面拿出一張圓薄餅，幾乎像個大片餅乾。她扳下兩片，遞給我們一人一片，做手勢要我們吃餅喝水。水和餅都很可口。我們微笑，比手劃腳表示謝意，直到我想起阿拉伯語的「謝謝你」怎麼說：「*Shukran*」。

於是我們就這樣一起坐了一陣子，彼此都不會說對方語言的陌生人。她單純的行爲令我不敢置信。她瞧見兩個人在酷熱裡走著，於是放下自己手上正在做的事，特地出來招待我們吃喝。只因爲這是當地習俗，只因爲她的信仰告訴她這樣做是對的，只因爲她的行動對她而言，就如她倒給我們喝的水一般自然。又喝了一杯水後，我們婉拒再進點心，她便站起身，喃喃說了幾句道別的話，就轉身走回先前走出來的房子。

女孩走回屋裡，海麗葉和我不敢置信地互相對望：「簡直太……太像聖經裡描述的故事了。」海麗葉說。

「妳能想像，在我們國內會發生這種事嗎？」我問。她搖著頭。「這才是無私的付出啊。在沙漠中將水奉給陌生人，而且在一個水是如此稀少珍貴的地方。這是眞正的付出，窮人給予富人的付出。」

回到英國，若有陌生人在荒涼孤寂的地方拿水給口渴的人，一定被懷疑居心叵測。如果有人像這樣走來，我們可能認爲這人要不是不正常，就是想來討錢。我們八成會報以僵硬、不友善、逃避、甚至粗魯無禮的態度，以便保護自己。

我的思緒又轉回到剛才喝的水，我問海麗葉：「妳注意到那水有多冰涼嗎？」

「是啊，」她回答，「好喝極了。」

「那就表示這附近有口水井，深深進入地下的含水層。能那麼冰涼，離地表的距離一定很遠。如果我們能把這個溫度的水，打進旱川去，我那些鮭魚的存活率就會更高了。」

「是**我們**的鮭魚。」海麗葉說。

我們轉身走下峽谷，回到易卜拉欣等候之處。

晚上，大公注意到我情緒的改變，問我們今天出去散步時發現了什麼。我告訴他那處砂礫台地，我想魚兒可能可以在那裡下卵，也告訴他那個女孩，倒了沁涼的地下水給我們喝。他聽出了我聲音裡的興奮。他說：「現在你開始相信了，鍾斯博士。你開始相信了，相信事情可能會發生。你已經開始學著有信念了。」

我想起幾個禮拜前他說過的話，也或許可以說是我腦袋裡自動形成的話：「信先於望，望先於愛。」

「我們會活著看見這些鮭魚泅游在阿連旱川中，大公。」我告訴他。

他答道：「適當的時候到了，鮭魚就會游在旱川裡，而且如果神留下我，我就會看見牠們。」我想起那個人，在托樂丘谷穿過樹林走來，想要射殺大公。我知道大公料想還會有類似的事件發生。

海麗葉上樓去了，我又坐了一會兒和大公講話。他今晚聊天的興致很高。我們聊到如今稱為葉門的這塊古老土地：穿越沙漠的那些乳香貿易路線，希臘人、賽伯伊人、羅馬人都曾在這處阿拉伯半島的遙遠尖端，尋覓傳說中的黃金與香料寶藏。他還告訴我一千兩百多年前，伊斯蘭教的傳入以及塞迪什葉社群領袖來到葉門的那段歷史。（「我和他是遠親。」大公與有榮焉地加上一句）

「這棟房子起建的那年，根據你們的曆法是西元九四二年，我們的曆法是三二〇年，從那以後，我們的家族就一直住在這裡和沙那。我一直覺得有趣的是，歐洲人來到這裡時，完全不曾意識到我們的文明有多麼古老。你想像不到，早在那個時候，我們就已經學會如何依據神的指示生活行事了。我們當中有些人之所以這麼厭惡西方人，就是這個緣故。他們質疑洋人提供的東西，到底有什麼是非要不可的，爲何一定要強迫我們接受？以『錢』爲信仰的宗教，硬要取代我們以神爲信仰的宗教；我們不需要的消費品，硬要取代我們的虔敬、我們的貧窮；用大把的錢壓在我們頭上，這錢我們又不能花，花了又還不起；而且還要鬆弛我們家庭與部落之間的密切連結，腐蝕我們的信仰，腐蝕我們的道德。」

那是我第一次聽到大公如此敞開心胸的談話，他通常很有戒心也很重視隱私。而我了解到，那一定是因爲他開始信任我了，因爲我自己也正在改變。

十一月二十一日星期一

昨天我在上床前寫了日記，我之所以花時間寫下那篇日記，是因爲我想盡量忠實捕捉這趟旅途所發生的每一件事。這的確是一趟「旅途」，而且不只具備一層意義。我希望，有一天，這本日記能成爲某種重大事件的紀錄。至於其重要性是因爲鮭魚來到葉門，還是因爲我人生中的其他事件，我就不能確定了。

昨晚我做了個夢。我一上床就睡著了，接下來就夢到有個聲音讓我醒了過來，我夢到海麗葉在我房間，一絲不掛地站在床邊。我夢見她爬上床躺到我身旁，接下來的夢境，我不想寫下來，甚至不想寫給我自己，但它確實是我曾經有過最美妙也最眞實的夢。即使當我睡醒之後，夢境仍歷歷在目，我的嘴唇甚至有擦傷的感覺；我暗忖或許這不只是個夢。我試著去找，心想是否可以在枕頭上嗅到她的香水味。可是他們不知又在哪兒點燃乳香了，濃郁、辛烈的氣息瀰漫四處。一定是夢。會有這樣的夢，是因爲有些事已經在我與海麗葉之間發生了。我們一起走上乾涸河床之際，我就在山上感受到了。我感受到了，但卻不知道海麗葉又是作何感想。我對她有感覺，我希望她對我也有同樣的感覺；這希望如此強烈，一定已經侵入到我的下意識，所以才會有昨晚那樣的夢。

當然，這純粹只是願望的滿足而已。

我是個有婦之夫，也幸福地過了多年的婚姻生活。我知道目前我和瑪麗的婚姻是有一段難關要過，可是若說我們有一天會分手、我的人生中會出現其他人，這簡直難以想像。我根本就不是那種人。

是嗎？

再說海麗葉，她已經訂婚，而且那麼思念軍中的未婚夫。因此，海麗葉跟我不可能會有任何事情發生。所以，那一定只是一場夢而已。

但倘若不是呢！接下來會如何？

我坐立難安。我一定有哪裡不對勁，但那是什麼呢？窗戶開著，一陣輕柔的風從山間吹來，吹動窗簾。時間還很早，金色朝陽正爲我們四周與上方的高聳峭壁、山脊鑲上金邊。從窗外漫進淡淡的香氣，我從來沒聞過的花香，散發出不知名的香料味。村落醒來的嘈雜聲與香氣一起傳了進來：雞啼、驢鳴、錫水罐的噹啷聲，還有偶爾爆出的阿拉伯語。

我已經走了這麼遠的路途，來到了這個奇異的陌生國度。那個在幾個月前展開這趟旅途的男子，那個一向穩重、受人尊敬、在國漁中心任職的科學家，跟現在這個站在窗前、向外眺望葉門荒野山巒的人已經不再是同一個男人了。這趟旅途還會再走多遠？會在哪裡結束，又將會如何結束？

23.

國會議事錄摘要

下議院

十一月二十八日星期一

（主席：議長）

口頭或書面質詢

書面答詢

卡沛議員（若德蘭南區，保守黨）：請問國防部長，能否就《每日電訊報》一篇關於伊朗西部某軍事基地爆炸事件的報導表示意見。是否可以順便說明先前本人在此議場提到的四十一突擊隊某組人員，有可能涉及此事件嗎？部長會再度調查馬修上尉的下落，如本人先前質詢所請嗎？是否也會說明目前正採取任何或哪種手段，以確保馬修上尉能安全歸隊？

國防部長（手執答覆書）：我們已調查此一據稱發生在伊朗西部軍事基地的爆炸事件，我方自伊朗當局獲悉，確有一起牙線工廠意外，不幸導致一百二十七名員工喪生。我們獲悉並無第三方面涉入這起公安事件。並據伊朗政府所稱，該工廠之生產純屬牙齒衛生保健用品（而非核廢料再處理，如《每日電訊報》所報導），因此我們相信該起事件非屬執政當局關切所在。因此，我們除了向伊朗政府傳達女王陛下最深切的同情之外，官方對此事件並無更進一步的興趣。至於有關馬修上尉的下落，則請貴席參看本人上次的書面答覆。

卡沛議員：請問國防部長，關於這起發生於伊朗西部的強烈爆炸事件，部長是否為全英國唯一相信伊朗方面之解釋的人？請問部長是否會繼續否認英國軍方涉及此事，即使輿論普遍認為英國軍方的確涉入該地區的某項行動？再請問部長是否能讓憂心馬修上尉下落的親友寬心，說清楚馬修上尉此時是生是死；又倘若他還活著，那可否說明他人到底在哪裡？

國防部長：如果貴席明天願意去看一下國防部的網站，在終結者行動的那一頁，將會發現馬修上尉，令人遺憾地，目前已列為或將列為「行動中失蹤」。

24. 海麗葉・查伍德－陶伯特女士未寄的信

伊拉克巴斯拉市

巴斯拉宮英國軍用郵局代轉馬修上尉

十一月二十一日

親愛的馬修：

在你返家前，這將是我寫給你的最後一封信；到那時我也不用再寫信給你了。我不會把這封信付郵，因爲我完全不知道從葉門這裡如何寄信，反正你也根本收不到。可是我一定要寫下這些事，好試著了解自己的感覺。首先，我要告訴你，我們在這裡做什麼。如果我把每天的生活瑣事寫下來，或許能讓自己找回平衡。

我現在寫信的地點是在一個叫做西舍爾的地方，位於哈瑞茲山區，就在葉門西部高地。這裡只有荒山和築有防禦工事的村落，村落之間只靠一些小山道連結，甚至連你都可能遲疑不敢開上去（多數時間我得把眼睛閉上）。雖然在下面阿連旱川的工地，他們也有衛星電話和電腦，可是在這上頭的小山村裡，電腦和電話都付之闕如；而我的手機早就找不到任何訊號了。這裡是大公的祖居，他喜歡維持舊觀，保留在它們九世紀時剛建好的模樣。當然我們有空調也有自來水，廚房裡還有個好棒的廚子，可是除此之外，這地方的其他事物都可能來自其他任何世紀，只除了現在這個世紀。

阿連旱川那裡正進行著許多工程，有大批的卡車和運土設備、幾百名印度建築工人，每天還有更多的東西運進來。看到水泥池逐漸成形，眞令人感動。他們把工作做得好極了，等到水池完工，就會用水蓄滿，再等我們做好幾項測驗之後，就可以把鮭魚從蘇格蘭的威廉堡往南運到倫敦，然後再從那兒轉運到葉門。

鍾斯和我幾乎走遍了阿連旱川的每一里地，他和專案工程師也準備好一份旱川河床的分析報告，顯示我們在哪些地方需要進行額外的工程，以便幫助鮭魚克服天然障礙。比方在這裡或那裡加幾個水泥台階或洩水道，那麼旱川開始有水流動時，一些地點會形成水瀑，鮭魚就能游得過去。我們已經和工程師花了相當多的時間，把這些額外事項納入工程計畫裡。

鍾斯終於說——這還是頭一遭——他眞的相信我們極可能會成就一些事情。旱川的地形讓他喜出望外，含水土層的水質也讓他高興半天；甚至連砂礫的大小也讓他很中意。他認爲他的魚——我們的魚——可以在這裡存活下來，即使只能活一陣子。可是無論如何，畢竟有些事發生了，也成就了一些事。大公的信念已經感染了我們所有人，而在這片《舊約》大地上，很難不去相信神話、魔法及奇蹟。

我在這裡還得再待上一個禮拜才能回去，鍾斯還要多待些日子，他必須等貯鮭槽完工及工程師正式勘驗、結案後才能放心，包括確定魚槽不會漏水、氧氣造泡機運轉無誤、放水閘一定打得開等等。然後他才會飛回英國，開始籌備專案的最後階段：運鮭。

我的工作則已接近完成。還有一些行政及會計方面的事務，可是比較困難的部分，例如設計、工程、可行性分析、規畫及施工等工作幾乎差不多結束了。現在我們要做的事，就是完成目前這個階段，然後就等夏季雨水到來，把鮭魚槽給蓄滿。一旦雨季接近，我們就會展開最關鍵的任務，把活蹦亂跳的鮭魚從蘇格蘭運到葉門山區。對鍾斯來說，這個階段是生死攸關的時刻，是我們一切工作的高潮。我想接下來幾個月他會經常出入葉門，我就會很少看到他了。抱歉，我似乎一直都在談他，談得有點過頭了。他已經是我的好朋友了。

現在，我一定要寫寫我自己了。我擔心得快要生病，一直都沒有你的消息，只有謠言。有些謠言，我幾個禮拜之前聽到的，讓情況變得更糟糕。到底怎麼回事？已經這麼久了，也提了這麼多問題，但你人在哪裡，在做什麼，卻始終沒有答案。這些人怎麼可以如此殘酷，就是不讓我知道實情？我眞怕寫下這些字句：可是即使是最壞的消息，是你走之後我幾乎每天害怕接到的消息，也比這種無止無盡的不知情好一些，不是嗎？

我瘦了。不是壞事，你也許會說。可是我看著鏡中的自己，有一部分的我已經消失了。部分的我已經因爲擔憂而蒸發消逝。現在，我要寫到的是我非提筆記錄下來不可的事情，雖然你永遠都不會看到。今天，這是第一次，我感到一股強大的解脫感。或許該說是釋放？不管哪個才是正確的字眼，反正我有一種奇特的確定感覺：你已經脫離險境。我不知道你人在哪裡，可是我的確覺得你已經到了某個沒有人能再傷害你的地方。我希望這是眞的，我相信它是眞的。我現在非常確定，等我幾天後返回英國，在這麼久毫無音訊之後，應該終於會有你的消息。

昨晚我夢到了你。我夢到你和我們一起待在這裡，在大公的別墅裡，你突然有個假，又發現了我人在這裡，所以就往南飛來與我相聚。至於你怎麼來的，就完全不清楚了。夢，反正都沒道理可說。但那眞是個美妙的夢：我們在一起，如此契合。我們就像其他情侶所能做的一樣緊密地在一起，比起以往我們在一起的任何時刻都更爲緊密。當我醒來時，不覺淚湧而出。這夢是如此美妙，我好想再回去裡面；我要它不停不停地一直繼續下去。我想嗅出你留在我身上的味道，我聞著自己的皮膚，急切想知道那場夢——魔幻般的夢——並不只是夢，而是眞實的。它感覺這麼眞實。可是他們又在點乳香了，氣味到處都是。當然，那只是一場夢，怎麼可能不是呢？但卻如此眞實，以致我醒來後有好一陣子還覺得，這個眞實世界反而令我覺得不眞實呢。

但如果它不是夢呢？你怎麼可能眞的來這裡和我一起？

此刻燦亮的朝陽，正爬過高高在上的山脊。我站在窗口，吸入山間的空氣，我可以聞到香料、香花與咖啡的香氣。多麼神奇，我竟然會在這裡，而現在所有的一切讓我覺得好平靜好自然。過去幾周的絕望，此時此刻，完全離我而去了。

下方的村落，又響起提醒信徒祈禱的呼喚聲了。

我要停筆了。我會把這封信收起來，不再看第二遍，直到你回到我身邊。那時候，我會再看一遍，然後就把它丟進火裡。

愛你的海麗葉

25.

摘錄自麥斯威爾先生未出版的自傳

《國家大船上的一名舵手》

這個國家大船的意象，根據我的研究助理調查，首先是由維多利亞時代的名諷刺插畫家但涅爾，或另一位同時代畫家爲《噴趣》雜誌所繪的一幅漫畫首創。這是個隱喻，代表政府；而船長，當然是指當時的首相。船長的要務是讓乘客高興，以及指揮、控制船員。這類比太明顯了，不必贅言解釋，可是其中最常引起我們注意的人物，卻是船上的舵手。

在我與文特首相長期的共事期間，身兼他的屬下、同事，尤其是友人，相信對他來說，我就是那名舵手。在那幅維多利亞時代的圖畫中，我們看見有個人緊裹在防水油布裡，站在船的前甲板，身子被綁在舵上以防掉下船去。高聳的浪頭濺得他全身濕透，大海的翻騰從每一個方向震得他東倒西歪，但他卻始終全神專注地緊盯著蒼穹。在他上方，從風捲亂雲間熠耀而出的是北極星的星光。他完全不思及自身的安危，全心全意只爲了讓船不要偏離航道，追隨上方那顆明星的引導。他專注而無私；對他來說，唯一的職責是將他的船長以及船上所有人員安全地帶到港口。

當然，我從來不曾過度放大自己在文特首相執政期間所扮演的角色：我只是政府這個大機器之中眾多小齒輪之一而已。可是我這枚齒輪，卻是經常將雙手放到舵輪上的那一枚，靠著這樣觸一下、那樣拉一下，協助塑出我們的航道。

那年冬天，在伊拉克政府邀請下，我們再度派遣軍隊前往那裡處理不穩的政局，以免再度威脅到油田的重建。糟糕的是，當時也有其他議題亟待處理。我們除了重新在伊拉克駐軍之外，伊朗一家牙線工廠也不幸發生爆炸，每個人似乎都認定這是一樁更加邪惡且嚴重的事件，一定是我們軍方某項祕密行動的結果。此外，美方政府也要求我們對沙烏地阿拉伯石油公司的防衛有所貢獻，因此防衛部隊也已成軍進駐，以防再有恐怖份子對沙烏地阿拉伯王國境內的油田進行攻擊。

事情還沒完，那年冬天非常寒冷。可以想見，我們自己這一任執政者，以及先前幾任，在重啓我國核能電廠建造一事的行動上都不夠快。我就經常說，這件事情的確該做，可是總不能在我們有機會進行過審慎辯論、並審查過相關城鎮鄉區的規畫案之前就做吧。在此同時，我們在能源供應上的暫時不足，也已經有烏克蘭政府好心幫忙予以解決，他們同意提高對英國輸出天然氣的供應量。遺憾的是，討論價格的過程過於冗長，這件事情，恐怕我們當時的能源部長並未做最好的處理，即使我給過他忠告。結果到了十二月和一月，天然氣的供應大部分時間全告中斷，有幾名退休老人因而凍死，所以又有一大堆棘手的媒體問題要應付；而這已經不是什麼祕密了：執政當局的命運等同握在我一人的手中。除非我們能清楚說明，爲什麼我們取消電廠建造計畫的同時，卻又和天然氣的主要供應國發生不快，否則在下議院裡必會有段難捱的日子。

從老闆（我一向這樣稱呼我的朋友文特）那裡，我承受了許多壓力。整個秋天及冬天，我常常一周七天、一天二十四個小時不眠不休地工作；而且多數時候還有那種逆水行舟的感覺。不管什麼時候，每當我們想弄個正面消息上報，或推動什麼新政策或趕著在國會通過什麼新法案，半路就會殺出個程咬金來。能源危機期間，《獨立報》頭版上那張老太太遺體的相片，凍僵的手黏在冰冷的暖氣出口上、鼻尖上還懸著冰條，這對我們可不是什麼好宣傳。民眾認爲文特是個好人，沒錯。文特的確是個了不起的首相，而他最高明之處就是知人善任，他總能挑出正確的人選來支援他、指導他，度過諸如此類的艱難時日。可是在壓力之下，首相會變得很挑剔，對他最親近的幹部要求尤其嚴格。他尤其老是指望我，我這位「報佳音先生」，他有時喜歡這樣叫我。紀錄也顯示，對於交不出成績的人，文特也是可以非常嚴厲的。

我的工作，是要盡量美化新聞，而且最好是時時都有好新聞。他們付我薪水就是爲了做這事，因此我無權抱怨。結果是，那個冬天我的壓力特別大；加上我私人的生活也有一兩個問題。任何人如果像我這麼辛苦，難保身體不出毛病。我的健康受到影響，某些同仁也覺得我工作過度了。某些相當高層的內閣成員催促我去度個長假，可悲的是，他們根本搞不清楚自己多需要我來替他們善後。

多半時候，我很能面對壓力，許多新點子都是我在壓力正大時就咕嘟嘟冒上水面。讀者應該還記得，首相在聖海倫娜半盲孤兒院下場打板球的事，那時有個法案正緊鑼密鼓地想要在國會通過，法案內容是讓一批新受過訓練的健康與安檢人員，爲我們在伊拉克及中東其他地區的行動提供後勤支援。反對黨和有些（我恐怕）資訊不怎麼靈通的民眾，對於當時我們軍隊的擴張完全沒有概念，否則也就不用浪費時間爭辯了。我們需要有個轉移焦點的事件，那就是在孤兒院舉辦板球比賽的目的；而那正是我的點子，五分鐘內想出來的，十分鐘後便付諸行動。我現在一想起來，還會覺得那點子眞是不錯，內心也還會忍不住興奮地悸動。

所以，我又開始在想，有什麼法子可以把政府議程上的壓力消掉一些。我想過要在全民醫療、教育及犯罪方面找到著力點，可是深究之下，我發現前三屆政府都已經在這些方面做過諸多動作了，根本沒什麼操作的空間。所以我把注意力轉到國外，看看有沒有什麼機會。跑到國外去要容易得多，我是說你不需要申請許可、不需要公開聽證，也不需要準備白皮書等等。你就直接人殺到國外去，做個考察或親善之旅（這表示要隨身帶著支票本）之類的，要不就是發動戰爭。一般來說，國外議題就是這幾種操作方法。遺憾的是，這三種方法我們都已經用過，分別用在好幾個不同的地區。

可是老闆用我，可不是用來告訴他某件事情是不可行的。我的工作就是找出解決之道。不管用什麼手段，總可以找到出路，老闆也體認到這一點。他說我是他的找路人，雖然我個人偏好舵手的形象，如我先前所說的。我開始去尋找其他可能的選擇，我問自己：也許在中東，說不定有其他選項呢？坦白說，中東這地方對好幾屆政府的聲望來說，包括反對黨在內，簡直與墳場無異。我暗忖這方面到底有沒有任何事情是我們可做的。

所以，我決定去做每當我處於這種狀況時通常都會做的事，這也正是我在這個職位上如魚得水的原因之一。我有個很大的本事，那就是我可以站在一般選民的立場，像他們一樣每天坐著看電視。哪些影像是他會看的？他又會選擇其中哪個影像來代表世界上發生的事？哪個影像會留在他的腦中揮之不去、形成意見的基礎？

中東有這麼多事情正在發生，其中有些事造成的後果之一，就是分裂日趨嚴重：一方總是主張繼續保有神權政府、繼續保有依據《古蘭經》行爲的伊斯蘭宗教法律系統、繼續把女人留在家中、繼續不准女人坐在駕駛盤後或進入餐廳；另一方則要求民主、要給女人投票權、要司法與宗教行政分立等等。當然，這些都是根本性的爭論，也已經進行幾十年了。我們可以說，中東已經因爲這些選擇而畫分成兩極。前幾天我在電視上看到大馬士革有個鏡頭，一個有著無數公寓大廈的城市，每間公寓陽台上都有架衛星電視接收碟，甚至連出租公寓及成千上百座的清眞寺尖塔與圓頂也不例外。這景象在我看來，似乎正總結了現代伊斯蘭世界內心深處的衝突與選擇。正如我在前一章說過的，因爲工作，我必須看很多電視。我辦公室裡有一台大型的平面電視一天二十四小時開著，鎖定在CNN，另一台則專門看英國廣播公司24台，還有天際新聞台。

我看電視時通常都關掉聲音，除非有新聞快報，才會按遙控器打開聲音。多數時候我就只看影像，它們像浪花拍打過我的腦海表面，然後就又退去，可是每隔一段時間就會有個影像黏住不去。我會記住這個影像，讓它建構出我的想法。

我看著螢幕上的影像，思索它們意味著什麼。我看見戴足球帽穿運動服的哈薩克和奧塞梯年輕人，向鎮暴警察扔石頭。因爲警察不准他們夜晚在街頭逗留、阻止他們使用手機或穿戴西方衣飾。我看見那些未能躲過子彈的人倒臥在街頭暗色的血泊中；我也看見其他影像，例如穿著傳統部落服飾的老人或青年，因爲反對西方人而暴動。

我看出，這正是一個處於一觸即發的社會。一千四百年前，伊斯蘭教在阿拉伯沙漠現身，一個世紀之內就掌控了從西班牙一直到中亞的大片區域。同樣的事也許又要發生。但或許，也可能走上另一個方向。

中東人穿得像西方人、花起錢來也像西方人，這些正是我們那些坐在家裡看電視的選民想要看的影像。這是一個視覺信號，代表我們眞的正在打贏這場思想戰，這是一場「消費與經濟成長」對「宗教傳統與經濟停滯」彼消我長的拉鋸戰。

我思索著，爲什麼這些孩子會愈來愈常跑到街上？這可不是因爲我們曾經做過的任何事所造成的，不是嗎？也不是因爲我們曾經說過的任何話，或我們侵入的任何國家，或我們寫就的任何新憲法；不是因爲我們送給那些孩子的糖果，也不是我們的戰士與當地人進行的足球比賽。一切只因爲，他們也看電視。

他們看電視，而他們看到我們在西方如何生活。

他們看見同齡的西方孩子開著跑車；他們看見如他們一般的青少年，可以和一大堆不同的女孩或男孩出去，完全不需要活在苦行僧般的挫折感中，直到有人爲他們安排婚事爲止。他們也看見一大堆不同的女孩與男孩在床上玩樂；也看見他們在嘈雜的酒吧內一瓶接著一瓶地仰頭痛飲啤酒，享受著喝醉酒的特權。他們看見足球比賽時那種集體的瘋狂加油聲或咒罵聲；也看見西方年輕人上飛機、下飛機，從這裡飛到那裡毫無任何限制也沒有任何恐懼。永無止盡的假期、購物，還能躺在陽光下盡情享受。他們尤其見識到購物的樂趣：買衣服、買遊戲主機、買iPod、買手機、手提電腦、手錶、數位相機、鞋子、運動鞋、棒球帽。在酒吧、在餐廳、在旅館、在電影院，那些西方小孩總是在花錢，總是活力充沛、恣意快活，而且有著取之不盡、隨時可得的現金。

靈光一閃，我忽然恍然大悟，就是這些讓中東的孩子跑上街頭！他們只是想要和我們一樣，他們不想一天上五次清眞寺，同樣那個時間，他們明明可以出去和朋友在公車站旁、在電話亭旁或在酒吧間一起消磨。他們不想聽大人說可以和誰或不可以和誰結婚，他們很可能根本不想結婚，卻想有一個接一個的伴侶。我的意思是，很多人都是這樣。這也不是祕密了，自從《每日郵報》刊出那些系列報導之後，大家都知道我就是這麼做；我不需要有什麼承諾。那麼，爲什麼那些孩子就不能擁有和我一樣的選擇呢？他們也想擁有搭乘我們英國出名的低價機票「易捷」飛出去度假的自由。我知道有些人會說，他們當中有很多人想要的，只是每天有餐像樣的飯可以吃，或有口乾淨的水可以喝。可是大體上來說，窮人並不是那些在街上的人，因此也不是我的目標。窮人無法改變任何事情，否則你想他們爲什麼會這麼窮？跑到街上的那些人，都是擁有電視的人。他們已經見識過我們的生活，他們想要花錢。

於是我就有了靈感。

突然之間，我知道有個比較好的方式來花納稅人的錢了。我不清楚我們各種不同的軍事行動最近一次的總預算是多少，不過這筆數字一向都很龐大，而且一直不斷增加。寫這本書時，我們的軍隊正派駐在十五個不同的國家，其中有五國是屬於官方的正式行動。由於我們在海外進行干預的原因有時相當複雜，政治上又相當糾葛微妙，因此可悲的是，有時一般民眾並不一定能夠體會那些作業的價值。但怎能責怪他們呢？我們在海外的干預行動，有些的確已經進行得太久了。

可是，我思索著，我們另外還有其他建制，也一向習慣在上面花錢，卻往往沒花太多功夫好好了解這些投資的價值。比方說，英國廣播公司的世界服務部，到底有何用處？而且還擁有特許狀的保護。在我們執政初期，我就想拿把鋸子對付它，卻知道它是碰不得的。我也必須承認，他們的節目的確有很多人收聽，於是我想，那不正表示有一種巨大的資訊需求，代表有很多人想知道有關歐式尤其是英式生活嗎？我自己倒是從未收聽過世界服務部的節目。依我想像，根據節目表上所列的內容看來，多數就只是「今日農牧」的重播，或最近歐洲國會裡的演說，或雜誌型節目介紹剛果的部落儀式。這使我領悟到，在阿拉伯世界以及阿拉伯以外的其他地區，一定有聽眾非常渴望能看一眼自己生活以外的世界。所以，要是他們可以看到一個眞正新鮮有活力的電視頻道，由英國擁有也由英國控制，他們又會怎麼做呢？

那年冬天我發展出來的點子，就是成立一家電視台，名字叫做——爲了討論之便——姑且就叫「英國之音」吧。打從一開始，我就被其中的各種可能性給迷住了，我決定先試錄一集，好拿給老闆看看。我們寫了腳本，設想是由益智節目老牌主持人艾德蒙主持，可是他的經紀人對這個主意不感興趣；最後我們從半島電視台找來一名跟他長得蠻像的傢伙。另一個問題是參賽者若不是講現代波斯語、普什圖語，就是操阿拉伯語或烏爾都語，但我們的節目必須以英語推出，所以又需要同步口譯。大體而言，我想整件事都運作得相當不錯。

26. 電視節目「人民有獎」試錄集腳本

第一集（長度30分鐘）	人民有獎
節目片頭 00.30 主題音樂	
主持人歡迎與致詞 00.30 主持人站在村中一處廢墟	加巴拉（在鏡頭內） 「早安，我是穆罕默德．加巴拉，我現在的位置是巴基斯坦北方邊界區度干村的中央。巴國政府爲了該村的控制權與塔利班和蓋達開戰，所以度干村民近來經歷了一段相當艱苦的時期。可是，如今村民的狀況就要改變了，他們將要在我的新節目裡進行有獎問答。在本節目中，我們要考驗所有來自中東及亞洲地區參賽者的機智。如果度干村民答對了，他們的人生將會經歷不可置信的大變化，他們會贏得連最瘋狂的夢都無法想像的大獎項。歡迎到我們偉大的新節目來。」

主題音樂 靜止鏡頭：一名巴基斯坦男性，年紀約二十出頭	人民有獎（男聲旁白） 「從度干村來的法拉卡是我們的第一位參賽者。現在我們先來了解一下度干村，也就是法拉卡家鄉的那個奇妙村落。」
主持人在外景 00.60 巴基斯坦北方邊界區的度干村。主持人從石牆搭砌的房屋廢墟中走過，四周是殘存的杏林，杏花盛開，焦黑的樹樁顯示最近曾遭大火。主持人停步在一戶人家的殘垣前，門口可以看出有個彈坑。	加巴拉（在鏡頭內） 「這就是度干，一度是個繁榮的村落，位於巴基斯坦北部，在美麗的杏林後方有白雪覆頂的山巒。一個可愛的地方，一會兒我們就會看見住在這裡的可愛村民。悲哀的是，正如你所見，幾個月前有一枚戰斧巡弋飛彈落在這裡，造成一些破壞。我身後的房子就是法拉卡的家，在那場爆炸中房子毀了大部分，法拉卡也有家人不幸罹難。可是，嘿，那就是我們爲什麼會在這裡的緣故，我們要幫法拉卡和他的親友重新找回笑容。」

主持人在攝影棚

00.40

現在是加巴拉（在鏡頭內）在布景棚內。

他穿著滾金邊的黑色袍子，背景是沙丘剪影。加巴卡講話時，可以見到沙丘上方伸出一隻塑膠駱駝的頭。

鏡頭轉向布景前方舞台上的兩張對座椅子。

主題音樂

第一位參賽者法拉卡從舞台左後方進場，走過來坐在加巴拉對面。

加巴拉（在鏡頭內）

「今晚法拉卡和同村友人依姆朗和哈森，都會來參加『人民有獎』第一集的競賽。我眞的很高興能有這個機會來改變他們的人生，這不僅僅是個機智問答節目而已——我們還要做好事。」

（男聲旁白）

「那麼現在，就讓我們熱烈歡迎……來自度干村的法拉卡！」

掌聲 主持人在攝影棚 1.00	加巴拉 「跟我們介紹一下你自己，法拉卡。你從哪裡來的？」 參賽著（鏡頭轉過來） 「我來自度干村，在部落區。」 加巴拉 「法拉卡，等一下我們就要問你問題了。不會很難，可是你必須答對才行。但是請跟我們說說度干村。」 參賽者（與主持人一起在鏡頭內） 「度干村是個很美的村莊，可是被炸了。發電機炸掉了，井裡塞滿了石頭和砂子，有些房子也倒了。」 加巴拉（在鏡頭內）

	「法拉卡，那眞是太慘了，我希望今天你能贏到一些獎品。所以現在，就讓我們來看看你是否能答對第一道題目？」
主題音樂	淡出轉暗，然後鏡頭又回來
主持人在攝影棚 1.20 戲劇性的背景音樂 觀眾叫喊：「不要、不要！」 「好好想，法拉卡！」	加巴拉（與參賽者同在鏡頭內） 「好，法拉卡，這是第一個問題：哪一種動物可以穿越沙漠十天，不需要任何食物或飲水？」 參賽者（拉近鏡頭） 「這聽起來像是……」 加巴拉（拉近鏡頭） 「先別急著猜，法拉卡。不要一想到什麼就回答，否則你就會兩手空空地回到度干村了，我們可不想要那樣，不

	是嗎？」 參賽者（與主持人同在鏡頭內） 「那是……」 加巴拉（拉近鏡頭） 「在你回答之前，法拉卡，請看一下這些可能的選項，再告訴我這三個答案中，哪個才是正確的。」
三選一的問題 00.30	（男聲旁白） 「好，法拉卡，如果你從下面三種動物中，答對哪一種能橫越沙漠十天不吃不喝，那麼你就能贏得今晚的第一個大獎：
圖片展示	A大象 B牛 C駱駝 請休息片刻，再回來看看法拉卡到底認爲哪個才是正確答案。」

廣告休息時間	
主持人在攝影棚	加巴拉（在鏡頭內） 「法拉卡，答案是A、B，還是C？不急，好好想一想。」 參賽者（拉近鏡頭） 「那是……」
戲劇性的音樂	加巴拉（拉近鏡頭） 「好好想想，法拉卡，你可不想第一題就答錯了。給我正確答案，那麼今晚第一個精彩獎品，就會是你的。」
觀眾鼓掌	參賽者（拉近鏡頭） 「是駱駝，對不對？」
觀眾笑聲	加巴拉（拉近鏡頭）
吹氣塑膠駱駝上上下下走過沙丘	「答得好！法拉卡。就是駱駝！」

觀眾鼓掌

螢幕畫面出現一台洗碗機

加巴拉（在鏡頭內）

「這是今天晚上的第一個大獎，法拉卡，它是你的了，節目結束後，你就可以把它帶回度千村了！」

參賽者（與主持人同在鏡頭內，兩人握手）

「非常謝謝你，加巴拉先生，請問這是什麼機器？」

（男聲旁白）

「法拉卡，今晚你贏得了一台洗碗機，有十四種放碗設定、六種洗碗程序及三種洗碗溫度，高級不鏽鋼內槽，雙層防水系統，還有兒童安全保護鎖。你可以把瓷器、水晶玻璃杯、骨質把手的高級餐具都放進去，不會有半點損傷。而且，另外還附帶三年免費零件維修、更換的保固書。」

攝影棚掌聲
加巴拉（在鏡頭內） 「請大家用力爲法拉卡鼓掌。現在，讓我們熱烈歡迎下一位參賽者！」

27.

摘錄自麥斯威爾先生未出版的自傳《國家大船上的一名舵手》

我想出這個電視問答節目的點子後，就知道自己有個精彩絕倫的大發現，看穿了如何贏得中東的人心。所以，我決定把這個點子拿到內閣去。我說的內閣，意思是指其中幾位，他們周五晚上都會到唐寧街十號的紅陶室來坐坐，除非被什麼事情卡在國會裡。

他們會和老闆閒坐，喝幾瓶夏多內，決定一些國事。通常會來的那幾位那天都在，包括內政部長布朗、國防部長大衛森，還有當時還沒當上首相的外交部長。通常財政部長波登也會在。

先前我已經跟老闆提過，我有個精彩的主意正在研究，說不定可以讓我們再次成功出擊。我要請他，還有他們先看看是否可行，聽取一下的意見，再把詳細計畫做出來。當時老闆就叫我加入下周五晚間的聚會。當天晚上八點，我知道他們應該都到了，而且至少都已經喝過一杯，但是仍然清醒，可以回應我帶去給他們看的任何題目，我通常都是這麼做的；這是攫住他們注意力的最好時刻。於是我上樓去，敲門，老闆在裡面叫我進去。

他們五個人都癱坐在扶手椅或沙發上，中間隔著一張矮桌，擺著幾瓶喝了一半的白酒。老闆遞給我一杯，我接過來但沒碰。我會事後再喝，等他們拍著我的肩膀，恭賀我的好主意時再喝。

「各位，」我說，「我要告訴你們，如何去贏得中東地區尋常老百姓的心，而且不費一兵一卒。」

我沒有事先告知老闆我要說什麼。他信任我，知道如果我有任何事情要說，那就絕得值得一聽。何況這類聚會我本來就經常在場旁聽，不過老闆總是喜歡表明我是受他邀請才能進來。總之他們圍桌而坐，外套脫了，領帶也打開了，臉上都因酒意而泛紅。我進來時他們剛好在談中東，所以時機似乎正好。

首先，你要跟他們說你要講些什麼，然後再講一遍，最後，還要把剛才所說的再說一遍。這是我一向使用的系統，而且從未失敗過。所以我先提綱挈領說了一遍，然後再把設立英國之音的新構想擇要報告，並談到一些我已經開始企畫的節目內容。我也告訴他們，我們可以發行一張好用的信用卡，在中東普遍推出——任何人只要會在表格上簽名，就可以馬上獲得信用核准，由英國所有主要的票據交換銀行背書，並由財政部負責承保，用國防部不再需要的預算做保證即可。我看到財政部長和國防部長兩人一聽都抬起頭來，我知道自己的訊息傳達到了。

我還告訴他們，可以將那種低成本的電視機分送到我們最需要發揮影響力的國家，這個電視只能接收一個頻道：英國之音。我也提到那個發射網路，一天二十四小時一周七天，安息日也不例外，不停地將新節目發送出去。然後我又告訴他們我那個機智問答節目，也就是新頻道的主力節目。

整個簡報，我沒用筆電也沒用投影機、不用PowerPoint、也不用圖表或筆記本。大家常說我表現得最好的時候，就是不用這些輔助工具、直接從心裡說出的時候。這次就是效果極佳的一次。結束時我說：「這類活動的推展，全部所需資金必須正確估算，當然目前還沒開始。可是，我深信絕對不用花到目前投在軍事行動上的九牛一毛，便可以得到十倍、甚至百倍的效果。重點在於把我們的訊息與價值觀傳達出去、直接命中目標。」

我說完了，接著是一陣長長的靜默。老闆拿起一枝鉛筆盯著筆頭看，然後又放下。外交部長伸長身子向椅背靠去，研究起天花板；而財政部長則玩著他的黑莓機。然後大衛森說話了：「麥斯威爾，你眞該多出去走走。」

我瞪視著他。我不敢相信任何在他這種位置的人會說出這等幼稚的言論，雖然據我對大衛森的了解，應該料想得到有這種可能。這就好像剛才那十五分鐘一點意義都沒有。

我正要說出可能會讓自己後悔的話，老闆抬起頭來，口氣溫和地說：「麥斯威爾，你眼光遠，富想像力，正符合你一向的特色；可是這事需要想得更透徹更仔細些。裡頭有些敏感的宗教和政治議題，需要謹慎處理。況且，你手上已經有很多案子夠忙的了。你這陣子工作得太辛苦，需要放鬆一點，也許該休個短假。然後，或許我們那時再回來討論這個題材，也許該再多琢磨琢磨，應該把文化、媒體及體育部長也拉進來討論，或許教育部長也該進來；我會請他們兩位再研議。但是眼前嘛，這點子雖然很棒，我想我們還是要暫時擱置。我們目前在中東已經選定了一條特定的路子，已經投入太多，很難半途來個大轉彎，否則一定會有人問：為什麼我們不一開頭就這樣做呢？」

不知何故，老闆一說完，我忽然淚水盈眶。我站起身，走到放酒瓶的凹壁處，背對著桌子，給自己倒了杯水，然後趁著沒人看到時用手背抹抹眼睛。我覺得遭到排拒，我這眼光、這想法明明如此清晰、如此完美又如此穩當，為何卻沒人看出這是條該走的路呢？外交部長開口了。

「雖然如此，麥斯威爾的確抓到個重點。也許，我們目前在中東的政策是很不錯，你們都知道我也一向全力支持這些政策。我們也都知道，最後我們一定會成功。

我們知道好戰的伊斯蘭勢力正被削弱，民主的消費型社會則紛紛冒出來取代舊有的神權政治。還有開戰以來遭到嚴重破壞的伊拉克城市法魯賈，那裡的房價也已經開始回升。以埃間的加薩走廊也是。這都是極端令人興奮的消息，也印證麥斯威爾剛才說的一些事。」

我感激地朝他笑了笑。一顆淚珠滾下我的面頰，似乎沒有人注意到。

「可是我們也必須正視：我們有些選民有種觀感，認爲我們成功的腳步不夠快。那些影像：上周直升機墜毀在沙烏地塔爾蘭……伯明罕牛環購物中心又發生縱火攻擊，還有最近伊朗的爆炸事件，似乎每個人都知道是我們……」

「消息可不是從我部裡洩漏的。」大衛森說。

「那又如何？外面有太多負面報導。巴斯拉又有那些美國浸信會傳教士，想用每人一百美元的方式叫當地人改教。效果可不怎麼好，而且，要不是因爲那些傳教士已經被綁架處決了，我還眞不知道他們可能造成多少公關上的傷害呢？我們的確需要有個不同的角度，但並不是全盤否定我們已經在做的事情，而是雙管齊下。我們需要改變我們在民眾眼中的觀感，大家越來越認爲我們是以輕視、漠然的態度對待穆斯林世界。」

老闆看起來若有所思。沒人說話，我們都在等他開口。然後他看著我說：「麥斯威爾，你那個鮭魚案怎麼樣了？在葉門的？」

我點點頭，仍然不放心自己開口說話。然後我嚥了下口水，說：「我們稍微退了幾步，跟案子保持點距離，如果您還記得的話。」

「嗯，」老闆說，「你需要重新評估一下這個做法。我不確定你的決定是否正確，麥斯威爾。我當時其實很熱中那個案子，我現在也希望能看到它成功。」

提醒他這事是沒有用的，才不過幾個禮拜前，就在同一房間，幾乎也是同一群聽眾面前，他還大大兇了我一頓：爲什麼跑去和大公共進晚餐、和專案搞得太近……老闆那個時候是對的，現在當然也是對的。因爲他是老闆。

「是，老闆，」我告訴他，「我會立刻去辦。我會重新把我們帶回原位。」

28.

鍾斯博士婚姻觸礁之證據

愛妳的阿斯

寄件者：Fred.jones@fitzharris.com
日期：十二月十二日
收件者：Mary.jones@interfinance.org
主旨：不在

我最親愛的瑪麗：

妳好嗎？抱歉好久沒聯絡，可是這幾個禮拜我都在葉門一處偏遠地方，多數時間根本上不了網。

回來後，又一直在忙這裡積下的工作。更何況有位同事發生了令人難過的事，因此至少也分了些心。所以，我知道妳必會諒解爲什麼好久都沒聽到我這裡的消息。我相信妳一定很好，心情好，工作也好。

請務必保持聯絡，讓我知道妳的狀況。

寄件者：Mary.jones@interfinance.org

日期：十二月十二日

收件者：Fred.jones@fitzharris.com

主旨：不在

哇！我還以爲你已經把我忘了呢。

雖然說是在葉門，但別跟我說你甚至不能隨意走進一家網咖很快寫封電子郵件寄來。我就是不相信，今天還有哪個地方能完全與世隔絕、無法聯絡？

既然你問了，我很好。我瘦了一點，因爲我往往忘記吃東西，像我這樣一個人過日子難免如此。你也如此嗎？或許你一直和查伍德-陶伯特小姐，還有你的友人大公在一起。我想像你一定過著氣派非常的生活，有這麼些顯赫人士陪伴，一天上兩次餐館？

我的工作很好，謝謝你還記得問起。我對日內瓦辦公室的貢獻他們都看到了，過去幾個月我投入的努力沒有白費，能看到自己的付出有成果，還受人肯定，令人感到很安慰。最近我會回倫敦一趟，到歐洲總部辦公室做面談考核，升級的可能已經有點苗頭了。我這趟回來，我們或許可以找個機會見面，共度一點時間。我們兩個應當對我們共同的人生、我們的未來，做個相當嚴肅的討論，我覺得這很重要。

一等回國日期確定，我會讓你知道我的行程。

瑪麗

又及：你完全沒提那個鮭魚案進行得如何了。你終於了解到這整個構想有多不理性了嗎？我始終不懂，一開始你怎麼會讓自己被這個構想給騙了。我本來還以爲，以你的科學訓練，不可能讓自己捲進這種事。雖然說人的標準很有彈性，但像你竟然如此快速妥協，還是令我驚訝。每次別人問我你是做哪行的，我都不知道怎麼回答。他們會問是因爲我在這裡還算新人。有次我的確向某個人承認了（幸好那人不是這個辦公室的）：有人付錢請你把鮭魚引進葉門。她尖聲大笑了快五分鐘，就是不肯相信我並不是在開玩笑。

你也知道，我一向覺得開玩笑或搞笑是很幼稚的事，我最討厭讓自己變成那樣。所以萬一再有同事問起你的行業，或如果我必須把這些資料交給人事單位，我就會說你是漁業科學家，就這樣。可是，我又該如何解釋，你爲什麼會在一家房地產代理公司底下做事呢？

寄件者：Fred.jones@fitzharris.com
日期：十二月十三日
收件者：Mary.jones@interfinance.org
主旨：鮭魚專案

瑪麗：

謝謝妳詢問我在葉門的工作，即使我覺得妳的說法有些負面。妳幾乎是在質疑我個人的科學品格，雖然我肯定妳並無此意。

總之，既然妳問了，就容我再向妳保證，葉門鮭魚案會成功的。我們也許不會活著見到葉門釣客在蠅鉤上「釣到」逆阿連旱川而上的鮭魚，雖然即使是這一點，也非絕無可能。但是，我們一定會看到鮭魚在阿連旱川裡逆流而上。這一點我非常有信心。我還認爲，牠們甚至會一路溯游上去，機會很大；有些還會想辦法在水退之前抵達上游產卵呢！那之後會再發生什麼事，我們就說不準了。

至於會不會有任何仔鮭，眞的在旱川上游的砂礫河床孵出來呢，又會不會有任何仔鮭，活到可以在河水蒸發之前朝下游游去呢？或許辦不到。我們能否成功地捉住一些母魚，取出牠們的卵，放到我們沿一號貯鮭槽蓋好的那間小小實驗孵卵所裡，在比較能控制的環境下孵出小仔鮭呢？可以的，我想在那方面我們會做得很成功。我們能不能捉到足夠的鮭魚，正在奔下旱川的活鮭，好重新補回二號槽的魚量呢（該槽現在正在塗鹽，好模擬海水的鹹度）？只有時間才能告訴我們。

如果我們能把鮭魚騙往上游，去追逐淡水的氣味；如果我們能把鮭魚再騙回下游，去尋嗅二號槽裡的鹹水氣味，然後游入魚圈裡去，那麼我們就達成了一項科學神蹟。我用神蹟這個字眼，是因爲大公相信這會是神蹟：一項科學成就，卻是透過神性的啓發與介入而成就。等到這神蹟眞正發生時，我不敢說自己會不同意他的講法呢。

我期待我們會面時，再告訴妳全部細節，我也很高興妳在百忙之中，「可能」還找得出時間來這裡看看妳的丈夫。請儘早通知我妳的行程，因爲目前我自己的出差也很頻繁，會在倫敦、蘇格蘭和葉門三地來來去去。

阿斯

又及：關於妳信中假定我奢華的生活模式，激得我不得不有所回應：大公的生活簡單而健康。他和我還有海麗葉·查伍德－陶伯特，每晚都在他的別墅同進晚餐，我們吃得很好，卻都是些健康的阿拉伯式食物，不易發胖。白天時，海麗葉和我就只飲用大量的水和水果而已，以應付我們每日的忙碌行程。

寄件者：Mary.jones@interfinance.org
日期：十二月十四日
收件者：Fred.jones@fitzharris.com
主旨：（無）

阿斯：

你是在和海麗葉・查伍德-陶伯特鬧緋聞嗎？我很想知道自己目前的位置究竟在哪裡。

瑪麗

寄件者：Fred.jones@fitzharris.com
日期：十二月十四日
收件者：Mary.jones@interfinance.org
主旨：海麗葉

瑪麗：

如果妳了解整個情況，就不會問這種不顧別人感受的問題了。海麗葉．查伍德—陶伯特有未婚夫，或者說，曾經有個未婚夫，他是軍人，馬修上尉、妳或許看到或許沒看到關於他的新聞。總之長話短說，海麗葉從葉門哈瑞茲山區回到沙那（在山裡她和我一樣，多數時間都無法上網，也沒有其他任何管道可以與英國聯絡），發現有可怕的消息在等著她。她一到沙那，就發現一大疊沒送到西舍爾的留言（西舍爾是我們過去幾個禮拜所住的小山村）。這個可怕的消息是，她的未婚夫已被列入「任務中失蹤」，而且假定已經死亡。當然她立刻直接飛回倫敦，去看馬修的父母，再從那裡回她自己父母的家，目前她就待在那裡。我想那可憐的女孩一定悲痛到無法說話，更別提做其他事了。

我這樣答覆，妳滿意了嗎？

寄件者：Mary.jones@interfinance.org
日期：十二月十四日
收件者：Fred.jones@fitzharris.com

主旨：主旨：海麗葉

沒有。

寄件者：Fred.jones@fitzharris.com

日期：十二月十四日

收件者：Harriet.ct@fitzharris.com

主旨：致哀

海麗葉：

我只是想再告訴妳，當妳接獲馬修的消息，我是多麼、多麼爲妳難過。我知道妳本來一直非常擔心，然後就在妳離開西舍爾坐車回沙那之前，妳又告訴我不知怎地，妳覺得馬修已經脫離險境了。

然後妳竟然接到那種消息，這對妳是多麼苦澀的打擊啊。他失蹤這件事幾乎更糟，因爲妳無法肯定他到底發生了什麼事。可是，正如妳所說，最糟最糟的事幾乎也肯定已經發生了，我想國防部或他隊上應該很快就會證實。等到那事發生時，妳一定要勇敢，也絕對不要遲疑，務必要向妳的朋友尋求他們能給妳的任何安慰與協助。

我希望妳在家會查看電子郵件，我也希望經過一周的休息，以及父母陪伴在旁，會帶給妳一些安慰與新力量。我只是要妳知道，如果有任何我能做的事情，只要對妳有幫助，不論現在或將來，妳只需要開口就行了。海麗葉，我很看重妳的存在。妳不只是可貴的同事，現在也是親愛的朋友了。不只是朋友，是一個對我具有特別意義的人。我始終關心妳。

致上我最珍愛的祝福

鍾斯

寄件者：Harriet.ct@fitzharris.com

日期：十二月十六日

收件者：Fred.jones@fitzharris.com

主旨：致哀

鍾斯：

謝謝你體貼的來信，能聽到朋友的關懷眞的幫助很大；可是無論什麼也無法把馬修帶回來了。我過去總以爲所謂心碎，都只是小說裡的人才會有的經驗，不過是一堆字眼。可是那正是我現在的感覺，那是一種痛，就在心裡面，一種日夜不停的痛。

我睡不著、吃不下、一直在哭。我知道自己這樣很糟，可是我沒辦法。我知道數以千計的其他人，也正在經歷相同的遭遇，或者已經承受過這種打擊了。可是，即使知道這些，我的感受也不會有所不同。

沒錯，你記得我說過，我是如何感應到馬修已經脫離險境，以及我心頭產生那種放鬆或解脫的感覺。就是在那天，我們第一次一起走上阿連旱川，馬修脫離了危險，永永遠遠地脫離了危險，永遠安全了。他就是在那天過世的。

國防部昨天跟我聯絡過了，他們證實他死亡的時間，不過只是說，這是發生在「伊拉克東部反叛軍作業期間，在執行任務時，連同小組其他成員在敵方砲火下陣亡。」如此而已：馬修死亡的情況，我永遠只會知道這麼多。短短幾十個字，涵括了國防部對馬修一生、陸戰隊服務十年、以及身亡的全部說法。

我會振作起來，下周回去上班，那是現在最有可能幫助我熬過這整件事的辦法。雖然目前的我不能確定，這輩子是否能把這件事完全熬過去。可是我知道你和我所有的朋友，都會幫助我去嘗試。

愛

海麗葉

寄件者：Harriet.ct@fitzharris.com

日期：十二月十四日

收件者：Familysupportgroup.gov.uk

主旨：馬修上尉

請問有誰能告訴我，怎樣才能從國防部那裡得到更多資訊？我是馬修上尉的未婚妻，目前在「終結者行動二」項下，他被列爲任務中失蹤，消息是十一月二十一日放到網站上的。

國防部拒絕給我任何進一步的資訊。我希望知道更多有關他死亡的情況，包括他當時在什麼地點、正在出什麼任務。我不相信有人把全部實情都告訴我了，我想我和馬修的家人有權利知道事情眞相。

海麗葉・查伍德-陶伯特

寄件者：Familysupportgroup.gov.uk

日期：十二月二十一日

收件者：Harriet.ct@fitzharris.com

主旨：馬修上尉

敬啓者：

關於妳的各項詢問，我們都歉難答覆，因爲妳所尋找的這類資訊，我們全靠國防部提供。由於馬修上尉是在一處威脅層級最高的地區執行任務，因此國防部保留判斷權利，必須基於安全考量，才能決定可以或不可以釋出何種資訊。我們無法更進一步協助妳，不過我們認爲此事必然帶來極大的心理壓力，因此建議妳聯絡國防部爲配合加強本中心服務而於新近成立的單位，地點就在格里姆斯比。聯絡細節：喪親哀傷管理中心，電話0800 400 8000或Bereave@Grimsby.com。

此致

查伍德-陶伯特女士

寄件者：Harriet.ct@fitzharris.com

日期：十二月二十一日

收件者：Bereave@Grimsby.com

主旨：馬修上尉

我的名字是海麗葉·查伍德-陶伯特，我是馬修上尉的未婚妻。他最近（十一月二十一日）在「終結者行動二」的網站上被列爲行動中失蹤。請你幫幫我，我迫切需要知道：

●他是怎麼死的

●他在哪裡死的

●他爲什麼會死

請問你們有任何人可以盡快跟我聯絡嗎？

寄件者：Bereave@Grimsby.com

日期：一月三日

收件者：Harriet.ct@fitzharris.com

主旨：馬修上尉

由於詢問量以及受限於當前國防預算之故，本作業最近已委外至印度矽谷海德巴拉。請電本中心電話0800 400 8000，您的來電將由我們受過高度訓練的工作人員接聽。我們所有的工作人員都已通過英國國立職業檢定的哀親輔導項目檢定，或當地同等級的檢定考核。但由於本作業近期方才移交，您與我們一些比較新進的人員接觸之際，或會遭遇某些語言方面的困難。請保持耐心，他們正設法盡全力幫助您。

所有來電都將受到監聽，以資訓練與品管之用。本輔導服務完全免費，但每分鐘電話需付費五十便士。

29. 鍾斯博士約談紀錄：麗池飯店晚餐

偵訊人員（以下稱「偵」）：你最後一次在英國見到大公是什麼時候？

鍾斯博士（以下稱「鍾」）：七月初在倫敦一間旅館見過面，我們一起用晚餐，海麗葉也加入我們。

偵：晚餐的目的爲何？麥斯威爾也在場嗎？

鍾：沒有，麥斯威爾不在場，雖然當天我也見過他，那是在我爲專案最後正式啓動前往葉門的前幾天。大公邀請海麗葉一起在麗池用餐。我以前從沒去過麗池，用餐間美麗高雅，一張張大圓桌隔得很開。我先到，當然；我不論搭火車、飛機或赴晚餐約會，總是太早到。我花了十分鐘觀看其他桌那些衣冠楚楚的客人。你在麗池用過晚餐嗎？

偵：沒有，我沒在麗池用過晚餐。

鍾：要是你哪次有機會去了，你就會了解我的感受。雖然當天我穿了我最好的那套深色西裝，我還是覺得自己很邋遢。因此大公來時我非常高興，他還是如常地穿著白袍，後面跟著一位恭敬的領班。

我起身迎接他。「晚安，鍾斯博士，」大公說，「你早到了，一定餓了。那好。」領班幫他拉出椅子，他坐定後，爲自己點了一杯威士忌蘇打，還有一杯香檳給我。我記得然後大公轉過來告訴我，這裡的菜色有多好。我回答想必如此，大公點點頭，說：「我知道這裡的菜好，因爲這家旅館的主廚以前在我倫敦和托樂丘谷的家裡幫我掌廚，可是我想他一定膩了只做給我一個人吃，而且許多時候我若在葉門或其他地方，根本就只有他自己一個人。所以我能理解他接受了這裡的聘請。當然我還是會來品嘗他的手藝，我經常來。」

飲料到了，一起來的還有海麗葉。我已經有好幾個禮拜沒見到她。她已經回費普公司上班，可是後來好像又有一段時間幾乎精神崩潰。現在多半時間她都和父母住在一起，在她父親書房用一台筆電工作。看到她的第一印象，覺得她好蒼白也好瘦。然後她對我露出笑容，我喉頭一陣發緊。她看來美麗依舊，雖然神態憔悴。我感到一股巨大的浪潮席捲而來，憐憫混合著渴慕。我記得自己在想：渴慕？我比她大十五歲呢，老天拜託。

「看來你有個不錯的開始，」她說，看著我的杯子，「嗯，也給我一杯，如果我沒猜錯的話。」

「八五年的克魯格，」侍者已經將我們點的酒交給我們，又站在一旁等候點菜，只聽他喃喃道，「大人閣下不點任何其他的香檳。」

「我不知道其他任何香檳，」大公說，微笑看著我們。接下來又是分派菜單、點菜等事。然後大公舉杯，說：「敬兩位！敬我的朋友鍾斯博士和海麗葉．查伍德-陶伯特，兩位工作努力未嘗稍歇，力排大小艱難——有些難處，海麗葉．查伍德-陶伯特，對妳是非常大，的確非常大——成功地對抗所有不利條件，將我的專案帶到今天這個階段。」

他舉杯一飲敬我們。我看見隔壁桌盯著這個雖不尋常、卻不見得未曾在此出現過的場面：一名大公喝著一只大圓杯裡的威士忌蘇打。大公以往可能也察覺到這種瞥視，卻毫不在意。

接下來是我，我也舉杯說：「敬專案，敬穆罕默德大公，祝案子成功啟動，祝偉大的未來，更敬激發專案靈感的偉大眼光！」

海麗葉跟我一起向大公致意，他頷首接受，再度微笑：「敬專案！」他重複說道。

這是我們的慶功宴。幾天前在海麗葉辦公室討論專案，大公便提出這個建議。現在每件事都已就緒，六月間我已經去做過最後勘驗：貯鮭槽已經造好，從槽裡導向阿連旱川的引水渠道也已完工。水已從含水土層打入槽中，槽體也進行過漏水測驗；同時也測過放水閘門。造氧裝置運作正常，溫度上升時靠它供氧維持鮭魚生命。熱交換器沒有問題，陽光照到蓄水槽時靠它冷卻槽內水溫。所有設備都再三檢查，檢查又檢查。電腦模型一跑再跑，不下百次。沒有一件事是碰運氣，只除了專案本身這個不可測的命運。

旱川現場也進行了改造工程。在大圓石可能造成阻礙不利鮭魚通過的地方，築了坡道讓魚可以往上泅游。沿著旱川也建造了一道坡度漸高的小徑，旱川水滿之際，檢查人員與釣客可以拾級上下安全通行。每隔五十碼就有一處水泥平台，不想涉水的釣客，可以在這裡測試自己拋出假蠅輕覆河面的能力。

一箱箱裝備都已空運載往西舍爾，現在全堆放在大公府邸的一個房間裡。成打的釣竿：十五呎的、十二呎的、九呎的，應有盡有；一捲又一捲的浮線、沉線，各式的沉頭和接頭；一盒盒假蠅，有各種色彩組合、尺寸、形狀，從斯貝河到維斯杜河，從歐凱河到帕諾河，凡是可以在每條想像得到的鮭魚河中捕到鮭魚的假蠅，全部一應俱全，因爲沒有人知道鮭魚到了葉門，會看中哪種假蠅。我知道，大公正在期盼這些實驗假蠅的時光了。

大公的榮譽侍衛隊經柯林指導後，已完成蠅釣技術訓練回返葉門。他們每個人都分發到釣竿和漁具，並鼓勵他們多加練習以待那偉大日子的到來。他們奉命去找塊平坦沙地，每天練上一小時斯佩拋。全體侍衛無一例外，都摩拳擦掌地想要成爲第一個在阿連旱川釣到鮭魚的人（事實上，也將是整個伊斯蘭世界裡的第一人）。大公也讓大家都知道，第一個釣到鮭魚的人，將會得到作夢也想不到的特權與財富，夠他本人餘生、子女，以及子女的子女生生世世之用。

前一個禮拜，我們已收到專案工程團隊送來的最後簽結，說我們「可以啓動」了。我開始數算日曆上的日子，直等那偉大一刻來到。慶功宴後兩天，我就要飛往葉門，去做最後、最後的檢查，並等待大公到來，以及將在他之後抵達的首相與他那一隊人馬。

偵：請告訴我們，首相在這件事中所涉入的情況？

鍾：我已經告訴過你，我的記憶自有其運作方式，請讓我按照事情發生的順序說出來。我很努力要跟你們合作，如果你不要一直打岔，對我們兩個都會方便些。

約談暫停，有幾分鐘證人拒絕開口；然後才又繼續。

那時我對這個案子的成功可能已不再有任何懷疑。我相信案子會成功，我相信它會在漁業科學史上、在大西洋鮭這個物種的歷史上、也在葉門的歷史上成爲重大轉型的一刻。尤有甚者，這會是我自己人生的重大轉捩點。

我已經不是原先的那位鍾斯了，那個在一年前初次接觸到這個專案的鍾斯博士。那個人原本將那篇他希望能在《鱒鮭雜誌》刊出的石蠶蛾幼蟲論文，視爲自己畢生最大的成就。及至目前爲止，文章仍未刊出。至於那個人的私生活，則陷在一個沒有愛的婚姻裡。現在我已經體會到，那個婚姻從來就沒有愛，他只是溫順地接受著自己的命運。以前的我不知道什麼是愛，此時的我卻知道，自己對愛的認識或許沒有增加多少，但至少了解到自己以前對它根本一無所知。

此外，我自己本身也有其他事情改變了。

第一道菜上來，我們邊吃，我邊問大公他當初是怎麼學會釣魚的。不知爲何，先前從沒想過問他這個問題。

「多年前，」他說，「我的朋友杜拜的統治者馬克圖姆大公，曾邀請我和他一起到英格蘭北部打獵。他在那裡有處非常大的產業，有很多松雞。我在葉門家鄉打過沙漠松雞，可說是個射擊好手，至少我當時認爲自己是。可是到了那裡，卻發現我們不是走路或開車去追趕松雞，反而必須站著不動，等松雞來到你的槍前。非常不同的打法。我們等了又等，然後，正當我覺得不可能看到半隻松雞飛來而要放棄之際，牠們忽然一群群像雲朵般開始飛過我們頭上。小小的棕色禽鳥飛得好快，我好久都沒能射到一隻。我感到非常丟臉，因爲在葉門我還算是個好手。

「然後馬克圖姆對我說：『如果你以爲這個很難，那你絕對要試一下釣鮭，釣過之後，這些奇特的英式運動你就等於全試過了。而且，你一定會同意我的看法，釣鮭眞是妙極了！』於是隔天我們不打獵時，我就跟著一個人到不遠的河邊，他叫我看水中哪裡潛浮著鮭魚，又教了我一點拋線的方法，然後我就開始釣魚了。那天我什麼都沒釣到，雖然我又累又濕又冷，可是不到一天工夫，我就知道再也沒其他運動是我想從事的了。在神授予我的每一刻餘暇，這就是我想要做的事。

「當我告別主人要離開時，那個人也跟我一起走了。我願意付很多錢請他來，可是最後他會肯來，是因爲他看見我對釣魚的熱愛不下於他。他就是柯林。

「馬克圖姆後來沒再找我獵松雞；我希望他已經原諒我帶走了他的柯林。」

海麗葉和我大笑起來。侍者把盤子清走，爲海麗葉和我斟上葡萄酒。大公則一如平常，進餐時只喝水。

「現在換你來說了，」他說，「請告訴我，鍾斯博士，你最早又是在哪裡學會釣魚的，你的老師又是誰。我可以得意地說，現在我自認也是名釣魚好手了，願神原諒我的驕傲。可是當我見到你拋線，我就知道強中更有強中手。」

我一時臉紅，喃喃否認。

「不，不，別不好意思，」大公說，「我們兩個都是道道地地的釣鮭人，其他任何評比都不重要。但請告訴我，也讓海麗葉·查伍德-陶伯特聽聽，你是怎麼變成釣魚高手的。」

所以，我就告訴他關於我父親的事，他是英格蘭中部地區的校長。我們住家一百哩內都沒有半條鮭魚，至少在那個年頭沒有，每年夏天，他都帶我去蘇格蘭去。我母親在我小時候就過世了，平時父親忙於教務，沒辦法花太多時間跟我相處，多半是姑姑照顧我。可是到了暑假，我們就會北上釣魚，地點有時是蘇格蘭北邊由大雨形成的小小河，或蘇格蘭沼泥地帶或西岸。那些日子不必花大錢，只要幾根釣竿就能釣上一禮拜的魚。有時我們會深入大河河口處，在那裡你可以買張票釣上一整天。通常我們會租個小木屋，父親和我會收集樹枝點燃營火，如果我們捉到了魚，他就教我如何取出內臟及烤魚，整個經驗都進入我的血液裡。我記得那些漫長的夏季夜晚，在遙遠的北方，微風吹來驅走了小蚊蟲，這是我生命記憶中最愉快的時光。

我停了一下，覺得自己講太多了，可是大公和海麗葉都聽得入迷地看著我。我可以看出，他們也看見了我用心靈看到的那幅畫面，如此貼近地看見另一個人的心靈。一個十二三歲的小男孩，站在野地溪流的圓卵石上，夜光下河水泛銀轉金，小木屋在他身後，炊煙從一處營火裊裊盤升。他將釣竿舉直，釣線向後飛過他的頭。一停，然後手腕猛一個啪地向前，竿又將線甩飛回來，輕如羽毛地落在遠岸暗影籠罩的水面。我記得遠處的低丘、鸕鷀的鳴啼，牠們從附近的江口飛進來。我還記得當我看著假蠅完美的落點，以及魚兒追逐它時形成的漩渦，自己當時心中的寧靜與滿足。

下一道菜送了上來，打破了魔咒。

「所以是你父親教你的？」海麗葉問。

「哦是的，」我說，「他小時在威爾斯釣過海鱒，這一切他都懂。他是個眞正的行家，我這輩子都不可能釣得比他好。他也教了我〈釣客經〉。」

「什麼是〈釣客經〉？」大公問：「我從來都沒聽過。」

「這是每個釣客出門前，」我解釋道：「都要吟唱的一首打油詩，好確定自己沒有漏掉任何重要東西。你們想聽嗎？」

「當然，」大公說：「我們一定要聽。」

我歉然地望了海麗葉一眼，然後開口唸道：「竿子軸子，瓶子籃子，網子蠅子，再加個午飯盒子。」

他們兩個大聲笑了起來，大公態度堅決地要我再唸一遍。然後海麗葉問：「你還沒提到今天和那個討厭的麥斯威爾談得如何?抱歉，大公，可是他的確讓人討厭，雖然我知道您爲人厚道，不願意承認。」

偵：現在請告訴我們你和麥斯威爾會面的情況。

鍾：就像我先前告訴你的，那是在同一天稍早之前。大概是七月初，但我記不得日期了。我到了唐寧街，幾乎沒怎麼等候就被帶進他的辦公室，這跟他平常作風不同。我驚訝地發現，他那天的穿著也和平常不同：一件撒哈拉打獵式夾克、敞領襯衫、斜紋布褲、沙漠皮靴，而不是深藍色西裝。他站起來和我握手，像老朋友似地招呼我。

「這是我的沙漠裝，」他告訴我，指著撒哈拉夾克，「你覺得如何？」

「完美極了。」我向他保證。

「你知道嗎，」麥斯威爾說，一面引我入座，「這個國家裡有四百萬名釣客？四百萬！」

「我並不知道，」我說，坐下來接過他遞給我的咖啡，「可是這數字並不特別令我驚訝，聽起來正好。」

「你知道在本黨，全國有多少繳費黨員嗎？」他把手舉起來制止我猜。我對政治一向不感興趣，根本不會知道。「不到五十萬，」他告訴我，「凡有一名忠誠的黨員，就有十倍的釣客。我的意思是，這使得這個案子有了一層新的意義，不是嗎？不是嗎？」

「我不知道，」我坦承，「我對這些政治概念有點遲鈍，不太能夠領會。」

麥斯威爾看起來很激動：「你遲鈍？是我遲鈍。你，鍾斯，正在做一件偉大的工作。幾個月之前，不會有半個人認爲葉門鮭魚專案會有任何勝算。多虧你，現在可不知道還有多少人會賭它不成功了。那就是我爲什麼這麼激動的原因。你知道，如果最後你沒有因此獲頒個騎士爵位什麼的，那麼我倒想問問我們這個封爵制度是幹什麼的。而封爵委員會的主席，又正好是我一位很老很老的老朋友。不，唯一沒辦好該辦的事的人，是我。我，麥斯威爾，這個本來應該在每件事上都能看出每個政治角度的人，怎麼會直到現在才看出端倪？我怎麼會這樣呢？」說著，他用掌根誇張地拍了一下額頭。

「感謝上帝，還不算太遲，」他說，「我仔細想過，這個專案的眞正衍生品是所有那些不同意我們各種軍事干預行動的人。你見過那些示威遊行的牌子：『從伊拉克撤軍』、『從沙烏地阿拉伯撤軍』、『從哈撒克撤軍』。我的意思是，這種種簡直變成一堂糟糕的地理課了。原始的構想是，在葉門做個有點兒不同的事，爲這些抗議團體提供一個轉移焦點——要魚，不要槍。這一點，你先前就了解吧，不是嗎，鍾斯？」

「嗯，」我說，「我大致有些概念了。不過我恐怕自己太專注在專案的技術面，其他方面沒有多想。可是我想，我應該懂得你當初會這麼感興趣的理由。事情不再是這樣了嗎？」

「噢，事情還是這樣。當然是，我們還是需要媒體好好報導，也需要繼續發揮『要魚，不要戰爭』的故事角度。首相也還是會去造訪葉門，我們也還是需要從中可以得到的親善效果。可是事情不只這樣，還有更多。你沒看出來嗎？」

「我還是不確定我看出來了。」我說，自覺又笨又遲鈍。

麥斯威爾又站了起來，開始在地毯上來回踱步，身後是三幅巨大、安靜、閃爍的電視螢幕。「好，這個算術是這樣算的，」他說，「我們認爲大概還有五十萬名死硬派，很在意我們正在打的這些中東戰爭，尤其不喜歡伊拉克戰事。其中有一半，可能本來應該是我們的當然選民，但是下回選舉他們未必會投票給我們。所以，一旦我們正式啓動鮭魚專案，就可以把他們贏回來一些，或許贏回半數也不一定呢，所以那就是——你還聽得懂嗎——剛好超過十萬張選票可以拉到我們這邊來。如果又能因此讓媒體放過我們幾天，不來找我們的碴，那可又是另外的一大堆好處。

「好，讓我們來看看釣魚界。一共有四百萬名釣客，可是沒有任何研究可以描述他們的投票行爲，這類資料竟然不在我們的數據庫裡，簡直太不可思議了！我們用各種方式分析我們的選民，社經階級、地理分布、有沒有房子、有沒有受過大學教育，還包括年齡、收入、喝葡萄酒或啤酒、膚色、性偏好、宗教，分析到鉅細靡遺。可是，我們卻不知道他們是否釣魚。這項全國最受歡迎的休閒運動，我們竟不知道當中有多少位是我們的選民，或是我們可能的選民。」

我開始看出他的意思了。

「可是我告訴你，鍾斯，」麥斯威爾說，半路停住，一個轉身，伸出根指頭指著我，「等我好好辦完，所有該知道的事我們就都會知道了。他們會是所有人當中被分析得最透徹的一群選民。關於他們，我還要再告訴你一件事：就從這個專案開始，他們會看到、聽到首相是個多麼熱愛釣魚的人。去年在下議院，首相就這麼表示過。我們會從那篇聲明再往上構築，我們會在所有報紙和電視上重複這件事。然後我們會向所有人顯示，我們是支持釣客的政府，還會有更多的錢撥給漁業和養殖場，以及釣魚學院。每個十歲以上的兒童，都會得到一根釣竿。我還沒有全部構思好，鍾斯，可是老天在上，如果下次投票沒有接近三百萬名的釣客投給我們，那就表示我已經不行了。」

我點點頭，說：「好，我們會在我們的那部分盡力。」

麥斯威爾又回到他的桌子後面坐下：「我知道你會盡力，鍾斯；我有極大的信心你一定會把專案辦成。可是，就是有這麼件事，」——說著他的指頭又朝我點來了——「老闆一定得逮到條魚不可，而且行程上說，他只能撥給這件事二十分鐘。但這個拍照的機會至關重要。鍾斯，你，只有你，你得保證他一定有那條魚。你辦得到嗎？」

我事先已經預料到會有此一問，也準備好了答案：「可以，」我說，「我可以保證在首相必須動身離開前，他的釣線上一定會有條魚。」

麥斯威爾看來鬆了口氣，而且顯然吃了一驚。我想，他原本預期在這件事上會和我有番纏鬥。

「你怎麼辦到呢？」他好奇地問，「別人跟我說，這玩意兒不是那麼容易就能逮到的。」

「你不會想知道的。」我告訴他。

其餘談話都與首相的行程有關：他在沙那的私人會面、媒體的安排等等。這些我就沒再覆述給海麗葉和大公，因爲這些事務也都靠他們才能搞定。

偵：下面這個問題與任何事都無關，純屬我個人好奇，你要怎麼把魚弄到某個人的釣線上？

鍾：這正是那天海麗葉問我的問題：「你怎能保證首相一定會釣到魚？」

我微笑。大公傾身向前，臉上充滿了興趣。

「小時候，父親跟我玩過一個把戲。他在我的釣線上放了個尺碼過大的假蠅，他知道那假蠅一定會很快就沉到水裡，而我也一定會把假蠅卡到石頭。他也知道因爲我這麼缺乏經驗，一定會誤以爲自己勾到的石頭是條魚。眞的要花上點時間，你才能分辨其中的不同。」

「沒錯，」大公說，「我剛開始釣鮭時，也犯過一兩次相同的錯誤。」

「然後他拿著兜網過去，假裝很費了番功夫才拉扯住魚。其實他背對著我，從夾克口袋摸出一條他事先就釣到的魚，把牠從包裹的報紙中取出來，再從石頭底下拉出卡住的假蠅，勾進鮭魚嘴裡，然後猛地一拉魚線，水花四濺，製造一種掙扎搏鬥的印象，接著就只見魚在網中了。」

大公和海麗葉都笑了起來。

「他後來有沒有告訴你？」海麗葉問。

「噢有的，他告訴我了，那時候我已經釣到過幾條魚。這個玩笑是要教我分辨魚的拉扯力，那和只是假蠅卡在石頭或水草裡的水重拉力是完全不同的感覺。」

「絕對不可讓你們的首相知道，」大公嚴肅地說，「不論發生什麼事，我都不想冒犯客人或令他們不高興。」

「他不會知道的。」我答應他。

晚餐後，大公說他要坐在門廳等專車接送。海麗葉和我則想散一會兒步，再找計程車分別載我們回家。那是個美麗的夜晚，天光還沒有全暗，我們一起慢慢沿著皮克地里大街走去。

「多美好的夜晚，」海麗葉說，「我眞的很喜歡大公。我會想念他。」

「他下次再來托樂丘谷，妳不會再見到他嗎？」

「他可能有好一陣子都不會再來了，他要留在葉門看著鮭魚案未來的發展。他知道完工啓動只是個開始，之後還有很多問題和危機需要處理。而你，我希望，任何時候他需要幫忙，你都會去幫他。」

「我當然會，」我同意，「可是妳不來嗎？」

「我不知道，」海麗葉說，「或許，應該是我離開向前走的時候了。我已經投入太多，現在也眞的沒有什麼事需要我做的了。還有，馬修的死，你比許多人都更了解，對我是非常沉重的打擊。我只是需要好好整理一下，我需要休息一下。」

「當然妳需要休息一下，海麗葉，」我告訴她，「沒有人比妳更該休息了。」此時我們已經停下腳步，站在格林公園的欄杆邊，完全沉浸在我們的談話裡。向晚的交通仍然忙碌，園門還沒關，所以我們踏進公園站了會兒，避開來往車輛。

「可是大日子那天，妳會專誠到葉門去吧？」我問。

「不，鍾斯，我不會，」海麗葉說，「我會在精神上爲你加油，但人不會到。事實是，我無法再忍受萬一出問題，我不能再承受任何萬一了。我情願待在這裡，如果發生任何我不想看到的事情，我可以關掉電視直到事情結束。」

「可是不會有萬一的。」我說。

「我知道不會，」她說，「我知道你已經做了所有能做、能使這案子成功的事了，我也知道若有任何人能把如此困難的事情做成，那就是你了。可是……我的腦子怎麼想是一回事，我的心怎麼想卻是另一回事。」

我凝視著她。她站近我，幽暗的街燈下只見她臉色蒼白，臉上雖然有著憂慮壓力形成的皺紋，對我來說卻依然美麗。

「可是海麗葉……」

「我要走了，」她說，「專案在葉門啓動的第二天，我就會離開，我已經向費普請了留職停薪六個月，如果我想回去，他們會保留我的職位。但是目前我不認爲我會想回去。」

「可是，海麗葉……」我無助地說。

淚水滾下她的臉頰。我受不了了，伸手擁她入懷，吻她。一開始她讓我抱著，也短暫地回應我的吻，可是後來她就身子發軟。我只好放開她，她走開幾步。

「不要這樣，鍾斯。」她說。

「我什麼時候才能再見到妳呢？」我問，「妳知道我對妳的感覺。我實在情不自禁，我爲剛才的事抱歉，馬修才走沒多久就這樣。可是我可以等，我會永遠等妳，只要妳說也許有一天，我可以有些希望。」

「沒有任何希望，」她用一種呆滯的聲音說，「你沒有，我也沒有。」

「可是，海麗葉，」我又說，「妳明明知道在西舍爾發生了什麼事，難道那對妳沒有任何意義嗎?它對我卻意味了一切，完全改變了我的人生。」

「我不能再見你了，鍾斯，」海麗葉對我說，她的聲音不太穩定，「而且，無論那時候在西舍爾發生了什麼事，或沒有發生任何事，都只是你做的一場夢而已；我也只記得有一個夢。但是現在，我們卻是醒著，事實是你已經和瑪麗結了婚。你比我大十五、二十歲，還有我們來自完全不同的世界。我仍在哀悼馬修，我必須在沒有他的情形下重建我的生活；我必須在沒有你或任何人的情形下重建我的生活。我們之間實在不可能更進一步。我們已經——可是我不能給你任何希望，讓你以爲還會有些什麼。」

我轉身離開她，默默地站了一會兒。公園的燈正好開亮，燈光一定刺到我的眼睛了，因爲我流淚了。我背對著她，說：「我了解，海麗葉。妳是對的。」

她走到我身後，一手搭在我的肩上：「我知道我是對的。我也爲這個恨我自己，但這是事實。來，鍾斯，幫我叫輛計程車。」

約談於次日繼續。

偵：請說說在阿連旱川發生的事情。

鍾：八月的阿連旱川，就是「炎熱」兩個字。你若沒去過沙漠，天氣會熱到你想不到的地步。阿連旱川的太陽，比十二個英格蘭太陽加起來還要熱。從白茫茫的天空向下灼燒，岩石燙到不能碰觸。在那種高熱之下，又沒有任何保護，想要鮭魚活著，不用想都知道不可能。可是我們卻要牠們能夠活蹦亂跳。

我已經去過貯鮭槽不下十數次，槽裡正慢慢地積起含水土層的水。氧氣泡有節奏地在槽邊運作。水溫保持在攝氏二十一度左右，我們認爲雨季來臨時還可以降個三度。我檢查過每一件事，重複檢查，一再發問，我知道我會把專案團隊和自己都逼瘋。最後我決定叫自己離開，到旱川上游走走。我戴了頂帽子，全身塗滿了防曬油，但還是覺得像在火爐裡。

此時正是雨水要來之前。沙漠空曠處，巨大的上升熱氣流會捲起陣陣沙塵暴。城鎮村落裡，在白天的熱氣之下，人和動物都會盡量減少走動，躲到任何有遮蔽的地方休息，等太陽落低些。

旱川裡的熱度與無風狀態，幾乎讓我承受不住。有某種東西正在醞釀爆發、像是遙遠有暴風雨欲來的感覺。一等雨來，我們就會打電話到英國。二十四小時之內，鮭魚之子水產場的鮭魚就會從籠中取出，放進「飛行魚缸」內（我們現在都是這麼稱呼那個不鏽鋼的運魚槽），然後鮭魚就會在槽中飛載到中東來。再過二十四小時就一切就緒，可以送進貯魚槽了。然後我們就會開始等，等阿連旱川的水開始流淌。當涓滴細水增漲成溪流，再從溪流增漲成河，我們會打開閘口，然後我們就等著看了。

我發現自己呼吸困難，有點暈眩。酷熱在我身上發揮作用了。一哩之內沒有別人，至少看不到有任何人。我找到一處位於高懸峭壁陰影之下的平坦石塊，石上的熱度還可以忍受，於是就坐下來休息。我從背包裡取出裝在保溫瓶中的冷水，猛灌了一大口。一會兒就覺得好些了。

四周是一片絕對的靜默，甚至連禿鷹都靜息無聲。岩壁伸展在我上方，沒有半絲草木。山羊現在都靠什麼過活呢，那位住在旱川上游，曾拿水給我們喝的女孩的山羊？

我試著不要去想海麗葉，但她卻一直侵入我的腦海，就好像站在我面前一樣眞實。我幾乎可以看見她，如一縷幽魂，這一刻漸漸有形體，但下一刻卻又淡去。她的聲音，又微細又飄渺地說：「沒有任何希望，我沒有，你也沒有。」

我又想到大公說，雖然我不記得他使用的正確句子：「沒有信，就沒有望。沒有信，就沒有愛。」

剎那間，在那由岩石、天空、酷熱太陽所構成的巨大空間中，我忽然懂了。他的意思並不是指宗教上的信仰，不完全是。他不是要讓我變成伊斯蘭教徒，或叫我相信這一種或那一種對神的詮釋解讀。他知道我是怎樣的人，一個老氣、冷淡、謹愼的科學家，那就是當時的我。他只不過是向我指出必須踏出的第一步而已。他使用的字雖然是「信」，但他的意思不是「信仰」，卻是相信。第一步很簡單：就是要去相信「信」本身。我已經踏出了那一步，我終於懂了。

我已經相信了，雖然當下我並不知道、也不在乎自己到底必須相信些什麼。我只知道，能夠去相信一件事，正是可以讓你離開那個什麼都不信、只承認衡量、算計，以及買賣交易世界的第一步。而這裡的人依然擁有那種天眞純潔的力量：相信的力量。那不是憤怒地去否定別人對宗教的狂熱，而是一種安靜地接納與承認。那就是我在這裡所感受到的，在這塊土地，在這個地方，那感覺是如此不同於我們的家鄉。不是因爲服飾，也不是因爲語言或風俗習慣，更不是因爲身處異國，都不是這些原因，完全只是因爲四處瀰漫的「信念」。

我相信「信念」。我並沒有使徒保羅前往大馬士革途中，由不信基督轉而有信的感受，而且，大太陽在頭頂發威，根本也不可能好好思考，可是我知道這整件葉門鮭魚案的意義何在了。它在我身上發揮了轉變的功效，同樣地，它也會在其他人身上成就相同的事。

30.

鍾斯博士不克會晤鍾斯太太

寄件者：Mary.jones@interfinance.org
日期：七月十五日
收件者：Fred.jones@fitzharris.com
主旨：見面

阿斯：

我要回倫敦面談考核，就在八月的第一個禮拜。我知道這比我原先建議的日期稍晚了些，可是要在我們西半球執行長的行事曆裡找出一個空檔，實在很不容易。

我信任你能調整你的計畫來配合我這項改變，因爲我認爲我們這次會面非常重要。我很介意我在日內瓦的久留（這事情我想我們當時同意過：是我事業上必須踏出的重要一步，現在看看你工作狀況的不穩定，我這一步的確走得很明智），竟然讓你對我們的婚姻抱持一種隨遇而安的心態。每天甚至每個周末當我夜以繼日地忙著工作，好爲我們的未來提供安全的財務保障之際，你似乎卻在過著一種越來越與現實脫節的生活。當然你透露給我的訊息非常少，可是我看得出來，春天你在蘇格蘭消磨時光，與你的大公和他那位女性友人釣魚，或與同一位女士在葉門做日光浴。在此同時，卻棄我們的公寓於不顧，同時也棄我不顧。這對我來說非常難以啓齒，可是我的確是被忽略了。

所以請確定我抵達倫敦時，你也有空。我們需要談談。

瑪麗

寄件者：Fred.jones@fitzharris.com

日期：七月十六日

收件者：Mary.jones@interfinance.org

主旨：見面

瑪麗：

當妳聽命於貴公司西半球執行長與他的行程表支配的同時，我本身的行程現在也是由首相辦公室決定。他們已經下令，我務必在妳說妳會到倫敦的那幾天到葉門待命，因此關於這事，恐怕我一點辦法也沒有。我一定得在葉門不可。

我眞是非常非常抱歉。我同意我們必須見個面。如果一切進行順利，我會在八月中旬回來，因此我建議找個周末，我飛到日內瓦，或是妳飛回倫敦。

愛妳的阿斯

寄件者：Mary.jones@interfinance.org
日期：七月十六日
收件者：Fred.jones@fitzharris.com
主旨：見面

阿斯：

我半秒鐘也無法想像，首相一兩天都不能沒有你在葉門。他有一整個政府任他指揮，當然他可以放一位漁業科學家走開幾天！我只能假設你是故意在躲我。

你愛飛到日內瓦來就來，那麼遠的日期我沒法保證一定有空。我馬上就會有一大堆差要出。

瑪麗

寄件者：Fred.jones@fitzharris.com
日期：七月十八日
收件者：Mary.jones@interfinance.org

主旨：葉門之行

瑪麗：

OK。

我知道妳不相信首相要我待在葉門，可是我想這趟行程還有這些日期，都已經放在他的行事曆上好幾周了。所以我先前才特地告訴妳。如果妳老闆要把他的計畫改來改去，那我也無能為力。

我本來是在想法子配合妳，可是如果事情只能如此那就算了。那就改天再見了，我永遠都會高興見到妳，但是必須有兩個人，才能安排出一個會面。

愛

阿斯

寄件者：Mary.jones@interfinance.org

日期：七月十八日

收件者：Fred.jones@fitzharris.com

主旨：葉門之行

阿斯：

請回到我身邊。

瑪麗

31.

摘錄自麥斯威爾先生未出版的自傳

《國家大船上的一名舵手》

現在，我必須談到在我面對不斷挑戰的政治生涯當中最艱難的一章，我必須談及一些超越政治生涯面的事件。不論亞里斯多德或莎士比亞，我想不出有任何作家必須描述以下我必須描述的事件。我不欣羨他們的文才，我只是一個謙卑的新聞從業人員，卻發現自己被拖進永遠改變了這個國家甚或全世界的大事中心。我必須盡我最大的能力，以我有限的能力，幫助讀者了解事情的經過。

一切都開始得那麼美好。

老闆有著度假的心情，那星期在下議院裡很不好過，等他最後終於上了飛機，幾乎就像小男孩提早放學般高興。不過飛往沙那途中，多半時間他仍在工作。我們必須準備與葉門總統進行私人會晤，另外還有一兩件其他的工作需要處理，可是飛了四個小時後，老闆鬆開他的領帶，伸個懶腰，問我：「麥斯威爾，冰箱有沒有紐西蘭蠔灣的蘇維儂白酒？」

我打開一瓶，拿來兩只玻璃杯。

我愛死了這種只有老闆和我一起出門的時候，但這不常發生。通常總有些惹人厭的第三人在場，比方說內閣閣員或其他公務員，這種時候老闆就不能放鬆了。他從來不信任那些人。他們動不動就鬧辭職或是寫回憶錄，如果不小心在他們面前說出任何話，最後都會被印出來。此外，每次他和我這般獨處，通常都可以籌畫出許多眞正的政府要務。我們通常會繞著一些大點子尋思：如何辦理全國醫療服務；對中國應採取何種立場；各項「反社會行爲規則法」應該放低年齡限制的原因何在？都是屬於創意型的東西。我愛死了，每回和我這樣討論之後，老闆就會有許多偉大的想法出現。

現在這趟旅程，只有我跟他兩人。事實上，當然不是只有我們兩人。飛機後艙，有一批仔細挑選出來的媒體，專程前來報導葉門鮭魚專案的揭幕典禮；還有安全人員、公關文宣人員。可是在那架飛機上、在那趟旅程中，卻只有兩名眞正的參與者，老闆與我。我們坐在前艙，與大家隔開的私人艙。

我把杯子遞給老闆，他啜了口杯中冰涼的葡萄酒，說：「你知道，麥斯威爾，你能看出這其中的釣客票源，我要給你許多分數；沒有其他人看出這點。黨主席不會，競選總幹事也不會，他們都沒看見。但這事如此明顯。」

「噢老闆，我也是花了好久時間才終於抓住重點。」我說。

「這事絕對突顯出這趟旅程的重要性。這次出行，先前固然就重要，現在卻更舉足輕重了。如果事情全部順利進行，我們可以獲得太多好處。飛機上都是哪些媒體？」

我看著手上的名單：「照往常一樣，有英國廣播公司，還有獨立電視台。你說不要第四頻道。」

「在他們那樣報導我去哈薩克的造訪之後，當然不要。」

「可是他們自己會有一名記者在現場，這是沒辦法的。不過他們得自己付機票。」

「還有誰？」

我往下看手上那張紙：「《每日電訊》、《每日郵報》、《泰晤士報》、《獨立報》、《鏡報》、《太陽報》。我們沒問《衛報》，他們對這案子的整個口氣，都是該死的高姿態，事實上我們雙方目前是處於冷戰狀態。我們也有些新面孔。」

「噢？」老闆說，「有誰？」

「《釣魚時代》、《鱒鮭雜誌》、《大西洋鮭魚刊》、《粗獷漁人》、《漁事新聞》，還有《永續發展國際》。所有嚴肅大報、八卦報都在後艙喝著琴湯尼，可是這新來的一群卻放到另一邊自己聚在一起，和平常那些媒體傢伙分開，喝著保溫瓶裡的茶水，他們自己還帶了三明治。」

老闆似乎很欣慰滿意：「我一定得爲這些釣魚媒體特別做些什麼。我和鮭魚的合照，下個月要登在全國每家釣魚雜誌的封面上。」

「一定會，」我說，「我保證。」

老闆又伸伸腰，給自己再倒一杯：「還要多久才降落？」他問。

「再三個小時。」

「也許抵達前我可以先瞇一下。你知道，麥斯威爾，過去一兩個禮拜我已經請老師專門教我釣鮭了。我要照片看起來有個樣子。」

「我保證一定會，老闆。」我由衷地說，「你學起這些事來眞的非常快。」

「沒錯，我是很快，很僥倖。可是我告訴你，我想釣魚這事可能眞的蠻好玩的，我眞的這麼想。我不介意再試它一試，等我比較有空的時候。我的意思是，我想，這次我只有時間……嗯，我們會在阿連旱川待多久？」

「三、四十分鐘，然後就回沙那，再到阿曼首都馬斯喀特，向海灣國協調會議發表演說。」

「噢，那我只有時間釣一條鮭魚了，或許最多兩條。可是我很想再釣一次，等我們回到英國後再找個機會。你想你可以安排嗎？」

「我正好知道有個地方，你可以逮到一大堆魚，老闆。」我說，心裡想著鮭魚之子水產場。

「那好，」他說，抑住一個呵欠，「那我們就做個計畫。現在我想到隔壁間去，在我們降落前先休息一下。」

我們在傍晚降落沙那，天色已暗。可是一出機門，撲面仍是停機坪傳來的輻射熱氣，隨熱氣而來的，還有許多連機場正常有的汽油、機油味都掩蓋不住的奇異氣味。它們令人心神不寧，意味著在城市燈光之外的某個地方，有一個奇異、不熟悉的世界。我們快步走下梯子、握手、爬進空調禮賓車。

那晚在沙那的晚宴冗長、客氣、乏味。我們事先就不期待能在這種場合辦任何事，我也不認爲我們的確辦了任何事，只除了因爲出席我們東道主的晚餐，我們算是得到他的許可——雖然沒有明示——可以「私人」造訪阿連旱川。只是他似乎對這整件事很感困惑，晚餐桌上更一度問我，壓低了嗓門免得老闆聽見：「請問貴國首相爲何對這件鮭魚案感興趣？我們這裡每個人都認爲這事情簡直瘋狂。」

「這案子攫住了他的想像力，總統。」我回答。

「噢。」他說，身子靠回椅子，很困惑的模樣。我可以看出他決定不再就這個題目問我任何問題，因爲我顯然不會告訴他任何有用的訊息。於是談話再度回到一般性話題。接下來整個晚上，我們都在討論如何再重開哈薩克的和平議程。

第二天，天剛微明我們就起床了，一早在大使館吃了早餐。即使現在，我仍能感到當時那種幾乎帶著孩子氣的樂觀快活，老闆和我就是帶著這樣的心情登上直升機。能爲自己的國家出門釣魚，眞是太有趣也太好玩了！我們兩個心裡正是這種感覺。老闆幾乎滿臉是笑，與媒體握手。他們跟在後面，搭乘另一架奇諾克輕型飛機；接著又與前來送行的大使握手，與飛機正副駕駛握手，差點也跟我握了手，幸好在最後關頭才回過神來。然後我們便坐在直升機裡，地面在下方傾斜倒退溜去。

起飛時，在我胃底忽然湧起了一小股極微細的緊張情緒。我很習慣搭直升機，所以不是這個原因。我記得，當時好像有種似曾相識的感覺一閃而過，一個我曾做過的夢，與老闆同在某處旱川：乾熱如火焰炙烤著我們的皮膚，老闆指向上游還說了句什麼。但我不記得他說了什麼，或甚至不記得是否眞做過這個夢。或許，這恐怕只是搭飛機所產生的時差疲憊。我搖搖頭，集中心神在眼前的情況。

我們坐在那裡，談著、笑著，與坐在後面的安全人員開著玩笑，指著沙那市的灰白色塔樓與清眞寺，見它們漸行漸遠。然後往山區飛去，接近那一座座巨大岩壁，每個人都立時陷入沉默。我們飛越山脊，飛在一千呎深的大峽谷上方，穿過高峰頂端的雲霧。天空灰暗，南邊的雲在沸騰翻攪。美麗卻無聊的景色，可是天氣看來正好。

「看那些雲，」我對老闆說，「有這些雨進來，旱川的水就會漲起來。」旱川的水會漲起來——這幾個字依稀彷彿，不正在我的夢裡出現過嗎？

我沒說錯。往下方看去，我們可以看見偶爾有一條白色水線沿著旱川奔流；在平坦的砂礫曠野接壤山腳處，一灘灘水已在這裡那裡形成了。

我好興奮，這趟出行跟以往一般的正常出行截然不同。沒有穿著灰西裝的男人等著，沒有艱難的談判，也沒有演說。沒有穿西裝的男子，卻會有大公和那些帥呆了的男子，上次我拜訪托樂丘谷時，他們就曾擔任過我的榮譽侍衛。只是一兩個小時的好玩時光，純粹又簡單。老闆會按下一個電鈕，打開洩水閘門讓鮭魚游下渠道進入旱川。然後他就會站到河裡，拿著釣竿、把線拋出去，讓攝影師搶鏡頭。鍾斯已經答應我，老闆一定會逮到條魚，那就是這一刻了。然後會有一篇簡短演說，接下來是老闆穿著他的涉水長靴，站在河裡拍照，一手執竿，另一手舉著鮭魚；我甚至可以想見那個畫面在次日頭版上的模樣。任務達成，一次偉大的出行，在沙漠的一天，而且正浩浩蕩蕩地將好幾百萬選民席捲到我們這邊來。

我們開始降低高度，直升機在旱川的岩壁間下降，落向一塊平坦的地面，看起來像是一處巨大工地。

螺旋槳停止轉動，我們俯身下了直升機，走過飛揚的沙塵來到一處木製平台。我可以辨識出那裡站著的是大公、鍾斯以及一群戴安全帽的男人，想來是工地的工程師。他們身後站著幾十名大公的人，一身白袍與翠綠的纏頭帽，有些以步槍武裝，其他則空著手。

平台後面，從山邊蜿蜒而出的是三座巨大的水泥槽壁：貯鮭槽。有那麼片刻，這工程規模的巨大讓我感到無比震懾。在唐寧街辦公室聽鍾斯簡報，我還以爲不過就像又蓋了一間小學或超級市場那樣而已，完全沒想到竟是如此浩大的工程；簡直更像埃及的亞斯文水壩或金字塔。我希望攝影記者都能捕捉到工地現場的震撼力量。

每座槽壁的中央都有一對鐵門，由一道水泥渠道連接旱川河床。向旱川望去，我看見一道淺而闊的河水奔流而下。太陽從高聳的雲堆後露面了片刻，陽光閃爍照耀在許多溪面，溪水則繞著一堆堆的砂礫蜿蜒，或形成水瀑躍過大圓石塊。遠處河岸的椰子樹，綠葉在一陣風中搖擺。在我們後方，山巒迭起，熟悉如夢中曾見，一種驚人的粗獷野性美，直入密雲低垂的天際。

我對老闆說：「你看！河水的狀況看起來正好。這事一定能成！」

老闆吃驚地看著我。當然能成，那表情似乎在說：你總不會爲著什麼不能成的事情，把我拖到六千哩外，你會嗎，麥斯威爾？你當然不會——如果你還想在這個你這麼喜歡的工作上再待上一天的話。我還沒開口解釋，我們就已經走到了平台，又開始握手、微笑、打趣、聊天。在我們身後，我聽見第二架載著媒體的奇諾克也飛進來準備著陸了。

當然，老闆當然預期事情一定能成功。他完全搞不清這專案花了多少功夫，必須做多少事情，而我又投進了多少努力來確保它能排除萬難，又如何用心地幫助鍾斯和大公。爲了方便記者和電視攝影機，老闆和大公又從頭開始再握一次手，我環顧四周，聽到鍾斯在我旁邊說：「眞壯觀，不是嗎？」

「太精彩了，」我說，帶著眞正的興奮，「我完全沒想到竟是這等規模。」我揮手指向貯鮭槽的水泥壁，還有等著閘門大開鮭魚湧跳出來的引水渠道。「我們的專案會是個巨大的成功，鍾斯。」我看見他手上拿著一只兜網。

「我們也希望如此。」他說，給了我一個發自內心的友善微笑。有片刻之間，我發現自己喜歡這傢伙。先前我從未細想過這個人，我的意思是，沒把他當作一個人那麼想過。「來看看鮭魚。」他說。老闆和大公，還有老闆的安全人員，連同一些媒體記者正走上坡道，通往其中一座貯鮭槽的邊緣。大公帶來的人則遲疑了一下，然後站在原地不動。我又注意到他們當中有幾個人手執步槍，於是記起來我們身在何處，這裡是葉門的中心內陸，可不是在拜訪倫敦德威士區的新醫院。可是，我想，葉門現在一定安全了，不是嗎？否則安全人員絕對不會讓老闆來這裡。我的意思是，先前雖有過那些奇怪報導，說蓋達組織企圖在蘇格蘭刺殺大公，可是我們全都不予採信，認爲那只是一些蘇格蘭報紙杜撰出來的東西。

我們站在坡道頂端，越過壁緣看進去。槽裡滿滿是銀色鮭魚，如箭般到處疾竄，或一動不動地臥在水中有陰影的地方。沿槽邊每隔一段距離就有機器在攪拌著，把空氣打進水裡，看來有點像巨大的舷外馬達。

「魚怎麼樣？」我問鍾斯。

「有一些因爲壓力死了，但是我不太確定是因爲太熱還是旅途顛簸。不過總之死亡數字遠低於我們預測的範圍，槽裡水溫也相當穩定。」

我盯著那些魚看得入神。然後我又環視高聳的群山、下方層層的砂石坡、株株椰樹，還有站在巖頂及近處山脊警戒的葉門部落人。

「簡直難以置信，」我說：「如果我不是在這裡親眼看見……」

「你瞧，」鍾斯說，「大公是對的。他使我們大家都相信了，現在我們準備要打開水閘口了，神蹟就要發生了。」

「會發生嗎？」我問他，我看出鍾斯有些緊綳，我想這是因爲期待而非懷疑。

「可能的成功機會全到齊了。過去幾天裡氣溫已在穩定下降，現在大約是攝氏二十五度左右，而且還幾乎是一天當中最熱的時候。旱川的水溫則是再完美不過，而且……」他向上瞥一眼天空，純毛似的捲雲與白色積雲現在已遮蔽了太陽，「我想我們可以預期很快會有更多雨水。」

我們結隊走下坡道，經過平台，來到了一排活動小屋。老闆和大公進去換上釣魚裝束。先前沒在人群裡面看到的柯林，也從一輛小貨車後面卸下釣竿，開始組裝釣線、假蠅。一群激動的部落人聚在他的四周叫喊，比手畫腳。還有其他人，我可以看見一圈警衛在外頭警戒著，他們遠遠地站開，與正在進行的事保持距離，頻頻掃視我們四周的山頭。我突然注意到其中有一個人，那個畫面簡直可以拍成一張戲劇化的照片：他高高站在那裡，站的位置比其他人都高，就在一處突出隆起的岩石之上，下方俯視著河面。他的白袍在逐漸加強的風中啪啪鼓動，他的步槍歇在肩上，槍口朝上，對著山頂方向。我正想著可以請個友好的攝影記者來爲我拍一張照片，可是此時卻響起了一陣如雷的掌聲，原來老闆與大公兩人已步出活動小屋，穿著青蛙裝與蘇格蘭的格紋襯衫。他們走向小貨車，柯林正在那裡把釣竿分給幾名精挑細選出來的部落人。當老闆與大公走近，他拿出已爲他們兩人保留的兩支釣竿給他們。此時又響起一陣如雷掌聲，有些部落人開始長聲嘯叫；甚至媒體人員也開始進入狀況了。我看見《電訊報》的老麥——如果眞有所謂的鐵石心腸譏嘲派，那就非此人莫屬——從眼角抹去個什麼東西；我喜歡把它想成是淚水，不過也許只是顆小沙子。

老闆和大公走向第一座貯鮭槽旁的木造平台。此時，我突然發覺有什麼東西打在我的頸背上，我吃驚地抬頭望去。開始下雨了：只是幾小滴，卻令人吃驚地冰涼，落在塵土上打出小小的坑洞。有人遞給老闆一具無線發射器，每個人都開始叫：「噓！噓！安靜！安靜！安靜！」漸漸四下都安靜了下來，只剩幾百碼外下坡處河水忙碌的低語聲。一片靜默當中，老闆開口了：「這眞是無上的光榮，今天能應邀來到此地。」

更多的歡呼與叫嘯，老闆舉起手來，四周又一片靜寂。他轉向大公：「謝謝你邀請我來，穆罕默德大公。我要由衷地說：你的眼光確實遠大，你的想像力確實無以倫比，沒有你在財務上的無限慷慨，這個專案永遠不會實現。我們很驕傲也很榮幸，你選擇了英國的科學家、英國的工程師，當然還有許許多多其他國家的工程師，一起來推動這個專案，實現這個夢想。在此之前，誰會想得到有這麼一天，鮭魚竟然能在葉門的河川裡奔游？」

他又停下來，四周再度回復安靜。

「但你卻想到了，穆罕默德大公。你有無上的勇氣與決心，而今天，這一刻終於來了。讓我們一起，你和我，在阿連旱川釣鮭去！」

巨大的歡呼喝采聲此起彼落，老闆高高舉起無線發射器，好讓我們大家都可以看見時，漸落的歡呼聲再度響起。然後他把它對著水閘門口，像電視遙控器般按下一個鈕。慢慢地，一個個閘門開始打開。並未全開，可是足以讓一股穩定的水流源源冒出，足以讓魚兒游出。在閘門底汨汨噴出的水流中，在水泥打造的引水渠道內，我可以看見閃閃發光的形體在翻滾、扭轉，被沖入河水中。

人群開始朝著旱川移動。此時雨開始穩定地落下來了，天色也變得陰暗。我們都聚在靠近水泥渠道流溢入旱川的地方。

「爲鍾斯博士讓出路來。」大公叫道，聲音清亮明晰，群眾後退讓鍾斯到前面去。他沒有穿上青蛙裝，卻還是大步踩著他的普通靴子進入水流中，並凝目往水下看去。反正我們大家馬上也都會淋濕了，我想。雨下得更大了，旱川上游源頭那邊遙遠的天際，幾乎全黑了。

甚至從我站的地方，也可以看到鮭魚鰭切過阿連旱川清淺的水流。有的從水中躍出，魚尾幾乎掃到水面。而且，牠們是朝著上游的方向而去！有幾條走錯了，轉向下游，可是多數鮭魚都往上面泅游。鮭魚正在阿連旱川的水流中逆游而上，在哈瑞茲山區的心臟地帶！

老闆和大公涉水入河，抓著他們的釣竿，小心翼翼地踩在大圓石上挑著路走，直到他們分別站在旱川中央，彼此相距約三十碼。媒體相機和攝影機對準他們兩人，我們有現場立即轉播傳回天際電視台、英國廣播公司24台、獨立電視台、CNN以及半島電視台。所有媒體都或站或蹲在河岸上，柯林也在其中，我看見他的目光始終緊盯在他的主人身上。我看見安全人員在老闆對面的岸上就位，眼神警戒著，手不離藏在身上的槍套，兩眼來回逡巡河兩邊的岩石與山脊。十幾個葉門人持著釣竿與兜網大步踏過我們身邊，沿旱川旁邊新建的步道，朝更上游專爲拋線蓋好的平台走去。

然後大公拋出他的釣線，不久之後老闆也拋了出去。我實在必須稱讚老闆兩句，他看起來就像一輩子做慣了這事。只見釣線筆直出去，觸落水面時不見太多水花。這就是典型的他：這人凡事都不費吹灰之力，每樣事遇到他都輕鬆愉快。如果通知他下周得去滑雪，或打一場水上馬球賽，他也照樣辦得到，而且，還會看起來得心應手。

忽然聽到鍾斯大喊：「小心！水位上升了！小心啊！」

老闆不是沒聽見，就是不想聽。他已經把假蠅旋回來，在做第二次拋線了。此時雨點已如同一根根鐵桿落下，大雨從天空滂沱傾入河中，河水也似乎在雨勢重量下沸騰翻滾。

「我想你們應該上來了！」鍾斯又喊，「有大水要撲下來了！」

現在甚至連我都可以看見早川裡的水正在漲起，我發現自己不知不覺已經向河岸高處後退了幾碼。在此同時，柯林則開始向水中涉去，我猜他是要去幫大公。我看見我們的安全人員面面相覷，不知道該怎麼做。

忽然一陣閃電，或許不是閃電，卻令我立刻回頭，我看見我先前注意到的那名部落人，站在突岩上的那位，步槍已經舉到肩上；他不是才發了一槍，就是正準備開槍。我剛才是否聽見一聲槍響？奔向下游的水已經開始怒吼了。一名安全人員從夾克拔出槍來，一個流暢的動作，我想他射中了那個部落人。總之那人身體向後翻，從崎峭的山巖掉落，從我眼前消失。我不知道他剛才是打算射誰，我想或許是大公，但我不確定。

立時一陣大亂，又有好幾槍從葉門人那裡發出。我不知道他們在射些什麼，我不認爲他們已經弄清楚到底怎麼回事。人群四散，大家慌亂地往岸邊走，避開河水與槍擊。我發現自己又往岸上爬高了幾碼，心在胸口怦怦亂跳，眼睛向下方直瞪著老闆。

老闆已經轉回頭來看這一片混亂，可是卻沒有移動身子。我想他是在微笑，我想他並沒有看到那名部落人開槍或遭到射殺，雖然他知道剛剛有什麼事情發生了，因爲他轉回頭朝下游看去。

我看到他望向大公，大公弓著身子，由已經趕到身邊、掙扎著力抗水流重壓來保持平衡的柯林扶著。或許大公剛剛被擊中了，我不知道。

我看到老闆身後有一牆白褐色的混濁大水正轉過峽谷彎角，洶湧而至打下旱川朝他撲來。我可以看見但聽不見，此刻鍾斯還在聲嘶力竭地叫他趕快上來。然後，鍾斯也一個轉身，開始手忙腳亂地往上爬向安全地帶。

老闆仍在微笑。那時我離他已經有些距離，可是有時候你還是可以從一個人的姿態看出他們臉上是否帶著笑容。他沒見到那一牆向他撲來的大水，他正朝著反方向看去。他一定聽見聲音了。我不知道，也許沒有。他們說，你釣魚時會變得十分專注。總之，我喜歡這樣去想，盡我可能肯定地去想，當他舉竿正準備再拋線時，心中一定非常快樂。此時的他，遠離了政治、遠離了戰事，也遠離媒體、遠離國會、遠離將領、遠離公務人員。他身在河中，河中有鮭魚游過他的腳邊，而第二次拋線，我相信他一定會逮到一條魚。

然後大水就擊中他了。吞吐著泡沫的沸騰巨流，棕色大水夾雜著泥砂、岩塊、椰子樹葉疾奔而下，轟然如火車飛過。一眨眼，柯林、大公、老闆都立時消失得無影無蹤。水浪繼續發威，在下一個轉彎處消失，進入下方遠遠的峽谷之中。

一秒鐘之前老闆還站在那裡，下一秒鐘他就不見了。我再也沒見到他，或大公，或柯林。屍體始終沒有尋獲。

這就是那天發生的事，那天，我們正式啓動葉門鮭魚專案，鮭魚在阿連旱川裡逆流上游。

32.
鍾斯博士對葉門鮭魚養殖專案啓動當日事故之證詞

鍾斯博士（以下稱「鍾」）：從科學的角度來看，葉門鮭魚案是完全成功的。

當我望向水裡，看見鮭魚游入旱川那一刻就知道了。幾天前，牠們還在蘇格蘭西岸一處水灣的巨大籠子裡掙扎扭撞，現在牠們卻從高高位於葉門山間的一個大槽出來，款款擺動著、游下一條水泥坡道。

地點在哪兒對牠們都無所謂，鮭魚逕自扭著身體游入旱川。有幾條隨著水流而下，消失在下游處，但多數都轉向上游，奮力逆水向上，牠們不知道自己可能會到哪兒，只知道必須奔赴上游，一直游到一處可以產卵的地方。牠們的本能告訴牠們要做什麼，而這正是我所希望的。

多數魚身都還是銀色，可是有些已經轉色，意味著這些母魚已經準備好要產下幾千顆魚卵，而公魚也準備好要噴射出精液讓卵子受精。當我想到這一切，我眼中充滿了淚水：這裡，在阿拉伯半島的尖端，雖然離牠們家鄉的水域有幾千里之遙，這些鮭魚卻已準備好要盡牠們的職責了。

看著牠們的魚鰭划過水中，我感到驕傲與欣喜。我想起大公的話，他說：我們會看到一樁神蹟；我知道此刻自己目睹的事情就是神蹟。我想起海麗葉告訴過我，即使只有一條鮭魚游往旱川上游，大公也會認爲專案是成功的，而現在數目多達數百條。還有一條新鮮的鮭魚已被網住殺掉，正在我的口袋裡面。我必須想法子把牠掛到首相的釣線末端，以確定他能釣到條魚。

接著我注意到水色開始改變，流聲也開始變大。遠處上方山頂奔瀉而下的水勢，聲音愈來愈狂暴，也愈具威脅意味。天色愈發深沉低暗，宛如墨水般漆黑。

塞洪現象！我事先應該想到的，在大雨氾濫瞬間成河的地區，這種事時有所聞，而阿連早川正是這種洪氾型的河流：可以從幾乎乾涸到忽然暴漲，然後幾小時內又變回原樣。沿洪氾河川而上的鮭魚，知道牠們必須靜候水來。牠們嗅到雨的氣息，知道洪水就要來到，然後牠們奮力逆奔上游，以一種不可能的力量及勇氣正面迎戰大水，一躍而過浪頂。或者如果水流速度變得太大，甚至連牠們都無法抵擋之際，就潛懸在河兩側的水中伺機而動。

可是在這種洪氾型的河流，有時會因爲宣洩不及而造成暴流。當雨水來得又大又急，來不及滲入土裡，就會直接一洩而下。四溢的河水夾帶泥土、枯枝及砂石，各種殘骸物若來到河床某處比較窄的地方，就會形成暫時性的水堤。水會在水堤後面堆高，直到壓力大到不可收拾，就會猛地沖破水堤，一堵像高牆的水就會排山倒海直奔而下。這個時候，你絕不會希望自己正好站在水裡。

當天的雨正是又大又急。葉門的夏雨只是一組巨大季風雨系統的極小部分，這種雨會略過阿拉伯的其他地方，卻掃過阿曼與葉門的南海岸爲期幾周。在這少少的幾個星期，雨水會以熱帶暴風雨的力道傾盆而下，造成瞬間洪水，就像我們那天在阿連旱川的親身經歷。我想我事前應該知道，但我只是個漁業科學家，並不是水文學家，更非氣象學家。然而，我還是責怪自己未能事先防範；我們的電腦模組也沒有一個預測到這種狀況。

我記得當時自己曾經放聲大喊，叫大公和首相趕快撤離，可是水勢越來越大，水聲和雨打在水面的聲音淹沒了我的叫聲。柯林看見河水改變，水色從清澄變爲棕黃，也聽見嗚嗚水聲的恫嚇變化。他很清楚要發生什麼事了，可是他還是毅然走進河中去救他的主人。那不是一時的衝動，而是經過思考後的英雄作爲；應該頒給他一個獎章。可是那天發生太多事了，柯林奮不顧身的英勇行爲已被多數人遺忘；但我沒忘。

我轉身向麥斯威爾大吼，要他趕快做點什麼，可是麥斯威爾臉色發白緊繃，一臉驚懼，我想他也聽不見我說的話。他開始向上爬離河岸。安全人員也知道有什麼事不對勁了，可是他們還沒看出危險到底來自哪裡。他們以爲來自上方的山脊，他們以爲對象是敵人，萬萬沒想到是大自然。他們都朝錯誤的方向看去。

電光石火一閃，一發子彈從某處射出。安全人員更分心了。我事後聽說，大公的一名警衛被打死了，可是我始終沒找出原因。我當時並沒看見，我正看著上游，拚命嘶喊著要首相趕快離開。

然後我看見大水轉彎轟然而來，大約距離三百公尺，我想我們大家都要死了。浪頭約高一英呎，吐著棕色和白色泡沫，以高速火車的速度向我們迎頭衝來，也發出和火車同樣的隆隆巨響。那一剎那，我記得自己在想，希望鮭魚不要全部都被沖到下游，接下來就全憑本能行事了。下一刻，我只記得自己緊緊抓住岸上的一塊大圓石，強大的水勢在下方拉扯著我的雙腳。

水退去後，多數安全人員和大公的保鑣都趕往下游看看能否找到屍體。我則站到導引鮭魚入川的渠道口旁邊，看著一條又一條的魚兒進入水流，看著牠們嗅到水氣，轉身朝上流游去。我站在那裡一動也不動，整個心漲得滿滿不能發出一言。起先還有幾名新聞記者過來，想要我對剛才發生的事表示看法，但是他們對我的鮭魚不感興趣。他們只要我談這件意外和首相，他們對柯林或大公的命運也不感興趣。我沒有話可以對他們說，不久後他們就走開了。過了一兩個小時，我聽見其中一架奇諾克隆隆起飛，把他們載回沙那市去發稿。

當最後一條鮭魚游出一號貯鮭槽，我正坐在水邊一塊平坦的石頭上。雨已經停了，亂雲之間的太陽更爲低垂。我不時將目光望向工地，看看有什麼事正在進行。我看見麥斯威爾在一百碼左右之外，正在不停地講手機。我納悶著不知道發生了什麼重大事件，直到我想起首相。我坐在石頭上，心裡想著這個案子，以及自己在其中扮演的角色。現在不管我會發生什麼事，他們都不能把它從我這裡拿走了。這是我畢生最大的成就。不是靠我一己之力，可是我知道若沒有我就不可能發生。我發現自己希望海麗葉也在這裡，我非常想念她，因爲這也是她的成就，這本來也是屬於她的日子。但是倘若她在這裡，當然也會看到大公被水沖走。她說對了，那天她說她有不好的預感。此外，我也希望大公在這裡，讓我能夠跟他一起分享這項成就。

上游處遠遠傳來一聲叫喊，我看見先前走到更上頭去釣魚的其中一名葉門人，以最快的速度從小徑奔過來。原來是易卜拉欣，我們的司機，大公的手下之一。他看見我，尖聲嚷道：「鍾斯博士！鍾斯博士！」

他向我跑過來，我看見他雙手捧了一條鮭魚，如同呵護著一個小嬰兒。他把魚弄上岸時，一定也把竿子弄丟了。到了眼前，我看出他還不知道這裡發生了什麼事，他可能一直都在水堤上方釣魚。總之他釣到了一條鮭魚。銀亮的顏色，我估計重約十磅左右。一條好魚，一條極好的魚。易卜拉欣笑逐顏開，笑嚷著：「鍾斯博士！我釣到一條魚了！」

我們擁抱互拍對方的背，快樂的淚水滾下我們的臉頰。魚掉到地面上，易卜拉欣彎腰去撿，一面還在大笑自己的運氣。這是第一條，而且就我所知，也會是最後一條在葉門用假蠅釣到的鮭魚。總之，自從那奇妙、可怕的一天過後，我再也沒聽說這裡釣過第二條鮭魚，甚至也沒有人再看過旱川裡有任何鮭魚。

然後我告訴易卜拉欣剛才發生的事。

薄暮低垂，四周的岩壁變成黯紫，搜尋部隊沉重蹣跚地從峽谷走上來。在岩塊石縫之間，在陡直峭壁、在穿透河床直入下方形成旱川下半段的深坑裂口之中，在這整個無垠蠻荒野地裡，他們始終都沒有找到屍體。我想，他們三人可能順著某個天然洩水口沖進含水土層裡去了。在那裡，在那照不到太陽的地底之海，憩息著三具屍體：政客文特、頂尖釣魚好手柯林，還有一手打造出鮭魚案、聖者般的穆罕默德大公。

麥斯威爾走了過來，臉色依然慘白，雙眼發紅，嘴角苦澀悲慘地扭曲著。他說：「我希望你現在可高興了。」

「是的，」我說，「雖然我全心全意希望我們能夠避免這些悲劇，但在許多方面來說，這個案子應該算是非常成功。如果我們能夠就事論事，麥斯威爾，我們當初想要成就的每一件事、每一個從科學觀點出發的目的，可說都已經達成了。最大的問題是以後要怎麼辦，如今大公已經死了，你一定得幫我找出現在這裡由誰接管。」

麥斯威爾瞪著我好一會兒，沒說半句話。在他身後，我看見安全人員正陸續爬進第二架奇諾克輕型飛機。

「我告訴你會怎麼辦，」他說，「你的專案完了，你完了，我也完了。你應該料想得到會發生這種情況。你應該預先提防……」

他開始啜泣，我碰碰他的手臂想安慰他，可是他猛然甩開：「你害死了一個世界上最好的人，最了不起的一個偉人，你也把我這輩子全毀了。你卻只想著你那該死的魚。」他轉身跌跌撞撞走向直升機。不久，飛機起飛了，我從此再也沒見過麥斯威爾。

偵訊員：你回到英國後，麥斯威爾本人或首相辦公室其他任何代表，有沒有和你聯絡過？有沒有任何企圖或想要以任何方式來影響你對我們所做的證詞？

鍾斯：回到英國之後，我變成一個什麼都不是的人。我到費普公司討論案子的後續管理工作，卻發現自己在那裡的工作已經沒了。大公的繼承人，不管他們是誰，對本案都沒有大公那種熱情，甚至在我回到英國之前就已經凍結了資金。我回聖雅各街報到，想討論如何收拾殘局，結果是費普公司的一名合夥人在接待處見我。他交給我一封會計事務所的信，他們一直在管理專案的財務。信上謝謝我所付出的努力，就這麼三言兩語，並附了一張支票，是後面三個月的薪水。

我讀了信，然後抬頭看著海麗葉的同事。

「就這樣？」我問他。他聳聳肩：「我們其他人對這個案子知道的向來不多。案子還在的時候當然充滿感謝，可是我們很清楚它不可能永遠運作下去。這案子一直由海麗葉負責，而她似乎已經辭職了。」

我再也沒回到聖雅各街，就我所知，海麗葉也沒有。

我和她通過一兩次電話。她與朋友一起住在法國西南部，對她的未來始終語焉不詳。

「我眞高興案子成功了，即使只有短短一天。你一定不能讓任何人把它從你手裡拿走，鍾斯，你一定要好好珍惜。可是我好難過我們必須付出這麼高的代價。我很想念大公，就某種意義來說，好像又失去了一個家人。」

「妳什麼時候回英國？」我問她。

「我還沒有任何計畫。我在這裡沒花什麼錢，我朋友似乎不介意我繼續待下來，待多久都可以。我在他們家一角落有自己的套房，還有獨立的前門出入，不會打擾到他們。你知道，在世界的這個角落，多數時間都有陽光照耀，又沒有人來打擾我，這正是我現在最需要的。我知道遲早會沒錢可用，那時我就會考慮找個工作了，可是現在我只想靜一靜。」

「妳回來後我還能見妳嗎？」我原本沒打算問任何這類問題；我沒有權利問。

「我不知道，鍾斯。我不知道。以後的事，只能以後再說。」

數星期後，我聽說她已在法國找到工作，專門爲打算第二次置產的英國人找房子。

偵：請進一步確認在你回到英國之後，你和麥斯威爾或他的辦公室是否有任何聯絡。

鍾：噢，我忘了你是問我那個。是的，我的確接過一通麥斯威爾的留言，記得是「我要確定你再也無法在這個國家工作」這類的話，不過就在他掛掉電話之前，我聽到他哭了出來，所以我沒把這事看得太嚴重。可是也許他眞的試過，爲著他自己一些奇怪的理由，要讓我再也找不到工作。我只知道我回去國漁中心申請復職，卻只收到沙格登回的一封短信，抱怨他們的預算遭到縮減，很遺憾我的老位子因此不再補缺。反正我原本就猜想可能回不去了。後來我就打電話給環境局的幾個老朋友，最後終於另外找到工作。不過，不是坐辦公桌的職務，而是在室外，待遇比起原本的薪水算是相當微薄。所以瑪麗是對的。畢竟，好日子不會持續太久。

我目前在一間新的孵卵場工作，就蓋在諾森伯蘭的柯凱特河上游。我們的工作是從鮭卵孵出仔魚，鮭卵都儲放在沼澤區一間小屋內的一排排不鏽鋼槽。孵卵場的構想是爲了確保不斷都有未成熟的幼魚可用，到了乾旱時期或其他災害導致自然孵卵的供應失敗之際，就可放進河裡。我喜歡這個工作，這個工作很有趣，經常需要耗費相當的體力，可是卻讓我有充裕的時間思考。思考，現在已成爲我最常做的事了。

我從未對任何人提起葉門鮭魚案，雖然和我一起工作的人偶爾還是會揶揄我幾句。

首相與大公死後，媒體就把鮭魚案批得一文不值，說它純粹只是個怪異的政治冒險；而國內科學界對我們成就的事也毫不欣賞。但在葉門，卻始終爲此事感到驕傲。該國漁業資源部在每天的禱告裡紀念大公，他們也接手了專案的善後責任。貯鮭槽的水已經排乾，所有機器都收起來停用。在那種乾燥氣候，放個幾年不會有什麼損害。他們說，有一天鮭魚又會裝入槽中，再度釋入阿連旱川裡，但是目前還沒有發生。

西舍爾的老百姓用網撈起了所有還在二號槽裡的鮭魚，大公死後，他們連撈了幾個星期。旱川河床上每晚都有炭火烤魚，每個黃昏都可聞到烤鮭魚的氣味飄入天空。

葉門的漁業資源部次長寫了封信給我，表示下一個五年漁業策略計畫正在起草，等他們討論到鮭魚漁場在葉門自然資源的未來發展中可以扮演的角色時，就會向我請益。收到那封信已經有一段時日了，目前爲止他們還沒聯絡我。我不知道自己是不是希望聽到他們的消息。

回頭看大公過世的那一天，我現在知道，自己當時是嚇呆了。他的死，當時並沒有眞正撞進我腦子裡；實在有太多事情同時發生，我無法一下子全部接收。但從那以後，我每天都在悼念他，爲他的死亡悲慟不已。現在，每當我涉水穿過柯凱特河上游，倒空一桶桶仔鮭魚入河，我心裡都在與他對話，不僅僅是想像的對話。

我聽到他對我說，從我左肩後的某處：「是的，鍾斯，我們辦成了。因爲相信，所以我們辦成了。」

「您是對的，大公。我們相信，這是您教我的。」

我可以聽出他聲音裡的笑意，雖然看不見。「我教過你跨出第一步：學習去信。有一天你會跨出第二步，找到你信的是什麼。」

我倒空一桶幼鮭到清淺、多石的小溪裡，問他：「我又怎麼知道呢？」

回答我的是比流過石上涓涓細流的低語更低微的聲音：「你會知道的。」

所以，白天我在孵卵場工作，晚上則坐在租來的兩房小屋裡冥想，小屋位於切維厄特山腳下的尤斯維堡附近。至於我到底在思索些什麼其實不很清楚，有時我還是會想起海麗葉。我試著盡量少想她，因爲那會喚醒我想忘掉的回憶。

有時候我也會想到瑪麗。我和她幾乎每星期都通電話，我已經放棄寫電子郵件了，除非絕對必要。我和瑪麗通電話都是由她付費，因爲我實在負擔不起電話帳單。她現在調到德國杜塞爾夫上班，我不清楚這職務是否正是她當初期待的升遷，但我想比較可能是平行調職。我們的人生都有各自的不如意。

我們把倫敦的公寓賣了，換了一間比較小的房子，因爲我們兩人都不常住。我們每隔一個月就到倫敦見面並一起用晚餐，想找出我們兩個的人生意義到底在哪。我不確定我們是否能成功。我們已同意繼續保有婚姻關係；不論她還是我，對於自己的人生，一時都還想不出來有別的可行之道。我們都有工作，我告訴瑪麗，我不要她覺得在財務上對我有責任。她也同意，可是我猜她想照顧我，眞的，只要我願意讓她照顧。可是我很快樂，在這裡，在山中，養著小鮭魚仔，把牠們放進河裡。比起葉門，這些小小的鮭魚仔在這裡有更多的機會存活。這是牠們的天然棲地，這也是我的天然棲地。

晚上我花大量時間看書。我住的地方收不到電視訊號，又付不起衛星電視。我也不懷念電視，反正我從來不怎麼看電視。所以我就看書，任何類型的書我都讀。周末如果不在倫敦，我會去安尼克、摩佩斯的二手書店逛逛，這是兩個離我最近的城鎮。我沒法去追新書，可是我覺得有這麼多已經出版的好書，根本不需要去找新書。只要花個幾鎊，就可以買上好幾本舊小說和傳記，有時還把讀過的書拿回去更換。他們也讓我這樣做，因爲我是個好顧客。我買狄更斯、薩克萊、費爾汀的經典作品，最近我也開始看一些文集，比如我們英國的赫茲利特，還有美國的布朗。其中一位作家的作品我相當喜歡，剛好我現在就帶在身上，應該說我一直帶在身上。如果你想聽的話，我可以唸給你聽。

「於是我們回想起特土良，他是迦太基一名百夫長的兒子，他寫過許多神聖經典，講論福音的書、講論信仰本質。他寫過這樣一句話：『*Certum, impossible est,*』，意思是『這事確定是不可能的』。但有人堅決認爲，特土良寫的不是『*Certum, impossibile est*』而是『*Credo, quia impossibile est,*』，意思是：『因爲不可能，我才相信』。」

我喜歡這個說法。你呢？

因爲不可能，所以我才相信。

33. 下議院外交事務專責委員會結論

「葉門引進鮭魚」一案決策責任歸屬調查報告書

結論與建議

一、本委員會結論：有關葉門引進鮭魚一案之決策，就具體證據而言，非屬任何部會級首長所為。此案純由民間私人發動，發起人為葉門公民已故的穆罕默德大公。

二、本委員會結論：有關據稱某蓋達組織成員，曾前往穆罕默德大公蘇格蘭鄉間宅邸企圖刺殺大公一事，內政部長已於下議院聲言毫無所悉。加以此事從未經由任何英國法庭證明確曾發生，因此本委員會無從批評內政部長或安全部門，何以未能預見類似事件再度出現之可能——亦即在導致首相不幸喪生的阿連旱川水文事故之前，據聞當時亦發生一起暗殺企圖。

三、本委員會結論：有關馬修上尉之死，根據該案作證期間提出的種種事項，國防部長本人確實對馬修上尉被派往伊朗出任務一事毫不知情。既然部長層級事先實無所悉，因此其後導致馬修上尉於任務中失蹤的連串事故，並無任何罪責可歸咎任何人士。

四、本委員會結論：有關前首相辦公室溝通技術總監麥斯威爾先生，曾建議前首相文特先生關切葉門鮭魚專案一節；此事經調查純屬其個人起意。他以為，文特先生若能親赴葉門鮭魚專案現場，出席啓動典禮，將可從中獲致某種選舉利益。麥斯威爾表示，當初他之所以建議文特先生介入該項專案，根本動機即出於此。

五、本委員會結論：有關溝通技術總監一職之工作內容，未來應予清楚規範，以確立其職責純限於傳播溝通，而非基於任何選舉考量，將未來首相帶上危險之途。本委員會建議麥斯威爾不予復職。

六、本委員會結論：有關專案風險評估一環，本案工程師與專案經理顯然未能遵行我國之工作健康衛生與安全法規，亦未曾善盡關切職責——縱使葉門法律並未於此有明文規定。此等評估若曾確切執行，或可預見導致首相等人死亡之水文事件，並於事前採取適當之預防措施。然而縱有以上結論，本委員會並不能斷言此事應由任何個人擔負肇事責任。

七、本委員會結論：國漁中心應允爲葉門鮭魚專案提供主要技術資源，實屬踰權行事，有違該機構成立宗旨。本委員會建議解散國漁中心，業務歸併環境局。

八、本委員會結論：就政策面而言，本委員會實無法認同首相辦公室之觀點，後者認爲在葉門引進鮭魚，可與我國現行政策同時並行而不悖。然當前我國在該地區之政策，主要集中於軍事干預，以確保石油資源，附帶庶幾或可引進民主程序。本委員會認爲，政府應於鮭魚與民主二者之間擇一而行，兩事並行，勢必送出混淆該區各路人馬的訊息。

九、前首相文特不幸身亡，實屬悲劇，然本委員會確也從事件中獲察一良性反應。原來英國對外政策，亦可聚焦於諸如假蠅漁釣等非軍事、非石油之相關議題；對此印象，葉門人民之觀感並非全屬負面。反之，本委員會獲悉，該國各界目前正籌募款項，預備爲我國前首相與該國穆罕默德大公起造雕像紀念。二人造型均將著青蛙裝、手執釣竿，一如其生前最後模樣。一俟立像地點申請獲准，兩尊雕像將矗立於沙那市之中心。

本報告摘錄文件相關術語釋義

下列術語或有助於本報告之閱讀者。

扎砸：葉門用語，指稱從事不潔淨行業之人，例如屠戶。

石蠶蛾：居於淡水河川的無脊昆蟲，屬沼石蛾科（*Limnephilus genus*）

水中溶氧度：其高低可做爲洄遊魚類存活機率的指標。越低，風險越高。

仔魚：又稱稚鮭，一旦初孵小仔魚將其臍囊的內容完全吸收，就變成。

幼鮭：鮭魚成爲仔魚後的下一階段，外表類似棕色幼鱒，長度約如手指，帶有棕色斑痕。

貝都因人：阿拉伯半島部落民族。

旱川：除在雨季外都乾涸少水的河床。

亞成鮭：又名降海鮭，大約在長成幼鮭形體的十六個月到兩年之後，幼鮭開始出現生理上的變化。它長出可以排出鹽分的細胞，並且取得銀色的外表。一旦完全變銀，它就是亞成鮭了，約有六吋長度。於是以這個形態，它開始往下游游去直赴鹹水的河口。再從那裡，一步一步地，與其他亞成鮭和鮭魚一同游向位於北大西洋的攝食場，並在那裡逗留一到四年。

基因完整性：是漁業科學家極爲看重的觀念，意指特定河流中的鮭魚應保存其基因的完整性，不受他河來的外魚稀釋——這種觀念若應用到人類身上自屬違法。

教長：在清眞寺領導禱告者，是社區上權威人士。

國會議事記錄：英國國會兩院議事的正式紀錄。

國漁中心：全名國立漁業卓越中心，原爲研究漁業漁場管理的科學單位之一，該單位現已廢除。

斯佩雙拋：一種複雜精細的雙圈拋法，是蘇格蘭高地釣魚嚮導的最愛。好處是釣客就永遠都不會把線纏到岸上或纏到身後的樹（「過頭拋」就會這樣），因爲斯佩雙拋打出來的圈一直都在前方。

賽義德：葉門的統治階級，此頭銜專門授予號稱一脈相傳自先知穆罕默德的部落或宗教領袖。

許多喜愛釣鮭之樂的朋友，必在釣鮭生涯的某個階段獲益於Hugh Falkus的重要著作《釣鮭》（Salmon Fishing, H.F.&G. Witherby Ltd 出版）一書，及其書中關於鮭魚生命周期的豐富知識。本人亦不例外，在此鄭重致謝。

∞ 小說無限 001

到葉門釣鮭魚

作　　者　保羅・托迪（Paul Torday）
譯　　者　鄭明萱
發 行 人　涂玉雲
總 經 理　陳穎青
總 編 輯　謝宜英
發　　行　英屬蓋曼群島商家庭傳媒股份有限公司城邦分公司
地　　址　104台北市民生東路二段141號2樓
出 版 者　貓頭鷹出版／貓頭鷹知識網　http://www.owls.tw
系列主編　謝宜英
特約執編　莊雪珠
美術設計　鍾燕貞
校　　對　李鳳珠　莊雪珠　鄭明萱　謝宜英
劃撥帳號　19863813書虫股份有限公司
城邦讀書花園
www.cite.com.tw
香港發行所　城邦（香港）出版集團／電話：852-25086231
馬新發行所　城邦（馬新）出版集團／電話：603-90563833
印 製 廠　成陽印刷股份有限公司
初　　版　2008年1月
定　　價　新台幣320元／港幣107元
ISBN 978-986-7001-87-0

SALMON FISHING IN THE YEMEN by Paul Torday

國家圖書館出版品預行編目資料

到葉門釣鮭魚 / 保羅.托迪(Paul Torday)著 ;
鄭明萱譯. -- 初版. -- 臺北市 : 貓頭鷹出
版 : 家庭傳媒城邦分公司發行, 2008.01
面 ;　公分
譯自 : Salmon fishing in the Yemen
ISBN 978-986-7001-87-0(平裝)

873.57　　96023776